KB138681

남은 시간은, 앞으로 6일—.

마왕이라는 재앙으로부터 분명히 구원받았던 세계.

하지만 또다시 파멸을 향한 카운트다운이 시작된다.

WARNING

혼돈의 여왕이라는
이름의 재앙이,
세계를 멸망으로 이끌려 하고
있다. 서둘러 원인을 발견하여
패퇴할 것.
위대한 신의 이름으로,
신의 종복인 카노아 소이지에게
명한다.

재앙 **6**일
02:38:28

EIYU-SHIKKAKU
SHUNSUKE SARAI ■ ILLUSTRATION/TETSUHIRO NABESHIMA

마침내 도달한 곳에서, 구세의 천재 작가는 지금──

「방에서 나갈 바에는,

「글쎄, 여기서도, 이야기는, 할 수, 있잖아?」

더구나, 용사에게
수수께끼의 이변이——!!

「어, 저기, 에리카 씨?」

「뭐지, 소이치?」

「아니, 그게, 할 말이 있으니, 좀 물러나 주시겠어요……?」

「싫어.」

「싫다니…….」

영
웅
격
2
사라이 슌스케
SHUNSUKE SARAI
ILLUSTRATION
나베시마 테츠히로
역시 세계를 멸망시킵니다

표지 · 본문 일러스트
나베시마 테츠히로

【재앙이 닥치기까지 앞으로 6일 03시간 48분 50초】

"……네?"

아침.

자리에서 일어나 시간을 확인하려고 디바이스를 본 내 눈에, 세계가 멸망하기까지의 시간을 나타내는 새빨간 카운트다운이 날아들었다.

"…………네?"

아직 꿈속인가 싶어 세 번쯤 다시 봤지만 카운트는 무자비하게 진행되어 갈 뿐이니, 아무래도 현실인 것 같군요.

"뭐, 뭡니까 이게!? 무슨 소리예요!?"

현실이라는 증거로, 소리쳐 봐도 아무 변화도 없다. 볼을 꼬집어 보니 확실하게 아프다.

심지어 이 카운트다운, 앞으로 몇 시간만 지나면 6일 밑으로 떨어지려고 한다. 카운트다운이 시작되는 것은 재앙이 발생하기 7일 전부터일 테니 카운트다운이 시작된 것은 어제 정오라는 이야기가 된다. 이미 하루를 잃고 말았다.

왜 깨닫지 못했을까. 세계를 구한다는 중압감에서 해방되어 마음 편히 목욕이나 즐겼던 어제의 나를 때려 주고 싶다.

하지만 마왕이라는 재앙에서 세계를 막 구한 참인데 또다시 재앙이 닥치려 한다는 것인가. 뭔가 착오가 있었던 거라면 좋겠지만, 신께서 내리신 디바이스가 틀리는 일은 있을 수 없다.

"아, 아무튼, 이러고 있을 때가 아니야!"

황급히 이불에서 빠져나와 잠옷 차림으로 방에서 튀어 나간다. 아직 머리가 제대로 돌아가지 않고, 세수도 안 했고 양말도 안 신었지만 그런 걸 일일이 신경 쓰고 있을 새가 없었다.

새빨간 카운트다운이 무자비하게 고하고 있는 대로.

세계를 멸망시킬 재앙이 오기까지 남은 시간에 여유가 없으니.

여기는 보타락장이라 불리는 아파트.

겉보기엔 꽤나 낡아빠졌고 심지어 맨 앞의 한 글자가 떨어질락 말락 하는 탓에 몹시도 명예롭지 못한 이름으로 읽히고 마는 이 건물은, 겉모습과는 달리 매우 중요한 장소이다.

신에 의해 만들어진 이 아파트는 일찍이 무수한 세계를 구해 온 영웅들이 다음에 닥쳐올 재앙에 대항할 때까지 시간을 보내기 위한 휴식처.

아무런 불편 없이 쾌적하게 생활하기 위한 설비가 모두 갖춰진 이곳에서 영웅들은 언젠가 닥쳐올 재앙으로부터 세계를 구하기 위해 대기하고 있는 것이다.

그렇다. 이 보타락장에 사는 영웅들은 모두 훌륭한 위업을 달성하여 수많은 이야기나 희곡에서 칭송받는 위대한 분들이다.

예를 들면 최강의 마법소녀 액셀☆다우너.
흉악한 마녀와의 싸움 끝에 수많은 세계를 구한 전설의 마법소녀. 하늘을 움직이고 바다를 마르게 할 정도라고 전해지는 강대한 마법의 소유자.

예를 들면 고독한 변신 히어로, 가면전사 프리즈너.
악의 비밀 결사와의 끝없는 사투는 지금도 화제가 되고 있다. 채굴장을 꽉 메울 만큼 많은 적에게 오로지 혼자서 맞선, 금욕적이고 경탄스러운 정의의 히어로.

예를 들면 하늘을 가르는 신룡 쿠드 롬바르디아.
천공의 패자인 강대한 드래곤. 날갯짓 한 번으로 모든 적을 날려 버리고 그 포효는 지평선 저편까지 울려 퍼진다는, 거대한 최고(最古)의 드래곤.

예를 들면 전설의 용사 에리카 애쉬로즈.
최강의 이름을 자랑하는 용사. 그 공적은 한이 없고 전적에는 한 점 흐림도 없다.
온갖 악을 물리치고, 온갖 마를 멸하고, 세계 평화를 위해 모든 것을 바친 진정한 영웅 중의 영웅, 최고이자 최애의 영웅.

각자가 다 일기당천의 존재. 수많은 전설로 화려하게 빛나는 영웅들.

설령 어떤 상황에 빠지더라도, 재앙으로 가는 카운트다운이 다시 시작되더라도, 그 영웅들의 힘만 있으면 아무런 문제도 없다.

세계에 어떤 위기가 찾아온다 해도 그들만 있으면 반드시 극복할 수 있다.

그래서 나는 그들에게 알린다. 다시 한번 세계를 구하기 위해.

"여러분, 카운트다운이 다시 시작됐습니다. 또다시 재앙이 닥치려 합니다. 세계를 구하기 위해 힘을 빌려주세요!!"

물론.

빛나는 영웅들의 대답은.

"이게 무슨 일이야!? 내 소중한 만주가 왕만두로 바뀌었잖아!?"

"Oh…… sake!"

"이럴 수가……. 기껏 찍은 보물 사진들이! 이건 그자들이 한 짓인가!!"

"참치마요 주먹밥을 부탁했는데 왜 연어마요야!?"

"진짜, 불쾌하네! 이러면 만주를 닥치는 대로 먹을 수밖에 없네!!"

"Sake please."

"음? 카메라의 상태가 안 좋은 건가? 여자 초등학생들의 싱싱함을 망치고 말았잖아."

"이건 말도 안 돼. 마요네즈랑 참치의 풍미를 기대하고 있었는데! 참치마요! 참치마요—!"

"그래그래, 이 흰 앙금이야말로 지고의…… 앗, 이번에는 카레만주로!?"

"Oh……. it's a water."

"하지만 카메라 숍은 그자들이 감시하고 있어……. 제길, 나는 대체 어쩌면 좋지!"

"내가 참치마요를 못 먹는 세계 따윈 멸망하면 좋을 텐데. 좋아, 멸망시키자!"

무시였다. 본체만체했다.

일찍이 수많은 위업을 달성해 온 훌륭한 영웅분들은 지금 매우 개인적인 욕망 추구에 매진하는 존재로 변하고 말았다.

전설의 마법소녀는 만주가 돼 만주를 탐하고.

최강의 드래곤은 도마뱀이 돼 술독에 빠지고.

고독한 변신 히어로는 여자 초등학생을 쫓아다니느라 바쁘고.

동경하던 용사는 참치마요 주먹밥을 먹지 못했다고 세계를 멸망시키려 하고 있다.

그렇게 완전히 변해 버린 영웅들을 어떻게 해서든 원래의 훌륭한 영웅으로 갱생시키는 것. 그리고 다가올 재앙, 세계를 멸망시키려 하는 절망에 맞서는 것.

그것이 나, 카노야 소이치가 신에게 부여받은 사명. 신의 기대에 부응하기 위해, 그리고 나 자신의 마음을 위해서도 결단코 달성해야 할 사명인 것이다.

그러니 나는 늘 성심성의껏 노력하고, 어떻게 하면 사명을 완수할 수 있을지 진지하게 생각……해야만 하겠지만.

지금만큼은 그저 감정이 시키는 대로 소리치는 것을 허락해 주세요.

"됐으니까 좀 움직여, 구제불능 인간들아!!"

1장 「쓸모없는 마왕이네요」

"아, 소이치다. 안녕—. 있지, 세계 멸망시켜도 돼?"

"안녕하세요, 에리카 씨. 제발 그만두세요."

아침부터 그런 소리를 날리는 에리카 씨. 아침 인사로 세계를 멸망시키려고 하는 건 관뒀으면 한다.

이 아파트…… 보타락장에 왔을 무렵의 나였다면 좀 더 진지하게 대응했을지도 모르지만. 이미 이곳 주민들의 이상한 정도를 알고 있는 몸으로서 이제는 이런 식으로 반응하게 된다고요.

특히 지금, 아침부터 별것도 아닌 일로 소리치고 있는 에리카 씨…… 용사 에리카 애쉬로즈 님에게는 그렇게 되고 만다. 빨간 체육복을 입고 은색 목걸이를 차고 뭔가 트집을 잡아서 세계에 뒤틀린 원한을 퍼붓는 성가신 사람.

어차피 대단한 일도 아니겠지만 일단은 들어보기로 했다. 지금은 그럴 때가 아니지만 내버려 두면 오히려 더 귀찮아질 것 같거든요.

"도대체 무슨 일이 있었던 거예요?"

"그게 있지, 너무하다니까!!"

에리카 씨는 왜인지 먹다 만 주먹밥을 손에 든 채 소리치고 있다. 식사 도중이었던 걸까. 먹으면서 세계를 멸망시키려 하다니, 식사 예절에 어긋난다는 소리로 끝날 수준이 아니네요. 하지만 에리카 씨는 어디까지나 진심인 것 같다.

"아침밥으로 주먹밥을 먹으려고 했어! 그래서 한입 물었더니, 세상에나!"

"세상에나?"

"참치마요라고 생각했던 게, 연어마요였던 거야!!"

"⋯⋯⋯⋯하아."

상상 이상으로 아무래도 상관없는 일이었다. 조금은 진지하게 임하려던 마음이 시들어 가는 것을 느낀다. 이런 일에 시간을 낭비하다니 정말 바보 같네요.

"그래요? 참 안됐네요. 그럼 저는 바빠서 실례하겠습니다."

"아, 내 말 안 믿는 거지? 아니야, 소이치는 오해하고 있어. 분명히 포장에는 참치마요라고 쓰여 있었다구. 하지만 실제로 먹어 보니까 연어마요였어."

"그건⋯⋯ 확실히 큰일이었네요."

그게 사실이라면 그녀가 화내는 것도 이해할 수 있다. 물론 그렇다고 해서 세계를 멸망시키려고 하는 건 말도 안 되지만.

"그럼 새 주먹밥을 사 올까요. 편의점에서 살 수 있지요?"

"응─. 연어마요도 그럭저럭 맛있으니까 그냥 먹어도 괜찮아."

"그럼 딱히 투덜거릴 필요 없었잖아요?"

"어휴 진짜⋯⋯. 어라, 다시 먹어 봤더니 참치마요가 됐다!? 이상하네에."

"……."

이 이야기는 여기서 끝내도 되겠죠. 급하다고요.

하지만 얼토당토않은 불만을 늘어놓는 사람은 에리카 씨 한 명으로 끝나지 않았다.

"오늘은 흰 앙금 만주를 먹으려고 했는데 알고 보니 내용물의 반이 고기로 바뀌어 있었어. 물론 고기도 맛있지만 그걸 달달한 흰 앙금이랑 섞으면 다 망쳐 버리잖아. 껍질이랑 앙금은 서로를 돋보이게 하지 않으면 의미가 없다구! 그래, 예를 든다면 단팥빵에 우유, 미소 라멘에 버터, 토마토에 치즈처럼!!"

"아, 예."

"Change."

"쿠로 씨도 그러네. 오늘은 술 욕조에 들어가려고 기대하고 있었는데 들어가 보니 물이 5퍼센트 정도 섞여 있어서 화가 났대. 이거 가지고는 만족할 수 없다고, 술 욕조라는 건 좀 더 피부로 알코올이 들어와서 위험한 상태가 되는지 아닌지 그 경계선을 떠도는 듯한 긴장감에 감싸여야 한대. 지금 바로 피부로 마실 수 있는 순수한 술이 필요하다……고 말하고 있어."

"아, 예."

"들어 봐라 소년, 내가 절호의 위치에 설치한 카메라에 다른 것이 찍혀 있었어! 큭, 내가 조사한 최고의 촬영 포인트였는데 어찌된 일이지! 설마 이것도 그놈들…… 지저제국(地底帝國)이나 위험제국(危險帝國)이 벌인 짓인가! 이놈들, 용서 못한다!!"

"아, 예."

이렇게, 아무래도 상관없는 것들뿐입니다.

여러분, 옛날에는 여러분 나름대로 영웅이었으니까 제대로 된 언동을 하도록 주의를 기울여 주셨으면 하는데요. 이래서는 사람들도 환멸을 느낄걸요. 실제로 지금 내가 환멸을 느끼는 것처럼.

그렇게 시시한 소리만 늘어놓는 영웅들을 내버려 두고 디바이스를 다시 확인하기로 한다. 이게 전부 다 환상이었으면 좋겠다고 생각하면서.

하지만 현실은 잔혹하다.

【재앙이 닥치기까지 앞으로 6일 02시간 38분 28초】

"……역시나, 군요."

디바이스에 표시되어 있는 것은 분명하게 재앙이 닥칠 것을 나타내는 카운트다운. 꿈이기를 몇 번이나 기도했지만 역시나 꿈이 아니다.

그리고 신의 지령 또한 디바이스에 와 있었다. 긴장한 채 지령을 읽는다.

「혼돈된 여왕」이라는 이름의 재앙이 세계를 멸망으로 이끌려 하고 있다.

서둘러 원인을 발견하여 대처할 것.

위대한 신의 이름으로 신의 종복인 카노야 소이치에게 명한다.

거기에는 평소와는 다른 엄숙한 말이 나와 있었다.

"……이게, 도대체 뭐지요? 혼돈된 여왕?"

어쩐지 예스러운 표현에 조금 이해하기 어려운 문면.

하지만 비슷한 것을 전에도 읽은 적이 있다. 그것은 마왕이라는 새앙이 닥치려 할 때 내게 내려진 지령이었다. 그때는 어떻게든 모든 것의 원흉인 마왕을 쓰러뜨리는―쓰러뜨렸다고 해야 할지 뭐라 해야 할지―것으로 카운트다운을 멈출 수 있었다. 그렇게 해서 세계는 구원을 받은 것이다.

그때와 똑같은 것이 지금 디바이스에 확실하게 나타나 있다.

이젠 착각할 수도 없다. 이 카운트다운이 끝났을 때 여기 쓰여 있는 재앙이 닥쳐오고 세계가 멸망한다는 단순한 사실.

「혼돈된 여왕」이라는 이름의 재앙……. 신의 지령에는 그렇게 나와 있는데, 그것이 무엇을 가리키는 것인지 잘 모르겠다. 기껏해야 여성이라는 걸 알 수 있다는 정도뿐이었다. 이전 지령 때는 매우 알기 쉽게 마왕이라고 쓰여 있었기 때문에 대처를 생각하기도 쉬웠지만 이번에는 그렇지 않다.

아무튼.

"이 「혼돈된 여왕」이 뭔지 조사해야 해."

그 정체를 알기 위해서는 정확한 정보를 입수해야 한다.

"그런데 어디서 들어 본 적이 있는 듯한 느낌도 드는데……."

그런 생각을 하던 내 앞에.

"아무래도 곤란을 겪는 것 같네!!"

"……뭡니까, 료코 씨."

고민하는 내 눈앞에서 퐁퐁 튀고 있는 만주……. 그 정체는 전직 마법소녀인 시라베 료코 씨입니다. 지금은 까닭이 있어 만주의 모습으로 몸을 바꾸고 있다는데, 어떤 까닭이 있으면 이렇게 되는 겁니까. 어찌 됐건 제정신은 아니지요.

　"하지만 유감스럽게도 지금의 나는 더 곤란을 겪고 있다구!! 그러니까 상담을 해 줘도 괜찮지 않을까!!"

　"……응?"

　어라, 제가 조언을 하는 쪽인가요?

　세계 멸망에 관한 사안이니, 만주 같은 것의 상담을 해 주고 있을 시간은 없는데요……라는 내 생각이 아무래도 얼굴에 드러나고 말았나 보다.

　"어머머, 너 지금 나한테 화내고 있는 거지?"

　"화내고 있다고 해야 할지, 어처구니가 없다고 해야 할지. 아무튼 바쁘니까 나중으로 미뤄 주시면 안 될까요."

　"안 돼."

　"안 되는구나. 아니, 안 될 것까진 없지 않……."

　말을 하려다 포기하기로 했다. 얌전히 만주의 이야기를 듣는 편이 더 빨리 끝나겠죠. 이제는 저도 이 구제불능 인간들을 다루는 법을 알 것 같습니다.

　"그럼 들어드릴 테니 얼른 말씀하세요."

　"좋은 마음가짐이야. 그래, 우리에게 닥친 이 상황은 명백하게 이상해. 범상치 않은 일들만 일어나고 있어. 이건 어떤 자의 의지가 느껴져!"

"의지라고 하셔도…….."

평소처럼 한심스러운 언동을 되풀이하는 걸로밖에 안 보이는데요.

그런 의심의 눈초리를 보내지만 료코 씨는 모르는 척 낭랑하게 말을 시작한다.

"그건 언제 일어난 일이었을까. 내가 어제 근처 들고양이에게 만주를 먹여 주고 있을 때는 아직 평범했는데."

"저기, 그거, 스스로를 먹이로 준 건 아니겠죠……?"

"정말이지, 만주만 가지고는 만족을 못하고 아파트까지 따라오는 바람에 혼났어."

"료코 씨, 완전히 먹을 걸로 보였던 거 아닌가요."

"나를 먹으려고 하다니, 터무니없는 플레이보이잖아. 뭐, 수놈인지 암놈인지는 잘 모르겠지만 아무튼 까맸으니까 고양이인 건 확실해."

"까맣다고 해서 고양이라고 단언할 수는 없을 것 같은데요. 그거 진짜로 고양이였어요? 검은 비닐봉지 같은 게 아니고?"

"뭐, 그 애에 대한 건 아무래도 좋아. 어쨌든, 어느샌가 아파트 안에서 이상은 시작되었어. 내 소중한 만주가 이상해졌어. 쿠로 씨랑 신타로도 마찬가지야. 각각 술에 물이 섞여 있거나 사진에 이상한 게 찍혀 있기도 하고 말이야."

"착각한 거 아니에요?"

"아니, 쿠로 씨도 신타로도 자기 욕망에는 진지하거든. 엄청 좋아하는 술이랑 소중한 사진을 함부로 다루는 짓은 절대 할 리가 없어. 그러니까 절대로 누군가가 저지른 짓이 틀림없는 거야."

"……그렇게 구제할 방도가 없는 소리를 자신만만하게 하지 않으셨으면 좋겠는데요."

"뭐, 무슨 일이 일어났다 해도 이 보타락장에는 결계가 쳐 있으니까. 외부에 영향이 새나갈 일은 없고, 원인이 내부에 있다는 것도 알지만 말이지."

"거기까지 알고 있다면 스스로 어떻게든 하면 되잖아요."

"그러고 싶지만……. 앗, 이야기하는 사이에 화과자 가게 오픈 시간이 다 됐어! 그럼, 그런 관계로 나는 무사한 만주를 사러 갈게."

"또 드시려고요!?"

아니, 상담을 해 달라고 한 건 그쪽이었잖아요!?

그쪽 문제도 제 문제도 전혀 해결되지 않은 분위기인데요!?

"저기, 좀 더 제대로……."

"그럼 쿠로 씨, 출발하자! 도중에 술 가게도 들러 줄게!!"

"Let's go."

료코 씨와 쿠로 씨는 막을 새도 없이 하고 싶은 말만 하고서 빠른 속도로 나가 버렸다. 사몬지 씨도 어느새 모습을 감추었다. 정말이지, 변변치도 않은 소리만 하고 사라지더니 진짜 구제불능들이네요.

어쨌거나 료코 씨가 했던 이야기를 정리해 보면.

이 보타락장의 영웅들 주변에서 오늘 아침부터 이상한 일이 일어나고 있다.

만주의 내용물에, 술에, 사진에, 그리고 에리카 씨의 주먹밥에 다른 것이 섞인다는 기묘한 사태가 닥친 듯하다. 결계가 있는 덕에 그 사태는 아파트 내부에만 머무르고 있는 것 같다.

지금은 재앙 문제가 있어서 솔직히 그쪽에 신경 쓰고 있을 수 없지만.

"……아니지."

혹시 관계가 있는 것일까.

카운트다운이 시작된 것은 어제 일이다. 그리고 그 시간대를 전후로 료코 씨가 말했던 이상 또한 이 보타락장 내에서 발생했다고 한다면.

"……조사해 볼까요."

어쩌면 이 이상이 「혼돈된 여왕」이라 불리는 재앙과 뭔가 관계가 있다는 것일까. 뭐, 구제불능 인간들이 되는 대로 말하고 있을 뿐일 가능성이 제일 높겠지만요. 일단은 디바이스에 단어를 쳐서 검색해 보는데.

【맡겨 주세요 주인님. 곧바로 단어검색을 하겠습니다. 과연 시쨩, 유능하지요. 칭찬해 주셔도 상관없답니다. 어디 보자, 「혼돈된 여왕」이라는 단어의 검색 결과는…… 어라, 아무것도 나오지 않습니다. 왜일까요. 조금 더 상세하게 검색하면 나올 것도 같은데. 꼭 어금니에 뭐가 낀 듯한 느낌이 듭니다. 뭐 시쨩은 디바이스니까 어금니 같은 건 없지만요.】

"…………."

디바이스로 조사해 봐도 그럴듯한 정보는 나오지 않았다.

구제불능 인간들이 소란을 피우는 것 말고는 특별히 이상이다 싶은 것도 없는데, 그래도 카운트다운의 숫자는 시시각각 나아간다. 솥 안에서 헤엄치는 물고기가 된 듯 스멀스멀 밀려오는 공포에, 아무것도 할 수 없다는 것이 너무나도 초조하다.

"……이대로는 안 되겠지요."

이렇게 앉아 있어도 아무것도 해결되지 않는다. 그래서 행동하려고 일어서는데.

"헤에, 어째 재미있어 보이는 상황이 됐잖아."

"웃!?"

등 뒤에서 차가운 소녀의 목소리가 들려왔다.

목소리를 들은 순간 뇌리에 새겨져 있던 공포가 되살아나고, 기온이 단숨에 영하로 떨어진 것처럼 한기에 사로잡힌다. 그럴 만한 과거를 나는 경험했으니까.

그것은 마 중의 마.

마를 지배하는 것, 악의 주축, 사악의 근원.

지금 내가 말려든 이상 사태를 재미있어 하는 듯한 목소리에 돌아보니.

머리에 흰 천을 뒤집어쓰고 헐렁한 앞치마 같은 복장…… 즉 조리복 차림으로 거실 바닥에 대걸레질을 하고 있는 은색 머리카락의 소녀가 있었다.

네, 여러분, 이게 마왕입니다.

"……뭐야."

"……아니요, 딱히."

조금도 마왕이라고 생각할 수 없는 모습이지만, 거짓 없는 사실 그대로 마왕입니다.

고용인으로밖에 안 보이는 이 옷은 보타락장 관리인실에 있었던 것이다. 그녀가 이쪽 세계의 의복을 가지고 있지 않았기 때문이다. 체육복 같은 거라도 괜찮았겠지만 다른 사람이랑 겹치니까요.

이런 모습이라도 원래는 분명한 마왕이다. 그 마왕이 왜 여기 있느냐 하면, 그만 이쪽 세계에 흘러들어 온 것을 내버려 둘 수도 없어서 이렇게 보타락장에 살게 하고 있는 것이다.

청소를 부탁한 건 나지만, 부탁한 일을 제대로 해 주는 만큼 다른 주민들보다 훨씬 훌륭하다. 마왕이라는 점 때문에 다 허사가 되지만요.

"어, 마왕…… 씨?"

"그러니까 뭐야, 소이치. 이제 와서 나를 마왕이라고 부를 거라면 이 목걸이를 어떻게 좀 해 주는 게 어때."

"그건 무리입니다."

"이 차림새도 대체 뭐야. 나한테 어울리는 건 좀 더 마왕다운 차림이야. 내 옷을 돌려줘."

"그렇게 가시 달린 옷은 위험하잖아요. 그 차림으로 참아 주세요."

"이래 가지고는 난 그냥 무력한 소녀잖아. 미리암 바리에타스라는 한 명의 보잘것없는 소녀이고, 적의 본거지에 붙잡혀서 청소를 강요당하는 거야."

"그렇게 뾰로통해지지 말았으면 좋겠는데요……."

뾰로통한 모습의 그녀…… 미리암은 마왕이라는 이름대로 난동을 부려 세계를 멸망으로 몰아넣었다. 하지만 영웅분들의 활약……이라고 하기엔 좀 다른 행동의 결과, 보타락장의 청소를 할 정도로 전락하고 말았다.

미리암은 손에 든 대걸레를 바닥에 세우고 이쪽을 노려본다.

"아 진짜, 부루퉁할 만도 하지! 이렇게 내 힘을 봉인하는 목걸이를 차고 청소만 하고 있으니까!!"

"하지만 목걸이를 빼면 또 에리카 씨를 습격할 거죠?"

"응."

"부정 안 하네……!"

"그야 당연하잖아! 용사와 마왕은 결코 양립할 수 없는 원수라구! 마왕의 긍지를 걸고 반드시 용사를 쓰러뜨릴 거야! 지금도 용사를 쓰러뜨리기 위한 특훈을 빼먹지 않는다구. 매일 아침 국민체조와 텔레비전 피트니스를 해서 내 컨디션은 완벽한 상태거든!!"

"……에리카 씨에게 손을 대면, 평생 밥은 없어요."

"우리 사이좋아!!"

"……그거 잘됐네요."

뭐, 이렇게 식사를 언급하면 단숨에 꺾이니 그다지 두렵지도 않습니다.

내 그런 생각이 얼굴에 나오고 말았던 걸까.

"아, 어이없다고 생각했지!? 하지만 어쩔 수 없잖아! 지금 생활은 옛날에 비해서 훨씬 쾌적한걸! 줏대가 없어질 만도 하지! 그도 그럴 게 매일 세 끼 식사가 꼭 나오잖아!?"

"오히려 묻고 싶은데, 지금까지는 제대로 세 끼를 안 먹었어요?"

"준비하기 귀찮은걸!!"

"자취하는 학생입니까……."

이 마왕은 마왕이지만 일단은 여러모로 일을 거들어 주니까 식사 정도는 별로 상관없지만요.

"그거 말고도 목욕물도 제대로 준비돼 있고, 에어컨도 달려 있고! 정말, 여기는 최고의 환경이야! 마치 천국 같아!"

"어쨌거나 이 보타락장의 설비는 훌륭한 영웅들을 위한 건데요. 어째서 하필이면 마왕이 즐기고 있는 겁니까."

"훌륭한 영웅 같은 건 여기 없잖아."

"그 말은 하지 마세요. 필사적으로 현실에서 눈을 돌리고 있으니까."

"하아, 정말이지, 지금까지 혼자서 애썼던 게 먼 옛적 일 같아……. 앗, 설마 이것도 소이치의 작전인 거야!? 근대적인 생활을 가지고 마왕인 내가 속세를 탐하도록 할 작정인 거지!?"

"딱히 그럴 작정도 아니고, 싫으면 나가도 별로 상관없는데요."

"보타락장 최고! 텔레비전도 항상 볼 수 있고! 마왕성에는 텔레비전 같은 건 없었으니까 정말 즐거워!!"

"그런가요."

"특히 애니메이션이라는 건 진짜 재밌어. 매일매일 자극이 넘쳐흘러! 이렇게 즐거운 게 있는 줄은 몰랐어. 이제 혼자 바닥의 돌을 세면서 시간을 때우는 생활과는 작별이야!!"

눈부시게 웃는 얼굴로 외치는 마왕이었다. 텔레비전에 낚이다니 무슨 옛날 초등학생도 아니고. 완전히 이곳의 생활에 익숙해지고 말았는데, 마왕이면서 그래도 괜찮은 겁니까. 아마 그거 마왕실격 행위일 걸요.

아무튼 다른 영웅들이 제멋대로 지내는 와중에 이렇게 평범하게 대화할 수 있는 상대는 마왕이기는 해도 귀중하다. 아무리 마왕이라도.

그래서 이번 지령에 대해 이야기를 해 보기로 했다. 마왕이란 멸망의 전문가 같은 부분이 있으니까요. 그런 전문가는 없어져야겠지만요.

"그런데, 미리암…… 씨?"

"미리암 님, 이겠지?"

"그럼 미리암."

"미리암 님이라고 했잖아! 얌전히 그렇게 부르라구! 넘칠 만큼의 공포와 경외의 마음을 담아서!!"

"둘 다 없는데요."

"……헤에."

솔직히 대답하자 미리암의 목소리가 차가워졌다.

"마왕을 상대로 그런 태도라니 배짱 좋네. 처음 만났을 때는 강아지처럼 겁먹었던 주제에, 꽤나 건방져졌잖아? 그렇게 어리석고 어쩔 수 없는 인간에게는 합당한 태도라는 게 있는데 말이야."

이쪽을 내려다보듯이 선언하는 목소리.

뭐, 그렇게 말한다면 이쪽으로서는.

"그럼 오늘은 밥 없어요."

"마왕도 생명이라구!? 생존권을 주장하겠어!"

급격하게 눈물이 어리는 마왕이었다. 그렇게 밥이 먹고 싶은 건가요. 아니면 설마 전에 내가 심하게 설교를 한 것이 마왕의 트라우마가 된 걸까. 그때 일은 사실 나도 기세를 타고 행동해 버렸기 때문에 그다지 기억에 남아있지 않지만.

겨우 진정한 마왕을 데리고 거실 소파에 앉아 이야기를 한다.

"그럼…… 미리암."

"뭐야, 소이치."

"이렇게 새로운 재앙의 카운트다운과 지령이 나왔는데, 뭔가 아는 것 없습니까. 이「혼돈된 여왕」이라는 존재에 대해서."

"꼴사납게 봉인된 내가 뭘 안다고 생각하는 거야……라고 말하고 싶지만, 공교롭게도 본 기억이 있네."

"정말입니까!?"

설마 이렇게 간단히 정답을 찾으리라곤 생각지 못했다. 하지만 미리암은 무심결에 몸을 쑥 내민 나를 앞에 두고 애를 태우듯이 손가락을 옆으로 흔든다. 그리고 목걸이를 가리키더니.

"진짠데. 만약 자세히 알고 싶다면, 지금 바로 나를 자유롭게……."

"그런데 그 목걸이에는 전류가 흐르는 기능이."

"뭐든지 말할 테니까 살려 줘!!"

"……뭐, 그런 기능은 없지만요."

"이 마왕을 속였겠다!? 이 무슨 비겁한! 마왕보다 못한 존재잖아!!"

"그런 소릴 들으니 엄청나게 침울해지는데요……."

다른 사람도 아닌 마왕에게 그런 소릴 듣다니 꽤나 마음에 찔리니까 이젠 속지 않도록 할게요. 아마도.

"그래서, 본 기억이 있다는 건 정말입니까?"

"그래, 그 비슷한 단어라면 본 적이 있어."

"그 비슷한 단어?"

"그게, 나 저번에 이 아파트 사람들까지 한꺼번에 세계를 멸망시키려고 했잖아. 그때 여기 사는 영웅들에 대해서는 거의 다 조사했어. 그렇게 조사한 정보 중에 그 단어가 섞여 있었어."

"그건……."

"그건 여기 주민의 별명 정보. 「혼돈의 여왕」이라는 이름으로 불리는 존재가 있었어. 분명히 이 아파트에 사는 영웅들 중 한 명이야. 엔죠 츠즈라는 이름의, 전설의 작가…… 「혼돈된 여왕」과 「혼돈의 여왕」, 비슷한 것 같지 않아?"

"뭣!?"

마왕은 시원스레 말했다.

"그러니까, 그 녀석이 바로 그 지령에 있는 재앙이라는 거네."

이번 재앙, 「혼돈된 여왕」이라 불리는 것의 정체가 이 아파트에 산다는 은둔형 외톨이 작가.

엔죠 츠즈리 선생님이라고 잘라 말한 것이다.

"그럴 리가……. 설마."

"설마라니, 뭐가 설마야. 내가 거짓말이라도 한다는 거야?"

"그 외에 뭔가 「혼돈된 여왕」에 관한 정보는 없어요?"

"몰라, 그런 거."

"쓸모없는 마왕이네요."

"뭐라구!"

하지만 아무리 마왕이라도 여기서 거짓말을 할 이유가 없으니 일단은 믿어도 될지 모른다. 지금으로선 신의 지령이 가리키는 것이 전설의 작가 엔죠 츠즈리 선생님일 가능성이 높다. 하지만 그런 일이 있을 수 있을까.

분명히 보타락장 영웅분들은 상당한 구제불능 인간들입니다. 세계가 지금이라도 멸망하려는 때에 개인적인 행동에 몰두하는, 어마어마한 구제불능 인간입니다. 그래도 결코 나쁜 사람들은 아닌데. 뭐 착하냐 나쁘냐고 한다면 약간 나쁜 쪽으로 기울어진 것도 같지만, 기본적으로는 선량하다고 생각한다고요.

그런데 이번에는 다르다. 한 영웅이 세계를 멸하려 하고 있다.

그것은 이미 구제불능 인간이 어쩌고 하는 수준의 문제를 넘어섰다. 이제는 웃으면서 넘길 수 있는 사태가 아니다.

"……아니, 그렇지 않아요."

떠오른 생각을 즉시 부정한다.

영웅이 세계를 멸하려 하다니, 그런 일은 있을 수 없다.

그러니까 나는 그저 믿는다. 영웅이 세계를 멸망시키는 일은 절대 없다고 주장하는 거다. 분명 괜찮을 거다. 영웅이란 그런 것이니까.

"아─아─ 세계 멸망시키고 싶어라─!!"

"…………."

저 사람, 왜 이런 최악의 타이밍에 나타나는 거죠.

어느새 와 있던 에리카 씨 쪽으로 몸을 돌린다. 뒤쪽에서 미리암이 캬악─하고 외치며 위협하는데, 역시 사이 나쁘잖아요. 마왕스러움 대방출이잖아요.

"……저어, 에리카 씨?"

"뭐지, 소이치. 세계를 멸망시킬 마음이 들었어?"

"그런 마음이 든 적도 없고, 앞으로도 없어요."

"쳇─. 아, 맞다. 오늘 치 일기를 썼어. 자 여기."

"네, 볼게요."

에리카 씨가 내민 빨간색 일기장을 받아 든다.

이것은 에리카 씨가 너무나도 세계를 멸망시키려고 하는 탓에, 스스로를 돌아보게 하기 위해 매일 쓰도록 부탁한 일기다.

마치 초등학생을 상대로 하는 숙제 같지만, 이런 작은 것들을 하나하나 해 나가야겠지요. 조금이라도 영웅다운 자신을 되찾도록 하기 위해서.

어디, 받아 든 일기의 내용은.

【오늘은 3리터 정도 멸망시켰습니다. 끝.】

"끝이잖아!?"

심지어 의미를 알 수 없다. 그 단위는 뭐야!?

"힘들었어, 3리터나 멸망시키는 거. 애쓰면 5리터는 할 수 있을 것 같지만. 그제는 1킬로그램, 어제는 2미터였으니까. 오늘은 3리터 정도에서 그만했어."

"그러니까 뭘 멸망시킨 거예요!? 단위도 뭔지 모르겠고!!"

에리카 씨가 쓴 일기는 이런 영문 모를 피해 상황을 알리는 것이 되어 있었다. 전혀 갱생의 기미가 안 보이네요. 처음에는 좋은 생각이라고 여겼는데 그다지 도움이 되지 않았군요, 이거.

"정말이지, 제가 뭣 때문에 에리카 씨에게 일기를 써 달라고 했다고 생각하시는 거예요!"

"……으음, 여름 방학 숙제라서?"

"지금 여름 방학입니까? 분명히 여름 방학 같은 생활을 보내고 있는 것도 같지만요."

"하는 김에 내일 치 일기도 써 봤어. 잘했지?"

"이미 완전히 일기의 의미를 잃었네요."

그렇게 말하며 넘긴 다음 페이지에는.

【세계는 멸망했다. 끝.】

"끝났잖아!?"

"이중의 의미야."

"무슨 말장난을 하시는 거예요!?"

그렇게 의기양양한 얼굴 하지 마세요. 일기의 의미가 없어졌 잖아요.

"엥―. 그치만 이제 지겨운걸."

"아직 쓰기 시작한 지 사흘밖에 안 됐잖아요?"

"남자는 사흘만 못 봐도 세계를 멸하는 법이라는 속담도 있잖아."

"그런 속담은 없고, 남자도 아니잖아요!?"

"애초에 그런 세세한 작업은 나한테 안 맞아! 세세한 주문이나 영창 같은 건 귀찮다구! 적당히 파밧―해서 휘익―하면 투콰앙―할 게 뻔하니까!!"

"내용이 전혀 전달이 안 되잖아!"

요컨대 감각형인 에리카 씨에게 맡길 일이 아니었던 거군요. 제 쪽에서 어떻게 할 수밖에 없겠네요.

"알겠습니다. 이제 아무것도 안 해도 돼요. 수고하셨습니다."

"그래? 아무것도 안 하는 건 특기인데. 뭐, 세계를 멸망시킬 때는 제대로 직접 손을 쓰겠지만. 내가 모르는 곳에서 멋대로 세계가 멸망하는 건 절대 용서 못해. 그 누구한테도 넘겨주지 않겠어!!"

"그런 변변치도 않은 소리를 당당히 하셔도……."

세계를 멸망시키려는 영웅. 아무리 영웅이 구제불능 인간이라도 세계를 멸망시키는 재앙이 되어 버리는 일은 절대 있을 수 없다. 물론 에리카 씨라는 예외가 여기 있지만, 그건 어디까지나 예외입니다. 어디까지나.

내가 아직 만난 적 없는 엔죠 선생님 역시 구제불능 인간일지도 모른다는 우려는 있으나, 세계를 멸망시키려고 하지는 않겠지요. 은둔형 외톨이라고 들었는데, 틀어박혀 있기만 하는 거라면 이렇다 할 피해는 없습니다. 분명 신이 내려주신 정보에는 나와 있지 않은 깊은 사정이 있을 거예요.

"그렇게 믿고 있으니까."

알고 있다. 자신이 해야 할 일을 알고 있다.

그러니까 실제로 엔죠 선생님을 만나 직접 이야기를 해서 이번 일이 오해라는 것을 확실하게 증명해야 한다.

"그러고 보니, 엔죠 선생님의 방은 어디에 있지요?"

순수 은둔형 외톨이 작가. 내가 이 보타락장에 온 이래 한 번도 모습을 본 적이 없는 영웅을, 어떻게 하면 만날 수 있을까.

"……으─음."

먼저 디바이스에서 끌어낸 보타락장의 지도와 눈씨름을 해 본다.

이 보타락장의 구조는 위에서 보면 'ㅁ' 자 모양이다.

한 귀퉁이에 현관을 비롯해 거실과 주방 등이 있고, 거기서부터 안뜰을 둘러싸듯이 복도가 뻗어 있고 뻗은 복도 중간에 방이 여러 개 있다. 디바이스상의 지도를 터치해서 각 방의 정보를 볼 수 있는데.

"엔죠 선생님의 방은 안 보이네요."

이 보타락장은 필요에 따라 방이 늘어나거나 줄어든다는 거짓말 같은 기능을 가지고 있어서 무의미한 방은 하나도 없다.

실제로 마왕 미리암이 지금 살고 있는 방도 마왕이 이곳 주민이 되었을 때 새로 생겨났다. 그런데 마왕이 여기 살게 된 이후로 전기요금이 터무니없이 늘어났는데 이거 설교해도 됩니까.

일단은 보타락장 안을 실제로 한 바퀴 돌아보았지만.

"……없네요."

어디에도 수상한 그림자는 없었다.

도중에 쿠로 씨가 몰래 숨긴 걸로 보이는 술병과 사몬지 씨가 몰래 은폐한 걸로 보이는 메모리 카드 같은 것을 발견해서 몰수해 두었지만요.

덤으로, 마왕이 쓰고 있는 방 옷장에 마왕의 뿔을 넣어둔 것을 발견해서 상당히 놀랐다. 그 뿔, 뗄 수 있는 거였군요.

"아아, 그거, 방해되니까 떼 놨어."

"인체 부분 중에 방해되니까 뗄 수 있는 건 없을 텐데요. 애초에 뭣 때문에 뿔 같은 걸 붙이고 있는 겁니까."

"마왕이니까."

"이유가 안 되잖아요?"

"마왕이라면 머리가 일곱 개에 뿔이 열 개쯤은 돋아 있는 법이라구!!"

"마왕의 상식 같은 건 몰라요!"

아무튼 엔죠 선생님의 모습은 발견되지 않았습니다.

"정말 엔죠 선생님은 대체 어디 있는 걸까요."

아마도 엔죠 선생님이 주문한 것으로 보이는 통판 물건이 보타락장에 대량으로 배달되어 있는 것은 확인할 수 있었다. 그 물건들을 창고에 넣어 두면 어느새 사라지는가 보다. 그러니 아파트 안에 있는 건 분명하다고 생각하는데.

카운트다운은 아직 6일간 유예가 있지만, 빨리 엔죠 선생님을 만나고 싶은데…… 그렇게 생각하고 있었더니 현관문이 열리는 소리가 들렸다.

"큰일이야! 화과자 가게가 양과자 가게랑 합체했어!!"

몹시 다급한 목소리가 났다. 료코 씨가 돌아온 것이다.

게다가 또 다른 성가신 일이 일어난 듯한 느낌이 드네요.

【주인님, 아무래도 여러모로 힘드신 것 같네요. 시짱도 그늘에서나마 응원하고 있습니다. 주인님은 혼자가 아닙니다. 하지만 부디 본래 사명을 잊지 않으시길. 신께서 내리신 사명을 반드시 완수해 주십시오. 오늘은 『해파리 같은 마음 가지는 법』이라는 책을 준비했습니다. 시간이 되시면 일독해 주십시오.】

현관 앞에서 맞이한 료코 씨는 필사적인 모습으로 튀어 오르고 있었다.

"큰일이야. 화과자 가게랑 양과자 가게가!!"

"들렸어요. 그거 그냥 합병한 거 아닌가요. 다각적인 경영을 위해서."

"그런 바보 같은 일이 있을 리가 없잖아! 그 화과자 가게랑 양과자 가게는 점장끼리 아가씨 하나를 둘러싸고 수십 년간 싸워

온 가게들이라구!? 그렇게 쉽게 합병하는 일은 절대 있을 수 없다니까!!"

"몇 년쯤 되는 시점에서 화해할 수 없었던 겁니까……?"

그거, 아가씨는 다른 누군가랑 결혼했다는 패턴이겠네요.

그리고 료코 씨뿐만 아니라 도마뱀인 쿠드 롬바르디아 님…… 통칭 쿠로 씨도 화난 듯한 모습이었다. 평소보다 미묘하게 색이 붉어져 있다.

"게다가 술 가게 쪽도 엄청났다니까! 쿠로 씨도 꽤나 실망했어. 전통 있는 양조장이랑 낫토 가게가 합체한 끝에 누룩이 이상해져서 술맛도 이상해졌나 봐."

"허어. 그건 오늘 아침부터 보타락장에서 일어나고 있는 이상과 상관이 있는 겁니까. 하지만 여기엔 결계가 있지요? 그러니 외부에 이상이 새어 나갈 리는 없다고 하셨잖아요."

"아까 봤더니 결계에 터진 데가 있었어."

"너무하잖아!!"

뭘 위한 결계입니까, 대체.

"아아, 안심해. 결계가 터진 부분은 작았으니까. 에리카가 빠져나갈 수 있을 만한 건 아니야."

"그건 확실히 다행이지만요. 하지만 이상 사태가 외부에 새어 나간 거죠?"

"응, 왈칵 샜지."

"그거 지금부터라도 어떻게 안 될까요?"

"무리야. 이미 이상이 아파트 밖으로 나가 버려서 세계에 영향을 끼치고 말았는걸. 근본적인 원인을 해결하지 않으면 결계만 고쳐도 의미가 없어."

"그럴 수가……."

구제불능 인간들이 멋대로 묘한 꼴을 당하는 건 아무래도 상관없지만 일반인분들을 말려들게 하지 말라고요.

하지만 구제불능 인간들의 망언이라고만 생각했던 오늘 아침의 소동. 료코 씨 말대로 아파트 밖에서도 이상한 일이 일어나고 있다면. 이건 정말로 이상 사태라는 이야기가 된다.

"하지만 이상하네에. 왜 결계에 구멍이 뚫린 걸까."

"저기 료코 씨. 그거 엔죠 선생님이 관련된 건 아닐까요?"

"츠즈리……? 왜 그 애 이름이 나오는 거야?"

의아해하는 료코 씨에게 나는 신께 온 새로운 재앙의 지령에 대해 이야기를 했다.

"……그렇군. 분명히 그 애라면 가능할지도 모르겠네. 그렇구나, 한동안 안 만났더니 잊어버리고 있었어."

"역시 그런가요!?"

"그래. 츠즈리의 능력이라면 확실히 설명이 돼."

"능력이라니…… 엔죠 선생님은 작가잖아요? 그런데 어떻게 능력 같은 게 나오지요?"

"어머, 그건 작가를 너무 얕보는 거야. 작가라는 직업도 싸움으로 물들어 있으니까. 츠즈리도 전설의 작가라 불리기까지 수많은 싸움을 펼쳤을 거야. 결코 상처 없이 해 오진 못했을걸."

"……작가잖아요?"

그거, 제가 알고 있는 작가랑 정말 같은 건가요.

하지만 료코 씨는 진지하게 엔죠 츠즈리라는 작가의 공적에 대해 이야기하기 시작한다.

"그립네. 그래, 그날이 시작이었어……."

그녀가 전설의 작가라 불린, 그리고 이 보타락장에 오게 된 기나긴 역사를 이야기해주려 하는 것이다.

"츠즈리는, 원고 마감을 피해 보타락장에 뛰어들어 왔지."

"짧잖아!!"

아무리 그래도 너무 급격하지 않아요!?

영웅의 한 사람으로서 이 보타락장에 체재하도록 허가받았으니, 거기엔 좀 더 파란만장한 공전절후의 이야기가 있어도 되는 거 아닙니까!?

"과거의 일을 신경 써 봤자 별 수 없잖아. 현재를 살고 있으니까 알아야 할 건 지금의 일이겠지? 과거에만 집착하면 미래는 보이지 않아."

"그러니까 어째서 멋진 이야기를 하는 분위기인 거죠……."

이러면 오히려 제 쪽이 엔죠 선생님에 대해 더 잘 아는 거 아닐까요.

이 보타락장에 파견되기로 결정되었을 때부터 여기 살고 있는 영웅분들에 대해서는 다 외워 버릴 정도로 자세히 조사했으니까. 뭐어 실제로 만나보니 저런 거였지만, 그래도 분명하게 기억하고 있습니다.

전설의 작가, 엔죠 츠즈리.

그 전설의 시작은 몇 년 전으로 거슬러 올라간다.

엔죠 츠즈리가 쓴 한 권의 소설. 그것이 과연 어떤 내용인지는 오늘날에도 자세히 알려지지 않았다. 그러나 어떤 세계에서 그 소설이 일으킨 사태는 너무나도 유명하다.

사람들이 싸움을 멈추었다. 한 권의 소설이 전쟁을 끝낸 것이다.

전쟁터에서 은밀히 읽히는 소설이 있었다……는 이야기는, 전쟁이 끝난 뒤에 알려지게 된 사실이다.

사람들이 말하길, 그것은 슬픈 이야기이고, 웃을 수 있는 이야기이고, 그리고 기운이 나는 이야기라고 했다.

사람들이 말하길, 그 소설을 읽은 병사의 눈에 희망의 빛이 생겨났다고 했다.

소설이 가져온 여러 감정이 전쟁으로 피폐해진 사람들 사이에 퍼져 나간 것이다.

그리고 실제로 전쟁은 끝났다.

그리고 그녀의 전설은 거기서 끝나지 않았다.

이 세계에서 세계대전 이후에 발생한, 우주인의 습격으로 시작된 성간 전쟁. 대국의 도시가 증발하고 트라이포드가 걸어 다니고 녹색 우주인이 날뛰는 등, 세계는 대혼란에 빠졌다. 그러나 그때도 그녀의 소설에 의해 전쟁이 중단된 것이다.

우주인이니 애초에 소설을 읽을 수 있을 리도 없는데, 그런 상대에게까지 어필하는 그야말로 상식을 벗어난 소설. 글자를 읽을 수 없는 상대가 이해를 했다니 그건 이미 소설이 아닌 것 같기도 하지만, 어쨌든 우주인은 싸움을 멈추고 사라졌다. 세계는 또다시 평화로워졌다.

그 후에 일어난 지저인과의 천지 전쟁. 혹은 반어인과의 해저 대전쟁. 혹은 세계를 불태운 불의 7일 전쟁. 수많은 전쟁이 일어났지만 그때마다 엔죠 선생님이 쓴 소설이 세계를 구한 것이다. 그런데 전쟁이 너무 많이 일어나네요.

그렇게 온갖 세계에서 수많은 전쟁을 종결시킨 전설의 작가. 그녀가 어떤 마음으로 세계를 구한 것인가. 그 이유는 지금도 알려지지 않았다.

그러나 실제로 전쟁은 멈추고.

엔죠 츠즈리라는 작가는 그 공적으로 인해 영웅으로서 보타락 장에 맞아들여졌다.

그것이 지금에 이르는 이야기이다.

"그렇게 훌륭한 분이었을 텐데, 어째서 은둔형 외톨이가 된 겁니까!!"

"뭘 갑자기 불타오르고 그래."

안 되지. 엔죠 선생님의 경력을 되돌아봤더니 갑자기 뜨거워지고 말았네요.

"저기, 료코 씨. 엔죠 선생님의 능력이 뭔지 자세히 가르쳐 주시겠어요?"

"그래. 오늘 아침부터 일어났던 일. 주먹밥, 내 만주, 술, 사진 같은 것들이 이상하게…… 뭔가랑 섞인 것처럼 변했던 건 분명히 츠즈리의 능력 때문일 거야."

료코 씨는 조금 전에 사 온 듯한 만주를 먹으면서 말한다. 만주가 만주를 먹는 광경에는 역시 익숙해지지가 않네요.

"츠즈리는 옛날부터 여러모로 호기심이 왕성한 애라서."

"왜 갑자기 친척 아주머니 같은 어조가 되는 거죠."

"이야기의 도입부잖아. 정말이지, 너는 좀 인간다운 정서를 이해하는 게 좋겠어."

"그런 소리를 만주한테 듣고 싶지는 않은데요……."

"츠즈리는 세속에서 말하는 보이즈 러브…… 남자끼리 얽히고설키는 걸 정력적으로 썼어. 이 남자랑 저 남자를 커플링하고 거기서 생겨나는 정열적인 리비도를 원고에 쏟아낸 거지."

"그, 그렇군요……."

이른바 BL이라는 것인가요. 저도 일단은 후학을 위해 읽어 본 적이 있지만, 좀 코멘트하기 곤란한 물건이었습니다.

"너도 만약 츠즈리를 만나면 틀림없이 커플링의 먹이가 되겠지. 커플링당할 거라니까, 분명히. 신타로쯤이랑. 질척질척하게."

"우와아……."

"아니면 쿠로 씨일 수도 있어. 그래 보여도 일단은 수컷이니까."

"상상하고 싶지 않은데요……."

"하지만 츠즈리는 그걸로는 만족할 수 없게 된 거야."

"허어."

"남자끼리 맺는 걸로는 부족했어. 여자끼리도 마찬가지. 그렇게 파고든 끝에 그녀는 온갖 것을 커플링시켜 소설을 쓰게 됐어. 천장×바닥이라든가, 현관×뒷문이라든가, WiiU×PS4라든가, PS Vita×3DS라든가."

"잘은 모르겠지만 엄청난 일이 됐다는 건 알겠어요."

"그 결과, 능력을 손에 넣은 거야."

"……죄송한데, 진짜로 잘 모르겠는데요."

"말한 그대로야. 그 애는 온갖 것을 커플링하려고 계속 파고든 결과 온갖 것들 사이에 커플링을 성립시키는 능력을 손에 넣고 말았어."

"정말 죄송한데, 진짜로 하나도 모르겠어요."

무슨 소릴 하는 거지, 이 만주.

아무래도 농담하는 투는 아니니까 정말이겠지만.

"그럼 보타락장에서 일어나고 모토히로쵸로 퍼져 나간 소동은, 전부."

"그래, 츠즈리의 능력……「현상×실리^{알 카 드 론}」때문이야. 어떤 것이든 강제적으로 커플링을 성립시켜 버리는 능력. 그 탓에 모든 것이 커플링되고 마는 거야. 뭐, 날것끼리 커플링하는 건 질렸는지, 섞이는 건 물건이나 개념에 그치지만 말이지."

"뭐 그렇게 엉망진창으로……."

"이대로 순조롭게 나간다면 세계가 큰일이 날지도 모르겠네."

"세계가 큰일…… 앗, 그거, 재앙의 도래 아닙니까!? 역시 재앙의 정체는 엔죠 선생님인가요!?"

"뭐, 그렇게 되겠지……."

"그, 그럴 수가……."

엔죠 선생님의 능력이 세계에 퍼져 나가 세계를 멸망시키다니. 온갖 것이 커플링된 결과, 멸망에 이르다니……

"……아니, 왜 커플링된 결과 세계가 멸망하게 되는 거예요!?"

나도 모르게 심각한 분위기에 휩쓸려 맞장구를 치고 있었지만, 이상하잖아요. 세계가 그렇게 쉽게 멸망하지는 않을 것 같은데요.

"생각이 모자라네. 이대로 츠즈리의 커플링 능력이 계속 확대되면 어떤 일이 일어날지 모르겠어?"

"어, 음, 어떻게 되는데요?"

"하늘과 땅 사이에 커플링이 성립해서 지상의 모든 것이 짓눌려 버릴 거야. 즉 세계는 멸망해."

"엔죠 선생님은 어디지!? 빨리 찾아야 해!!"

그거 절대로 멸망하겠네요. 1마이크로의 틈도 없이 멸망하겠네요.

"아니면, 지구와 달이 커플링돼서 달이 떨어져 내려 멸망해."

"그런 가능성도!?"

"은하계와 블랙홀이 이렇게 되고 저렇게 돼서 세계는 멸망해."

"끝장이잖아요오오오오!!!!"

어떻게 그렇게 시원스럽게 말할 수 있는 겁니까. 아무리 발버둥 쳐도 절망이다. 내버려 둘 수 있을 리가 없다.

"애초에, 과거에 전쟁이 멈춘 것도 츠즈리가 대충 여러 가지 것들을 커플링해댄 게 원인이래. 적과 우리 편을 마구 커플링하는 상황에선 아무도 전쟁 같은 걸 하고 있을 수 없겠지. 살과 살의 격렬한 부딪침이 이렇게!"

"듣고 싶지 않아! 듣고 싶지 않다구요!"

동경했던 영웅의 위업이 온 세상의 착한 아이들에게 알려줄 수 없는 그런 내용이었다니, 절대 듣고 싶지 않아요.

아무튼 한시라도 빨리 엔죠 선생님을 만나 능력을 멈추게 해야만 한다.

최강의 작가 엔죠 츠즈리 선생님이 지닌 것은 터무니없이 위험하고 상식을 벗어난 능력. 재앙이 되고 마는 것에도 수긍이 간다. 참으로 수긍하고 싶지 않지만요.

"……하지만, 아직이에요."

그러나 다행히 카운트다운이 끝날 때까지는 아직 여유가 있다.

그 전에 엔죠 선생님의 능력을 멈추면 아무런 문제도 없을 터. 그러니 곧장 엔죠 선생님을 만나 이야기를 해야 한다.

"저기, 료코 씨. 엔죠 선생님이 어디 계신지 알고 계신가요."

"그래. 그 애는 순수한 은둔형 외톨이니까 평범하게 방에 틀어박혀 있지 않아."

"……저기, 은둔형 외톨이라면 보통은 방에 틀어박혀 있는 것 아니에요? 방이 아닌 곳에 있으면 딱히 은둔형 외톨이가 아니잖아요."

"그 부분은 우리 영웅들을 얕보지 않으면 좋겠네. 영웅쯤 되면 얌전히 방에 틀어박힌다는 상식은 전혀 통용되지 않는다구."

"네에네에. 그래서 어디 있습니까."

"뭐야, 그 익숙한 듯한 대응은. 그래, 우선은 안뜰로 나가서……."

"안뜰로 나가는 거군요. 알겠습니다……. 우선?"

"그래, 우선은 안뜰에 있는 등롱을 270도 회전시켜."

"저기, 료코 씨? 저는 엔죠 선생님이 어디 계신지를 묻고 있는데요."

"그래, 그러니까 등롱을."

"등롱과 엔죠 선생님이 무슨 상관이 있다는 거예요?"

하지만 료코 씨는 한없이 진지하게 말한다.

"그러니까, 츠즈리 방에 가려면 몇 가지 장치를 클리어해야 한다구."

"……네?"

"츠즈리도 참, 너무 철저하게 틀어박혀서 말이야. 남이 자기 방에 침입하는 걸 너무 두려워한 나머지 외부에 장치를 여러 개 설치해서 쉽사리 방에 들어가지 못하게 해 뒀다구."

"그건 틀어박혔다기보다 농성이네요."

왜 그렇게 전국시대의 비밀 장치 가득한 성 같은 짓을 하는 걸까. 신이 만드신 이 아파트에서 멋대로 그런 짓을 해도 된다고 생각하는 겁니까.

"자, 됐으니까 등롱을 돌리고 와. 그러다간 아무리 지나도 도착 못 한다?"

"지, 진심이시죠……?"

"이런 데서 어물대고 있으면 앞길이 뻔하지. 하여튼 장치는 보타락장 전역에 깔려 있으니까. 자, 알았으면 빨리빨리 움직여!!"

"……알겠습니다."

아무래도 진심인 듯해 안뜰로 내려서서 등롱에 손을 댄다. 가능하면 쉽게 끝났으면 좋겠는데요.

쉽게는 끝나지 않았습니다.

등롱을 돌리는 것부터 시작해, 보타락장 내에 무수한 장치가 있었다. 그림 액자를 회전시키거나 천장 조명을 잡아당기거나 때로는 낱말 퍼즐 같은 것을 푸는 등 여러 가지 장치를 상대하고 있었더니 유난히 큰 소리가 아파트 내에 울려 퍼졌다.

서둘러 소리가 난 쪽으로 가자, 그곳에는.

"우와아……."

안뜰 한 구석 아무것도 없던 곳에 지하로 가는 거대한 계단이 출현했다. 분명히 보통 사이즈는 아닌, 자동차가 쏙 들어갈 정도의 크기.

"설마…… 방이 지하에 있는 건가요?"

어떤 장치로 인해 이렇게 됐는지는 깊게 파고들지 않기로 하겠습니다. 아무튼 이걸로 겨우 엔죠 선생님을 만날 수 있다.

결의를 품은 채 계단을 내려간다.

"……………어?"

그 앞에 펼쳐진 전대미문의 광경에 말문이 막혔다.

내 눈앞에. 안뜰 지하로 약간 내려갔을 뿐인 그곳에는.

책이 있었다.

아니, 책밖에 없었다.

시야 대부분을 차지하는 것은 무수한 책장. 벽 대신 늘어선 무수한 책장에 책이 꽉 들어차 있다.

"이건…… 설마, 도서관입니까!?"

거대한 지하 도서관.

온갖 책을 가득 집어넣은 상식을 벗어난 도서관이, 그곳에 존재하고 있었던 것이다.

2장 「방에서 나갈 바에는, 죽음을 택하겠어요」

　"우와―. 츠즈리도 참, 어느새 이런 던전을 다 만들었네."

　"던전!? 던전이에요 이거!?"

　보타락장 안뜰에서 거대한 지하 도서관을 발견한 나는 한번 거실로 돌아가 바닥에 굴러다니던 에리카 씨를 데리고 오기로 했다.

　나 혼자서는 발견해 버린 것의 깊이를 헤아릴 수 없을 것 같았기 때문이다.

　"아무리 봐도 던전이잖아, 이거."

　"던전이라니…… 왜 작가를 찾았더니 던전을 발견하게 되는 거죠!? 아니 그보다 던전이 왜 보타락장 지하에!?"

　"츠즈리가 만든 거 아닐까. 헤에, 이렇게 돼 있을 줄은 몰랐어. 언제 만든 거지?"

　"저기, 보타락장에 계속 살았는데 눈치 못 채셨어요?"

　"전에 보타락장을 탈출하려고 안뜰을 팠을 때는 아무것도 없었는데 말이야. 이게 있는 줄 알았으면 벌써 여기로 탈출하려고 했을걸."

　"그건 확실히 그러네요……. 납득하는 방식이 좀 맘에 안 들지만."

"뭐, 이만큼이나 되는 걸 만들다니 과연 츠즈리야. 그럼 곧바로 여기를 통해서 밖에 나가도록 할까!!"

"어, 그런데, 에리카 씨한테는 목걸이가 있으니까, 이제는……."

"소이치 응큼해!"

"왜 거기서 응큼!?"

"색골!"

"더 심한 말을!?"

에리카 씨의 목에 채워져 있는 것은 내가 신께 의뢰해서 전해 받은 복층형 봉인기구 「데몬즈 씰」. 이것이 있는 한 에리카 씨의 힘은 극한까지 억제된다. 또한 이 목걸이만 있으면 내가 감독한다는 제한적인 상황에서 외출도 가능하다.

"그렇구나, 이제는 무리하게 탈출할 필요가 없었지. 정말이지, 이 목걸이 때문에 진짜 곤란하다구. 빼 주면 안 돼?"

"하지만 차고 있지 않으면 세계를 멸망시킬 거잖아요."

"응."

"그러니까 조금쯤은 망설여도 좋을 텐데요……?"

조금도 흔들림 없는 에리카 씨였다.

이야기를 되돌린다. 이렇게 눈앞에 펼쳐진 지하 도서관에 대해서.

입구에서 안쪽을 들여다보아도 끝이 보이지 않는다. 다행히 조명이 여기저기 달려 있어서 시야는 확보할 수 있지만. 그걸로 알 수 있는 것은 도서관이 훨씬 깊고 저 안쪽까지 이어져 있다는 사실이었다. 지하 몇 층짜리 같은 간단한 것이 아니라.

"이거 아무리 생각해도 수십 층은 되겠네요."

"츠즈리는 분명히 책을 엄청나게 많이 가지고 있을 테니까. 이 동굴도 분명히 말도 안 되게 깊은 곳까지 이어져 있을 거야."

"하지만 이 안쪽에 엔죠 선생님이 계신 거죠? 애초에 이런 장소는 일반적으로 살 만한 곳이 아니라고 생각하지만요."

"그런가? 세상에는 책을 너무 좋아해서 서점이나 도서관에 살고 싶다고 말하는 사람도 있다고 하던데."

"그건 꽤나 특수한 예인 것 같은데요?"

어쨌든 이 안쪽에 엔죠 선생님이 틀어박혀 있다면 나는 거기까지 가야만 한다. 하지만 나 혼자 가기에는 너무나도 불안하다.

그래도 가야만 한다고 용기를 북돋우며 한 발 내디뎠을 때.

"그 역할은!"

"우리에게 맡기도록 해라!!"

"Yeah!"

그런 묘하게 믿음직스러운 목소리가 등 뒤에서 들려왔다.

"여러분!?"

거기 있는 것은 료코 씨, 사몬지 씨, 그리고 쿠로 씨.

보타락장의 영웅들이, 오늘 아침부터 내가 소란을 떨 때도 태연했던 사람들이, 여기 모여 서 있었다.

그들의 얼굴에 떠오른 진지한 표정. 구제불능 인간답지 않은 멋진 얼굴.

"정말, 디저트계를 뒤흔드는 이런 짓은 츠즈리라 해도 용서할 수 없어! 화과자와 양과자의 벽을 허물어 버리는 행위는 말이야!!"

"그래, 한시라도 빨리 이런 짓은 그만두게 해야 한다. 더욱 선명하고 확실하게 아이들을 감시……가 아니라, 성실하게 지켜보기 위해서 말이지!!"

"Go for it."

그렇게 단언하는 모습이 참으로 든든하다. 과연 무수한 세계를 구해 온 영웅들. 그들에게 맡기면 분명히 사태는 금방 해결될 것이다.

평소라면 여기서 '영웅분들이 마침내 의욕을 보여 준 거야!'라며 감동해서 눈물이라도 흘렸겠지만, 안타깝게도 나는 완전히 보타락장과 그곳에 살고 있는 구제불능 인간들의 언동에 익숙해지고 말았기 때문에.

"……요컨대 여러분은 자기가 엔죠 선생님의 능력에 피해를 입었기 때문에 그것을 해결하려는 것뿐이지요."

"뭐, 그렇지."

"Yes."

"아아, 그 말대로다."

"얼버무리지도 않네……."

시원스레 긍정했네요. 거짓말이라도 좋으니까 세계를 위해서라고 말해줄 수는 없는 걸까요. 거짓말이 아닌 편이 당연히 더 좋지만 그건 아마 무리일 테니.

뭐, 영웅들에게 할 마음이 생긴 거라면 그런 건 전혀 상관없다. 불안하지 않다고는 말 못하겠지만 여기서는 일단 맡기도록 하자.

"그럼, 부탁드립니다."

"맡겨 두라구!!"

영웅들은 기세 좋게 지하 도서관으로 뛰어들었다가.

"다녀왔어—."

"I'm back."

"흠, 지금 돌아왔다."

1분 후, 아무렇지 않게 돌아왔다.

어쩐지 해냈다는 느낌이 넘쳐흐르는 얼굴을 하고 계신데요.

1분 동안에 다 해결했을 가능성도 있겠지만, 없겠죠.

각자에게 쭈뼛쭈뼛 물어본다.

"……료코 씨."

"그게, 모험 전에 배를 채워 두려고 화양과자 가게에서 산 만주를 먹어 봤는데. 이게 의외로 괜찮단 말이야. 화양 절충, 좋잖아. 나도 참, 모든 만주도(道)를 죄다 걸어 봤다고 생각했는데 아직 미래가 있었네. 이 가능성을 놓치지 않기 위해서라도 다시 만주를 사러 가야 해!"

"…………쿠로 씨."

"Oh, headache."

"쿠로 씨도 참, 갑자기 지하에 들어가는 바람에 기압 변화로 단숨에 취기가 돌았나 봐. 익숙지 않은 일을 한 탓이겠지. 나이 탓도 있는 것 같지만. 이렇게 됐으니 이젠 그만 술이라도 들이켜고 자는 게 최고라고 하네."

"……………사몬지 씨."

"음, 소년이여. 나는 지하 도서관에서 발견한 것이다. 그건 이 지역 경찰의 순찰 루트를 나타낸 서류. 이게 있으면 나는 그놈들에게 방해받지 않고 초등학생들의 등하교를 지켜볼 수 있게 된다. 용서해 다오. 나와 아이들의 미래를 위해 곧장 새로운 감시 계획을 짜야만 한다. 그럼, 안녕이다!!"

제 할 말만 하고 훌쩍 그 자리를 떠나고 마는 세 분.

요컨대 동굴에 들어는 갔는데, 각자의 목적에 어느 정도 진전이 있었기에 지금은 이미 그쪽으로 관심이 옮겨 갔다, 뭐 그런 거겠지. 미래의 일을 꿰뚫어 보지 못하고 눈앞에 늘어뜨려진 이익에 달려들고 만 거다.

사려가 부족한 행위, 적당적당이고 제멋대로인 행동.

그건, 그건 어쩌면 그렇게나.

"이, 구제불능 인간들!!"

사라져 가는 뒷모습을 향해 외친다.

외쳐 봤자 멈춰 줄 만한 분들은 아니지만요.

"……어쩌지."

그리고 혼자 남겨져 고개를 떨구는 나.

깨닫고 보니 에리카 씨도 없어졌다. 처음부터 의지가 될지 어떨지 애매하긴 했지만, 보타락장의 영웅들은 모두 힘을 빌려 줄 마음이 없는 것 같다.

이렇게 되면 이제는 손쓸 방법이 없다.

"왜 그래 소이치. 뭐 고민 있으면 상담해 줄 수도 있어!!"

고개를 떨군 내 뒤에서 말을 건 것은 유난히도 높고 활기찬 목소리.

"뭐하면 나, 마왕 미리암 바리에타스가 힘을 빌려줄 수도 있거든!!"

목소리의 주인은 본인이 선언한 대로 마왕 미리암이었다. 그녀는 안뜰에 있는 돌 위에 서서 팔짱을 끼고 나를 내려다보고 있다. 조리복 차림인 채로.

"······마왕인 주제에, 무슨 바람이 분 겁니까."

"너무나 불쌍한 꼴을 하고 있으니까 조금쯤은 힘이 되어 줘도 좋겠다고 생각했을 뿐이야. 딱히 무슨 꿍꿍이가 있는 건 아니야."

"그렇군, 꿍꿍이가 있는 거로군요."

"어, 없다고 했잖아!? 정말 진짜로 없거든!!"

"말해 두겠는데 아무리 곤란하다고 해도 마왕에게 의지할 생각은 없거든요."

아무래도 마왕이니까. 마왕인걸요.

"그런 소릴 하다니. 아무 선택지도 안 남은 주제에!"

"웃······."

"믿고 있던 영웅들이 줄줄이 도움 안 되는 구제불능 인간들이었으니까, 이젠 나 말고는 의지할 수 있는 상대가 없잖아. 잘 안다구."

"우-우-우······."

눈앞에서 히죽히죽 웃는 미리암에게 반론하지 못하는 나.

그래, 엔죠 선생님이 숨어 있는 지하 도서관은 분명히 위험할 테고 전력이 되는 누군가가 함께 가 주었으면 하는 마음은 굴뚝같지만, 하필이면 남은 선택지가 마왕밖에 없다는 것이 현재 상황입니다. 뭐가 아쉬워서 마왕에게 의지해야 하는 겁니까.

"따—악—히—. 나는 어찌 되든 상관없다구? 이대로 세계에 큰일이 나면 내가 힘을 되찾을 기회도 올 거고—. 그렇게 되면 그 작가인지 뭔지를 쓰러뜨리고 내가 세계에 군림하면 되니까—."

"……그렇겠죠."

"아아, 말을 듣게 하고 싶으면 이 목걸이를 써서 억지로 나를 움직이게 만들면 되는 거 아니야? 신의 지령으로 세계를 구하겠다면서 그런 협박 같은 행위를 해도 용서가 된다면. 그렇게 해서 소이치의 이상이 유지가 된다면 말이야—."

웃으면서 말하는 마왕. 그 웃음은 내 양심을 찌르는 것이었지만.

"……그럼 말씀 받들어, 그대로 하겠습니다."

"어?"

생각지도 못한 대답이 돌아왔다는 듯이 고개를 갸웃하는 미리암. 하지만 말을 꺼낸 건 그쪽이니까요.

"목걸이에 강한 전류가 흐르는 게 싫으면, 얌전히 저를 따라오세요."

"아무렇지 않게 협박했어!? 그런 기능은 없다고 했잖아!!"

"방금 장착되었어요."

"귀신! 악마! 소이치!"

아연실색한 표정을 짓는 미리암.

"협박을 하다니, 인간으로서 최악으로 비열한 행위잖아!!"

"마왕한테 듣고 싶진 않군……. 하지만 세계를 구하기 위해서라면 제게 불평하는 것쯤은 참겠어요. 세계의 미래에 관한 일이니까요."

"이, 이상이나 뭐 그런 건 없어!?"

"이상으로 다 구할 수 있으면 고생은 안 하겠죠……."

아, 먼 곳을 바라보는 눈을 하고 있네요, 저.

"뭐, 그런 거니까. 제가 스위치를 켜기 전에 결정해 주세요."

"자, 잠깐 기다리라니까! 협박 같은 걸로 내가 움직일 거라고 생각한 거야!?"

"그런데요."

"전류를 흘리고 싶으면 흘려! 식사도 걸러도 돼! 하지만 그걸로 내가 얌전히 따를 거라고 생각했다면 큰 착각이라구!? 그래, 나는 위대한 마왕, 인간 따위의 협박에 굴한다면 후세까지 수치스러우니까!!"

"……그렇습니까."

확실히 그녀가 협박에 굴할 기색은 없다. 지금까지도 수많은 수라장을 헤쳐 왔을 터, 어중간한 협박 가지고는 효과가 없을지도 모른다. 그렇다면 뭐 다른 수를 쓰겠지만요.

"그럼, 앞으로는 텔레비전 금지예요."

"엑."

마왕이 굳는다. 개의치 않고 다시 말을 던진다.

"목걸이에서 수수께끼의 전파 같은 게 나와서 텔레비전 시청 못 하게 할 거니까요. 잘됐네요. 앞으로는 무슨 채널을 틀어도 모래 폭풍밖에 안 보이게 될 겁니다. 모래 폭풍에 무슨 재미가 있는지는 모르겠지만."

"뭐 하고 있어, 소이치! 얼른 가자구!!"

"빠르다!?"

어느새 던전 입구에서 손을 파닥이는 마왕 미리암이었다.

이렇게 될 줄 예상하긴 했지만, 정말이지 손바닥 뒤집는 게 신속하네요. 그렇게 텔레비전이 보고 싶은 겁니까. 텔레비전 덕후입니까.

"하고 싶은 말은 많지만, 우선은 출발할까요. 물 들어올 때 노 젓는다고."

"저기, 숙박 용품은 안 가져가?"

"딱히 캠핑 가는 것도 아니니까 괜찮아요. 잘 생각해 보면 잠시 입주자 방에 들르는 것뿐이니까 그렇게 거창하게 준비할 필요는 없겠죠."

"소이치 너, 던전을 얕보는 거야?"

"네?"

"던전이라는 건 말이야, 세심한 주의와 최대한의 경계가 필요한 장소야. 몬스터와의 전투, 함정으로 인한 사상이나 아사 등 등 늘 죽음과 맞닿은 위험지대. 그런 곳에 들어가려는데 준비할 필요가 없다고? 넌 도대체 던전을 몇 년 다닌 거야!"

"아니, 던전에 들어가는 건 처음인데요……."

아니, 그보다 뭣 때문에 이 마왕은 던전에 들어가는 쪽의 의견을 말하는 거죠. 어느 쪽인가 하면 던전에 숨어 있는 쪽이잖아요? 던전 맨 안쪽에서 흐하하 잘도 왔구나 어쩌고 하는 쪽의 존재 아니던가.

【주인님, 던전으로 향하시는군요. 그럼 시짱, 기합을 넣어 추천 도서를 소개해 드리겠습니다. 『던전에서 아침을』, 『던전 런치』, 『던전은 저녁 식사 후에』, 세 권입니다. 한번 읽으면 하루 종일 던전에 틀어박혀 있을 수 있는, 아니, 다시는 던전에서 나오기 싫어지는 라인업입니다. 부디 참고해 주세요.】

【재앙이 닥치기까지 앞으로 5일 23시간 13분 54초】

시간은 이미 앞으로 6일 이하로 떨어져 여유가 없다.

미리암의 말도 옳았기 때문에 일단은 던전 탐색 준비를 갖춘 다음 지하로 향하기로 했다.

하는 김에 료코 씨와 다른 사람들에게 쪽지를 남겨 둔다. 우리가 지하에 들어간 동안 지상에서 뭔가 이상한 일이 일어났을 경우 료코 씨의 마법으로 내 디바이스에 연락을 하도록 부탁해 두는 것이다.

"괜찮으려나? 제대로 읽어 주면 좋겠지만요."

일단은 밖에서 돌아오면 바로 알 수 있도록 현관에 놓아두었는데, 괜찮을까. 뭐 세 명이나 있으니 누구 한 명쯤은 어떻게 해 주겠지. 명중률 낮은 총도 많이 쏘면 한 번쯤은 맞겠지요.

"그럼, 조심하면서 가죠."

기합을 넣고 던전으로 가는 입구에 선다.

갈 곳은 끝이 보이지 않는 땅 밑바닥. 설마 내가 이런 모험을 하게 되다니 생각지도 못했다. 이런 체험은 처음이라 꽤나 긴장되지만, 힘을 내야지.

"그렇게 긴장 안 해도 돼. 난 이런 던전에는 익숙한걸."

"약간 본의는 아니었지만, 믿고 있어요."

"맡겨 둬. 옛날에는 주말에 자주 만들곤 했으니까."

"던전이란 게 그렇게 DIY 기분으로 만드는 물건이었던가요."

"제법 재밌는데? 어디에 몬스터를 배치할지 고민한다든지, 보물 상자 내용물을 정한다든지, 할 일이 잔뜩 있다구. 만족스러운 던전이 완성되면 기쁘다니까 ♪"

"기쁜 겁니까."

"던전에 들어온 모험가들이 함정에 걸려서 어찌할 도리도 없이 당하는 거 정말 멋지잖아. 통나무 함정에 걸려 날려간 곳에 구덩이를 설치해 놓으면 그거 진짜 유쾌한 콤보가 되거든. 모처럼 이쪽이 솜씨 좋게 함정을 설치해 놨으니까 제대로 걸려 주면 최고지."

"진짜 못됐네요 그거……."

"하지만 쓰러진 모험가들은 마을까지 제대로 보내 주니까 애프터 서비스는 확실하다구. 그렇게 하면 재도전에 불타는 모험가가 꺾이지 않고 던전에 들어오거든. 거기다가 또 함정을 파는 게 최고로 즐거워!"

"진짜 무슨 소리를 하는 거지, 이 마왕."

"살리지도 않고 죽이지도 않고, 적당한 목적을 줘서 몇 번이고 도전하게 한다! 그게 바로 던전을 만들 때 가장 중요한 거라구!!"

"저기, 행동의 옳고 그름은 제쳐두고. 그런 걸 일일이 생각하면서 던전 같은 걸 만들었던 건가요. 생각보다 힘들겠네요, 마왕이라는 것도."

"그래, 마왕은 힘들다니까!!"

왜인지 가슴을 펴는 미리암.

"하지만, 이러니저러니 해도 마왕이니까 굳이 스스로 던전을 만들지 않아도……. 그런 건 부하한테 맡기고 제일 안쪽에 버티고 앉아 있을 수는 없었던 거예요?"

"……."

"어라?"

조금 전까지 당당하던 미리암의 태도가 순식간에 쪼그라든다. 갑자기 왜 그래요.

"그치만 난 부하 같은 거 없었구……."

"……어? 하지만 전에는 검은 것들이 잔뜩 있었잖아요?"

"그건 내 능력인걸. 분신 같은 거라 전부 나 자신인걸."

"아―."

"그래서 혼자 하는 사이에 점점 잘 만들게 돼서. 한번은 파견 던전 장인을 불러서 같이 만들려고 했는데, 내가 던전에 대해 고집이 있어서 성가시다는 소문이 났나 봐……. 다들 거절해 버려서……."

"어, 저기……."

"하, 하지만 쓸쓸하거나 그랬던 건 아니야! 혼자가 아니라, 포치도 같이 있었고! 한 명이랑 한 마리랑 해서 충실하게 지냈고!"

"……."

"더, 던전 만드는 거 재미있었고! 이게 바로 충실한 마왕 생활!"

"……저어, 어쩐지 미안하네요."

"훌쩍, 딱히 쓸쓸하거나 그렇진 않았으니까."

어쩌지, 이 공기. 아직 던전 입구인데 왜 이렇게나 분위기가 축 처진 거예요.

"아, 아이참, 시무룩해 있을 때가 아니야! 아무튼 소이치는 나한테 맡겨 두면 된다니까!!"

"네, 잘 부탁합니다."

"맡겨 둬! 이 나의, 마왕의 앞길을 막을 자는 아무도 없어! 설령 용사라 하더라도 나의 패도는 막을 수 없어!!"

"아마 한 발짝도 못 나갔지요, 그 패도."

"자아, 그럼 이제 던전 공략 스타트야!"

내 말도 듣지 않고 미리암은 크게 점프해 던전으로 변한 지하 도서관 안으로 들어가려다가.

"으갸아아아아아아아아아아아!?"

갑자기 무언가에 걷어차인 것처럼 계단을 굴러떨어졌다.

"……어?"

갑작스러운 사태에 곧바로 상황을 이해하지 못했다.

설마 던전 특유의 함정이 발동한 건가. 입구에서부터 본격적으로 칼침을 놓으려 하다니, 마치 전에 읽은 『인의 없는 전지훈련』

같은 수라장이네요.

그런 생각을 하며 떨어진 미리암 쪽을 보는데, 바로 옆에서 목소리가 들렸다.

"⋯⋯소이치, 할 말이 있습니다."

"에리카 씨!?"

어느새 내 옆에 서 있던 것은 아까 갑자기 모습을 감추었던 용사 에리카 애쉬로즈 님이었다. 빨간 체육복을 걸치고 손에는 거대한 성검을 쥐고 있다.

"소이치, 할 말이 있습니다. 대답은?"

"으음, 에리카 씨, 왜 화를 내고 계시는 거예요?"

"대답은?"

"⋯⋯네."

한눈에도 기분이 나빠 보였다.

아무래도 미리암을 계단에서 차서 떨어뜨린 건 함정이 아니라 에리카 씨의 일격이었나 보다. 왜 그런 짓을⋯⋯이라고 생각했지만 애초에 용사가 마왕을 쓰러뜨리는 데 이유는 필요 없겠죠.

하지만 왜 그렇게 화를 내는 걸까. 어쩌면 마왕과 손을 잡다니 말도 안 된다고 화내고 있는 건지도 모른다. 용사인 에리카 씨로서는 그냥 넘길 수 없는 일이겠지.

"저기, 에리카 씨. 여기에는 이유가⋯⋯."

"소이치, 변명 따윈 듣고 싶지 않아."

에리카 씨가 성검을 치켜올린다.

"너무해 소이치. 나를 두고 그런 마왕하고 같이 세계를 멸망시키려 하다니, 대체 어쩔 셈이지!?"

"……네?"

에리카 씨는 손에 든 성검으로 쓰러진 미리암 쪽을 가리키며 선언했다.

"알고 있다구. 둘이서 던전에 들어가 레벨이랑 스킬을 올려서 전설의 합체기를 습득하고, 둘이서 손을 잡고 나를 멸할 생각이야!! 그러는 김에 흐름을 타서 세계도 멸망시킬 거지!?"

"그런 짓은 안 할 건데요!?"

그보다 뭐예요, 흐름을 타서 멸망당하는 세계라니.

"좋다구, 그쪽이 그럴 생각이라면. 그렇다면 나도 이 던전 제일 안쪽에서 기다리고 있어 주겠어! 왕좌에 턱 하니 버티고 앉아서 '흐하하 잘도 왔구나' 어쩌고 해 줄 거야! 그렇게 내 손안에서 숨이 끊어지면 되는 거야!!"

"……저기, 그건 마왕이 할 일이고요. 그리고 맨 안쪽에 있는 건 엔죠 선생님이에요."

"그럼 츠즈리를 쓰러뜨리면 되는 건가."

"쓰러뜨려서 어쩌려고요, 우선은 이야기를 들어 봐야죠!"

"그럼 소이치의 요청을 받아서, 츠즈리를 때려눕히는 걸로."

"그러니까 부탁 안 했다고요! 전혀 요청하지 않았다니까요!!"

"애청자 이름 무심한 척 추근추근 님의 요청으로, 세계를 멸망시키겠습니다."

"DJ 느낌으로 멸망당하면 곤란해…… 아니, 그거 저를 말씀하시는 거예요!?"

"머, 멋대로 무슨 짓을 하는 거야!!"

라고 말하며 미리암이 달려 올라왔다.

"나랑 소이치가 힘을 내서 던전 공략을 하려는 중이니까, 방해하지 마! 네가 낄 자리는 없어!!"

전에는 네놈이라고 불렀는데 지금은 너라고 부르는 걸 보면 조금은 둘의 거리가 가까워진 걸까요. 마왕과 용사의 거리가 가까워졌다고 해도 딱히 어떻게 되지는 않을 것 같지만요. 미리암의 서슬 퍼런 추궁에 에리카 씨도 차가운 목소리로 대답한다.

"소이치하고 같이 힘을 내는 건 내 역할이야. 내 파트너로 어울리는 건 소이치뿐이라구. 요전번에도 그렇게 해서 증오스러운 마왕을 쓰러뜨렸으니까."

"뭐어!? 증오스러운 용사가 잘도 말하네. 넌 계속 의욕 없고 마지막까지 대충대충이었잖아! 됐으니까 이번에는 찌그러져 있어! 평소처럼 중얼중얼 이상한 원망이나 토해 내고 있으면 되잖아!!"

"그렇게는 안 되지. 단둘이 던전에 보내고 그러면 소이치가 마왕한테 나쁜 물이 들 테니까."

"이미 구제불능 인간들하고 사귀어서 상당히 나쁜 물이 든 것 같은데!?"

"아니요, 저기, 나쁜 물 안 들었어요. 나쁜 물 안 들었죠?"

둘을 막으려고 끼어든다.

어째서 입구에서부터 싸우고 있는 겁니까. 이런 건 좀 더 안으로 들어간 다음에 일어나는 이벤트잖아요? 모험 여행 끝에 사소한 일로 싸우고 헤어지지만 그래도 여차할 때는 도우러 와 준다, 뭐 그런 이벤트잖아요.

"제발 두 분 다 진정하세요. 이런 데서 싸워도 무의미해요."

"마침 잘됐어, 소이치."

"마침 잘됐잖아, 소이치."

"엥?"

두 사람은 얼굴을 쑤욱 내게 들이댄다. 어라, 어째 형세가 심상치 않은데요.

"누구랑 같이 던전을 공략할 건지, 입구에서 확실하게 정해줘야지."

"그래. 던전은 단둘이서 어떻게 해야 하는 법이라고 생각하거든. 얼른 정해, 소이치. 둘 중 하나니까."

"왜 그렇게 되는 겁니까!? 딱히 던전에 인원수 제한 같은 건 없잖아요!? 셋이서 사이좋게 가면 되잖아요!!"

"둘 다 선택하려고 하다니 완전 밝힘증이네."

"그렇게 욕심쟁이인 점도 싫지 않지만."

"소이치가 어떻게든 둘 다 같이 가고 싶다고 하면 그래도 딱히 상관없지만."

"그럴 만한 보람이 있다는 걸 보여 줬으면 좋겠는데."

"……저기, 두 분 다 뭔가 저에 대해서 크나큰 오해를 하고 있는 거 아닌가요? 엄청나게 명예롭지 못하고, 엄청나게 무책임한 오해를."

""그렇지 않―아.""

그렇게 한목소리로 말하는 용사와 마왕. 이 두 사람, 이렇게 사이가 좋았던가.

　그렇게 해서 우리는 셋이서 지하 도서관 안쪽으로 들어가게
되었다.
　신의 사자인 나에다 마왕과 용사를 더한, 몹시도 밸런스가 나
쁜 파티 멤버. 애당초 일반적인 파티라면 마왕은 안 들어가지.
보통 마왕이란 여행의 최종 목표이고. 그런 게 처음부터 동료에
들어 있으면 여러모로 이상해질 것 같은데 말이죠.
　이 셋 중 나만 유일하게 전투력이 없으므로 나를 가운데 놓고
전위 에리카 씨, 후위 미리암의 순으로 줄을 서서 나아간다.
　"…………저기."
　이거, 어마무시하게 걷기 힘든데요.
　그건 무엇 때문인지 에리카 씨가 내 손을 잡아당기고 있고.
　그리고 미리암도 뒤에서 내 손을 잡아당기고 있기 때문이었다.
　어째서 갑자기 이렇게 된 거죠?
　지하 도서관에 들어왔을 때부터 이런 느낌인데요. 앞과 뒤, 양
쪽에서 끌어당겨지게 된 나는 당연히 제대로 걸을 수 없고, 당
연히 팔이 아팠다. 이거, 전에 읽은 『포도청1000』이라는 책에
서 본 시추에이션이라고요. 사람이 반으로 쪼개져 죽는 괴사건
을 그린 호러였지요.
　"저기, 그렇게 달라붙으시면 걷기 힘드니까 조금 떨어져 주시
면 고맙겠는데요……."
　"안 돼. 여기서 소이치의 손을 놓으면 어디로 가 버릴 것 같으

니까."

"그래, 던전은 아주아주 위험하다구. 미아가 되면 곤란한걸."

"저는 어린애가 아닌데요……."

제가 그렇게 믿음직스럽지 못한 걸까요.

결국 에리카 씨가 "이대로는 소이치 손을 부서뜨릴 것 같으니까 관둘게."라고 말하고, 미리암도 "소이치 손을 비틀어 버리면 안 되니까 놓아 줄게."라고 말해서 저는 자유가 되었습니다. 너무나도 험악한 이유네요.

그리고 지하 도서관을 묵묵히 나아간다. 책장이 주위를 둘러싸고 있는 풍경은 변함없지만 길이 조금씩 내려가고 있다는 것을 알 수 있다. 아무래도 점점 지하로 향하고 있는 듯하다.

그때 선두에서 가던 에리카 씨가 갑자기 멈춰 섰다.

"물러나, 소이치. 몬스터가 나왔어."

"그렇구나, 몬스터…… 몬스터!? 왜죠!? 보통 도서관에 몬스터 같은 건 안 나오잖아요!?"

"츠즈리는 은둔형 외톨이니까 파수견 대신 몬스터를 풀어놓을 수도 있는 거 아닐까. 뭐, 몬스터는 간단히 쓰러뜨릴 거지만."

"그래서 말했잖아. 던전을 얕보면 안 된다고. 그야 던전이니까 몬스터도 배회하는 법이지. 성수라도 뿌리면 어떻게 될지도 모르지만, 뭐 경험치를 위해 쓰러뜨려야겠지."

"……이제 몬스터든 뭐든 상관없어요."

여러 가지로 포기하고 에리카 씨의 어깨너머로 슬쩍 엿보니 분명히 정체를 알 수 없는 생물이 앞길을 막고 있었다. 슬라임 같은 놈이 무리 지어 있다.

"방해돼."

하지만 에리카 씨가 검을 휘두르기만 해도 한꺼번에 쓰러진다.

비록 힘이 봉인되었어도 손에 든 성검이 그만큼 강한 것인지, 슬라임들은 아무런 수도 쓰지 못하고 사라져 간다.

에리카 씨가 그 모습을 차가운 눈으로 바라보면서 중얼거린다.

"하아, 돈도 아이템도 떨구지 않다니 정말이지 무례한 몬스터야. 대단한 노력을 들인 건 아니지만 그래도 체력을 썼으니까 그 보답을 남기지 않으면 곤란하잖아. 아아, 하지만 요즘은 돈은 안 떨구고 환전할 수 있는 아이템을 떨구는 놈들도 나왔지. 뭣 때문에 일부러 환전하는 수고를 이쪽에 떠넘기는 걸까. 처음부터 얌전히 돈을 떨구면 편한데!!"

"저기, 에리카 씨, 제발 진정하시고."

"이래저래 귀찮으니까 몬스터를 유도해서 은행을 덮치게 만든 다음 돈을 빼앗은 시점에 내가 그 몬스터를 퇴치해 줬어! 어차피 내 돈이니까 딱히 상관없잖아!? 덤으로 마을이 부서져도 그건 뭐 공공 공사 수요가 늘어나니까 괜찮은걸!!"

"강도잖아 이거!!"

"아아 진짜, 생각했더니 울컥하네! 거기다 은행에 수수료를 뜯겨서 내 소중한 돈이 줄어든 것까지 생각났어! 딱 좋게 슬라임이 튀어나왔으니 얌전히 내 검의 먹이가 돼라!!"

에리카 씨는 기세 좋게 다음 슬라임 무리에 달려든다. 성검이 휘둘러지고 몬스터들이 우스울 정도로 공중을 날아간다. 아니,

조금도 우습지 않은 광경이지만요.

"하아……."

그래도 안전이 확보된 것은 사실이니 앞으로 나아가자. 앞으로 나아가는 것이 가장 중요하니까요. 뒤쪽에 말을 걸면서 걸음을 옮긴다.

"자, 얼른 가지요."

"하아, 그리워라……."

"엥?"

이상한 말이 들려 돌아보자 그곳에는 미리암이 왜인지 얼굴을 붉히고 기쁜 듯이 몸을 비비 꼬고 있었다.

"저기, 무슨 일이에요?"

"하아, 역시 던전은 좋구나……. 옛날 일이 떠오르는걸."

"이쪽도 옛날 이야기입니까……?"

"내가 처음에 만들었던 던전도 이런 느낌이었어. 무의미하게 얽혀 있기도 하고, 무의미하게 몬스터가 튀어나오기도 하고, 무의미하게 천장이 떨어지기도 하고, 무의미하게 모든 보물 상자에 함정이 설치되어 있기도 하고, 무의미하게 큰 바위가 굴러오기도 하고……."

"그거 무의미하지 않잖아요. 완전히 죽이려는 거네요."

던전으로서는 그게 맞을지도 모르지만요.

"이렇게 심플한 던전을 보면 초심이 떠올라. 그래그래, 애완동물 포치랑 완성한 던전에 산책하러 갔었지. 포치도 참, 멋대로 몬스터에게 달려들고 그래서 마왕으로선 참 곤란했어. 그새 경험치가 쌓여서 레벨업을 하기도 하고."

"대체 무슨 추억이에요 그거."

그 던전, 산책 코스였던 겁니까. 심지어 포치라니, 마왕의 애완동물이 그렇게 목가적인 이름이어도 되는 겁니까.

"하지만 요전번에 용사한테 습격당했을 때 헤어지고 말았어. 아아, 포치, 부디 혼자서도 강하고 늠름하게 살아 있어 준다면 좋으련만. 뭐 레벨은 10000을 훌쩍 넘었으니까 아마 괜찮겠지."

"10000레벨이라니……. 그거 이미 새로운 마왕이 탄생해 버린 거 아닌가요."

"아아 포치, 부디 무사히 있으렴……."

포치를 떠올리며 휘청휘청 걸어가는 미리암. 하마터면 혼자 남겨질 뻔했다. 그래, 에리카 씨가 날뛴 탓에 무심코 잊어버리기 쉽지만 여기는 던전의 한가운데. 아무리 상대가 슬라임이라도 레벨 1인 내게는 치명적이다.

나는 두 사람 뒤를 황급히 쫓아갔다.

"……뭘까요. 여기는."

에리카 씨의 소란과 미리암의 추억 이야기 끝에 우리는 조금 넓은 곳에 이르렀다. 지금까지의 좁은 통로와는 달리 방 같은 형태로 되어 있는 광장.

여전히 벽 부분은 전부 책장으로 되어 있어 책이 빼곡하게 꽂혀 있지만, 바닥은 이제까지 왔던 통로처럼 흙이 드러나 있는 것이 아니라 돌이 빽빽하게 깔려 있다.

그리고 무엇보다 이질적인 것은 그 광장 한가운데에 온몸이 흙 같은 것으로 덮인 거인이 자리하고 있다는 것.

　그것은 광장에 들어온 우리 셋을 쳐다보더니 갑자기 움직이기 시작했다.

　"저기, 어째 강적 같아 보이는 게 나왔는데요!?"

　크게 팔을 들어올리며 위협을 가한다. 지금까지 쓰러뜨린 슬라임 류와는 확연하게 레벨이 다르다.

　"아아, 골렘이네. 흙으로 만든 인형이야. 다스 단위로 쓰러뜨린 적이 있어."

　"흐응, 뭐 중간 보스로서는 적당하네. 이왕이면 세 마리 정도 한꺼번에 보내도 괜찮은데 말이야."

　눈앞에 있는 것은 나 따위는 납작하게 만들어 버릴 정도로 거대한 골렘. 하지만 에리카 씨와 미리암은 전혀 동요하지 않고, 그러기는커녕 흥미롭다는 듯이 관찰하고 있는 모습이다. 위기감이 전혀 없다.

　"하아, 츠즈리도 정말이지 귀찮은 짓을 하네. 이왕이면 마요네즈랑 명란젓을 커플링해서 완전히 새로운 조미료를 만들어 낸다든가 하면 좋을 텐데……."

　"광장이 보여서 안심한 모험가들을 덮치는 흉악한 몬스터, 꽤나 괜찮잖아. 하지만 사전에 세이브 포인트가 마련돼 있지 않았던 건 좀 마이너스네. 여기는 휴게 시설이나 보물 상자 같은 걸 둬서 모험가를 안심시킨 다음에 확……."

　"저기, 두 분, 왜 그렇게 느긋한 거예요?"

어쨌거나 적이 나타났는데요!?

"하지만, 내 적수는 안 되는걸."

"내 적수는 안 되지."

"……헤?"

내 얼빠진 대답과 동시에 광장 한가운데에서 무언가가 무너지는 소리가 들렸다. 그것은 방금 나타난 골렘이 손쓸 도리도 없이 흙덩이로 돌아가는 소리였다.

"저 정도는 굳이 싸울 것까지도 없지. 가볍게 검을 휘두르기만 해도 끝이야."

"골렘이라면 좀 더 강도가 좋았으면 싶네. 소재는 뭘 사용한 걸까."

분명 싸움은 끝나 있었다.

에리카 씨와 미리암이 그 자리에서도 움직이지도 않고 휘두른 성검과 낫의 일섬에, 골렘은 좌우로부터 양단되어 간단히도 안개처럼 흩어진 것이다.

"……네?"

지금 눈앞에서 일어난 일을 믿을 수 없다. 지금까지와는 달리 강해 보이는 골렘이 나와서 어쩌나 하고 있었는데. 하지만 승부는 한순간에 끝났다. 두 사람 다 마치 날아다니는 파리를 쫓듯 무사태평하게 골렘을 묻어 버렸다.

그렇다. 이 두 사람은 용사와 마왕.

지금은 구제불능 인간이지만, 옛날에는 분명히 강했다는 걸 알고 있다. 하지만.

"저기, 두 분 다 목걸이의 효과로 약체화되지 않았나요? 왜 그렇게 강한 겁니까. 설마 목걸이가 부서지기라도 한 건가요."

하지만 에리카 씨는 고개를 저었다.

"아니야, 소이치. 잘 생각해 봐. 이 던전은 분명 다양한 몬스터가 나오지만, 어쨌거나 보타락장 부지 안에 있잖아?"

"솔직히 꽤나 수상쩍은 기분도 들지만, 그러네요. 어쨌거나 여기는 보타락장 지하에 있는 것 같으니까요."

"그리고 나를 얽매는 이 증오스러운 목걸이는 어디까지나 보타락장 부지에서 밖으로 나갔을 때 내 힘을 억누르는 것이지."

"그렇지요……. 그렇다면."

어쩐지 나쁜 예감이 드는데요.

그 예감을 뒷받침하듯이 에리카 씨는 자랑스럽게 말한다.

"즉, 지금 이 목걸이의 봉인은 통하지 않는다는 것! 그도 그렇게 아파트 부지 안인걸! 난 지금 있는 힘껏 내 마음대로 날뛸 수 있다는 거야!! 좋았어, 세계를 멸망시켜야지!"

"그러니까 그 적극적인 행동을 멈춰 주세요!"

왜 그렇게 기운차게 멸망시키려고 하는 거예요!?

"기다려! 이 던전 안이라면 목걸이의 봉인이 안 통한다는 게 사실이야?"

미리암은 골렘이 사라진 후에 바닥을 이리저리 조사하고 있었던 듯했지만, 에리카 씨의 말을 듣고 이쪽으로 다가온다.

"설마 날 묶어 놓는 목걸이의 속박에서 풀려나 있었다니……. 요컨대 지금이 찬스라는 거잖아!!"

"찬스……?"

"지금이야말로 복수할 때! 평소부터 몰래 특훈해 둔 성과, 지금 보여 주겠어! 자아 용사여 각오해라, 이 던전이야말로 네놈의 무덤이다!!"

"아니, 에리카 씨 목걸이의 봉인도 똑같이 안 통하고 있다고, 바로 지금 본인이 말했잖아요……?"

"매일 아침 텔레비전에서 하는 국민체조를 보고 만든 필살기, 다리 굽혀 차기 어택을 먹어라!!"

내 말을 듣지 않고 에리카 씨에게 덤벼드는 미리암.

뭐, 당연한 결과로.

"토옷."

"으규."

에리카 씨의 반격을 먹고 돌바닥에 내동댕이쳐졌다던가 뭐라던가.

"……하아."

깨닫고 보니 이미 한나절 가까이 계속 걷기만 했기에 조금 쉬기로 했다.

바로 옆에서는 미리암이 돌바닥에 엎어진 채 정신을 잃은 상태다. 전혀 움직이지 않지만 잠깐 있으면 눈을 뜨겠지.

에리카 씨는 벽에 있는 책장에서 책을 적당히 가져오더니 그걸 세로로 쌓는 놀이를 하고 있다. 전혀 지성이 느껴지지 않는 놀이네요. 그리고 그런 짓을 하면 책을 좋아하는 사람이 격노하지 않을까요.

나는 어떤가 하면, 디바이스를 꺼내 확인 작업 중입니다.

"료코 씨에게선 특별한 연락이 없는 것 같네요."

연락이 없다면, 일단 지상은 문제없다는 뜻이겠지.

그래도 빨리 엔죠 선생님을 만나 성가신 능력을 풀도록 하지 않으면 피해는 확대되기만 할 뿐이겠지. 그러니 최대한 서둘러야 한다.

"……그러고 보니."

엔죠 선생님의 능력으로 이 지하 도서관을 만든 거라면, 지금 쓰러뜨린 몬스터들 또한 엔죠 선생님이 만들어 배치한 것인가. 에리카 씨도 그렇게 말했던 것 같은데.

"그러네, 분명히 츠즈리의 능력이라고 생각해. 전에도 아파트 안에 이상한 몬스터가 나온 적이 있는데, 그때 봤거든."

"보타락장 안에 몬스터가 나왔어요?"

"아주 바글바글 기어나왔어."

"무슨 벌레도 아니고……. 그럼 그때도 이번처럼 커플링 소동이 일어났었어요?"

"응. 결계 안에서만 영향이 있었으니까 그렇게 큰일이 되지는 않았지만. 수전노 카네쨩이랑 매드 사이언티스트 츠 군이랑 해커 바네 씨가 섞여서 완전 새로운 영웅이 태어날 뻔했던 것 정도일까."

"그거 그렇게 쉽게 넘겨 버려도 되는 영향이 아닌 것 같은데요."

대형 문제네요. 설마 세 분 다 북쪽으로 도망치고 말았던 것과 뭔가 인과관계가 있는 건 아니겠지요?

"아무튼, 츠즈리의 몬스터는 별것 아니야. 만들었다고 해도 기껏해야 시간 벌기 정도 아닐까."

"시간 벌기라……. 전혀 벌지 못했네요. 일격에 쓰러졌으니까."

"확실히 몬스터가 한 마리 있다고 해도 나를 상대로 벌 수 있는 시간은 기껏해야 몇 초라고 생각하지만. 하지만 그게 100마리, 200마리나 있다면 어떨까."

"……어?"

"만약, 10000마리 정도 몬스터가 있다면? 그렇다면야 아무리 내가 용사라고 해도 10분 이상은 시간을 벌 수 있겠지."

"갑자기 자릿수가 넘어가네요……. 하지만 그렇게 대량의 몬스터는 없지요? 애초에 이 지하 도서관이 넓기는 하지만 아무래도 그 정도로 널찍한 건 아니니까, 몬스터를 그만큼이나 배치할 수는 없어요."

"그렇지, 그렇기 때문에 저렇게 된 거야."

"저렇게?"

에리카 씨가 내 등 뒤에 있는 무언가를 가리켰다. 돌아보니 그것은 벽에 붙어있는 명판이었다. 이 지하 도서관의 층수가 기록되어 있는 듯하다.

거기에는 「현재 지하 5층 앞으로 99995층」이라고 쓰여 있다.

"……네?"

사고가 정지했다.

"구만구천구백구십오층!?"

망연자실한 나를 개의치 않고 에리카 씨는 극히 가볍게 말한다.

"이 던전은 남은 층수가 그만큼 있다는 거야. 그러면 몬스터쯤이야 얼마든지 배치할 수 있겠지. 그야말로 무한하게 시간을 벌 수 있을 만큼."

"저기, 지금, 여기는, 지하 5층, 인 거죠?"

"그러네. 덤으로, 여기까지 오는 데 한나절은 걸렸네."

"……그럼, 최하층까지 내려가는 데는."

정확하게 계산할 수는 없지만 하나만큼은 확실하게 알 수 있다.

아무리 생각해도 거기까지 도달하는 데 6일 이상 걸린다는 것이다.

그것은 즉, 디바이스에 적힌 카운트다운이 0이 된다는 것. 세계를 멸망으로 이끄는 재앙이 도래하고 만다는 것이다.

"시간 안에 못 가잖아요!!"

"그러네, 못 가네."

에리카 씨는 가볍게 말한다.

"시간 안에 갈 수 있을 리도 없는데 소이치는 열심이구나 하고 생각하고 있었어."

"알고 계신 거면 좀 더 빨리 말해 주시지 그래요!?"

"아니─. 하지만 오랜만에 몬스터를 쓰러뜨렸더니 의외로 기분이 상쾌해졌거든. 역시 몬스터 퇴치를 할 때가 제일 즐거워."

"제 기분은 안 상쾌해져요!!"

그럴 수밖에, 시간에 못 맞추니까. 어떻게 해도 기분이 상쾌해지지 않겠죠.

"지, 지금 바로 지상으로 돌아가죠!!"

"하지만 제일 중요한 츠즈리랑 만나지 않으면 안 되는 거 아니야? 츠즈리의 능력을 멈추기 위해서 여기까지 온 거지? 만나지 않고서 지상으로 돌아가도 아무것도 해결되지 않아."

"에리카 씨한테 제대로 된 반론을 당하다니…… 더구나 엔죠 선생님은 당연히, 최하층에 계시겠지요?"

"확인한 적은 없지만, 뭐 당연히 지하 100000층에 있겠지."

"우와아아아아아!!!!!"

목적지는 훨씬 아래. 거기까지 다다르기에는 압도적으로 시간이 모자란다.

애초에 엔죠 선생님의 능력…… 「현상×실리^{알 카 드 론}」에 의해 만들어진 이 공간에 상식을 바란 것이 잘못이었다. 상대는 전직 영웅, 던전 깊이도 상궤를 벗어난다. 과연 영웅이네요, 정말이지 성가시게도.

"……어쩌지."

이대로 필사적으로 나아갈 수밖에……. 아니, 여기까지 오는 것도 매우 순조로웠다. 이상적인 속도로 나아갔을 터이다. 그런데도 아직 전체 중에 1할은커녕 0.001할에도 다다르지 못했다고 한다.

나아가도 지옥, 돌아가도 지옥. 머리를 끌어안은 채 바닥에 엎어지려는데.

"소이치, 벌써 지겨워진 거야?"

"네?"

에리카 씨의 말에 아슬아슬하게 멈췄다.

"……저기, 딱히, 지겹다든가 지겹지 않다든가 하는 문제가 아니에요."

"그럼, 포기하는 걸까."

"그건……. 아니, 결코 포기하고 싶지는 않지만 이대로는 어쩔 도리가 없잖아요? 따로 엔죠 선생님과 접촉할 수 있는 방법을 찾을 수밖에."

"안 돼, 하기로 결정한 일은 제대로 마지막까지 관철해야지."

"하, 하지만, 이대로는, 아무리 노력해도……."

"그렇지 않아. 자신이 하고 싶은 일을 포기하는 건 용사가 할 일이 아니니까. 으음, 이럴 때는 말이지……."

"어?"

그렇게 말하고 에리카 씨는 그 자리에서 크게 허리를 낮추더니 팔을 빙빙 돌리면서 기합을 모으기 시작한다. 대체 뭘 하려는 걸까.

"저, 저기, 에리카 씨?"

"한 방에 갈 수밖에 없다는 거지."

"네?"

내가 그 말의 의미를 되묻는 것보다도 빠르게.

에리카 씨의 손안에 거대한 해머가 출현했다.

그것은 그녀가 언제나 가지고 있는 성검과 마찬가지로 용사가 휘두르기 위한 무구. 분명, 용사의 이야기를 장식했던 전설의 무구 중 하나이다.

"……하나─둘!!"

말릴 새도 없이, 에리카 씨는 그 해머를 힘껏 돌바닥에 내리쳤다.

그것만으로 모든 것이 분쇄되었다. 해머를 내리친 지점에서 부터 방사 형태로 파괴가 퍼져 나간다. 마치 전설이 재현되는 것처럼 전개되는 철저한 파괴. 한순간에 우리가 있던 광장의 모든 바닥이 산산이 분해되었다.

그리되면 당연한 결과로, 광장에 있던 우리는.

"우와아아아아아아아아아!!!!"

붕괴에 말려들어 거꾸로 떨어질 수밖에 없는 것이었습니다.

【재앙이 닥치기까지 앞으로 5일 08시간 30분 59초】

"……………으음."

"아, 소이치. 일어났어?"

"에, 에리카 씨……. 어, 우와아!!"

귓가에 들려오는 목소리에 눈을 뜨자, 나를 살펴보고 있는 에리카 씨와 눈이 마주쳤다. 바로 코앞에 에리카 씨의 얼굴이 있어서 엉겁결에 소리를 지르고 말았다. 그러고 보니 나는 에리카 씨의 무릎에 머리를 올리고 있는 것 같다. 뭐가 어떻게 돼서 이런 일이.

"와, 갑자기 왜 그래? 이상한 거라도 봤어?"

"아니요, 저기……."

에리카 씨가 바로 코앞에서 쳐다보고 있어서 놀랐다……고 말할 수는 없었다. 얼버무리듯이 몸을 비틀며 천천히 일어난다.

나는 어느 정도나 정신을 잃고 있었던 걸까. 던전을 이동한 피로도 있어서 꽤 오래 잠들어 버린 듯한 기분이 든다.

"여, 여기는……?"

"지하 100000층이야."

"그렇구나, 지하 100000층이군요…… 십만!?"

"0이 다섯 개인, 100000층이야."

"네, 그건 알겠는데……. 어떻게 이렇게."

거기서 생각이 났다. 에리카 씨가 해머를 내리쳐 광장이 붕괴되고 거기에 사정없이 말려들었던 것을. 그 결과 지하 100000층에 있다는 거라면.

"……서, 설마, 100000층까지 떨어진 거예요? 아까 우리가 있었던 지하 5층부터 여기까지, 한번에?"

"그렇게 되겠네. 봐봐, 일부러 100000층까지 걸어가는 건 귀찮잖아. 그럼 그냥 직선거리로 가는 게 편하겠다고 생각했거든."

"편한 건 사실일지도 모르겠지만, 너무 무모하다구요!!"

"괜찮아 괜찮아, 난 옛날부터 이렇게 던전 공략을 했으니까. 뭐, 두 번에 한 번은 던전이 통째로 붕괴돼 버려서 탈출하는 데 수고가 들기는 했지만. 진짜, 곤란하다니까!!"

"제일 곤란한 건 에리카 씨의 행동이잖아요? 그리고 두 번에 한 번은 너무 많아요."

던전을 얼마만큼이나 없애 버린 겁니까. 해체업자라도 그 정도로 하지는 않을걸요.

에리카 씨가 펼친 일격은 지하 도서관을 수직으로 꿰뚫은 것이다. 그 파괴에 말려든 우리는 최하층, 이 지하 100000층까지 거꾸로 떨어졌다는 얘기가 된다.

"……잘도 살아 있네요, 저."

아니, 일반적으로 생각해서 100000층 높이에서 떨어지면 죽죠.

한 층의 높이를 3미터로 잡아도 가볍게 300킬로미터 정도는 떨어졌다는 거다. 킬로미터라니, 높이를 나타내는 데는 별로 사용되지 않는 단위잖아요. 후지산 몇 개를 쌓은 수준입니까.

"괜찮아, 소이치는 내가 잘 지켰어. 소중하게 끌어안아 줬으니까 괜찮았지? 상처 같은 건 없지?"

"아, 네, 덕분에 무사한 것 같아요."

"그래서, 내 가슴의 감촉은 어땠을까나."

"갑자기 무슨 말을 하시는 거예요!?"

"으—음, 설마 기절했는데도 내 가슴을 움켜쥘 줄은 말이야……. 떼어내면 소이치가 죽어 버릴 것 같아서 나도 가만히 당하고 있었는데. 핫, 설마 이걸 꿰뚫어 보고 나한테 던전을 파괴하게 시킨 거야!?"

"저는 그 정도까지 약삭빠르지 않거든요! 그리고 안 만졌어요! 아니, 저기, 의식이 없어서 단언할 수는 없지만, 아마 안 만졌……지요?"

"처음 만났을 땐 자빠트려 덮친 주제에."

"죄송합니다!!"

"한번 범죄에 손을 물들인 자는 두 번째도 무심결에 저지르고 마는 법이지."

"죄송합니다!!"

"그렇게 내 가슴의 감촉이 마음에 들었다면."

"정말로 용서해 주실 수 없을까요!!"

거기서 에리카 씨가 수상쩍다는 얼굴을 했다.

"……왜 그러세요?"

"이상해. 왜 소이치는 내 가슴을 안 만지는 걸까."

"어라, 이거, 어떤 흐름으로 가는 전개죠……?"

안 만지면 나쁘다는 것 같은 흐름인데, 정답은 어디 있는 걸까요. 만약 틀리면 사회적으로 매장당할지도 모르는 종류의 문제이니 절대 틀리고 싶지 않습니다.

"이런 경우, 가슴을 만지는 게 매너 아니야?"

"그런 매너는 전 세계를 뒤져도 존재하지 않는다고 생각하는데요."

"그런가……."

에리카 씨는 여전히 물음표를 띄우고 있었지만 곧바로 평정을 되찾았다.

"뭐어, 그래도 무사해서 다행이야. 내가 없었으면 소이치는 짜부라진 토마토처럼 됐을 거야."

"가, 감사합니다……."

확실히 에리카 씨 덕분에 내 목숨이 무사했으니 솔직하게 감사 인사를 해 두어야겠지. 원인이 에리카 씨라는 건 제쳐두고. 다행이다, 토마토가 되지 않아서.

그때 깨달았다. 나는 살았지만, 남은 한 명은 어떻게 된 건가.

"저, 저기 에리카 씨? 굉장히 말하기 힘들지만 그래도 물어보지 않으면 안 되는 일인데요, 미리암은⋯⋯."

"토마토가 됐어!"

"토마토가 됐어!?"

"아―아, 소이치를 살리지 않았더라면 그쪽을 살릴 수 있었을 지도 모르는데 말이야."

"우와아아아아!!"

"뭐, 난 용사니까 살릴 수 있는 상황이라고 해도 마왕을 살리 지는 않겠지만. 그러니까 언젠가는 이렇게 될 운명이었던 거 야, 분명."

"우와아아아아아아아아아!!!!"

미안해요, 에리카 씨 때문에 이렇게 되다니! 원래는 적이었기 는 해도 어쨌든 지금은 같은 보타락장의 주민인 미리암을 토마 토로 만들어 버리다니!! 적어도 무덤 정도는 제대로 만들 테니 까 성불해 주세요!!

하지만 우선은 시신을 확인해 두지 않으면 유족을 뵐 낯이 없겠 지요. 애초에 마왕에게 유족이 있는지 어떤지는 제쳐두고, 아, 애 완동물이 있다고 했던가요. 애완동물에게 어떻게 이야기하면 좋 을지⋯⋯ 하면서 혼란에 빠져 있자 첨벙 하고 물소리가 들리더니.

"위험했잖아!!"

검은 물속에서 미리암이 솟아나왔다.

"뭐야 도대체!!"

아무래도 미리암은 자신의 능력을 사용해 살아난 듯하다. 그러고 보니 마왕의 힘도 에리카 씨와 마찬가지로 해방되어 있었나.

"어어, 토마토가 되지 않아서 다행이에요."

"토마토?"

미리암은 고개를 갸우뚱했지만, 곧장 펄펄 화를 내기 시작했다.

"정말이지, 바닥을 부술 거면 부순다고 먼저 말을 하라구! 『고군만마(孤群万魔)』를 써서 쿠션을 만들지 않았더라면 그냥 죽었을 거 아냐!!"

"딱히 죽으면 죽는 대로 상관없었는데."

"무슨 말을 그렇게 해!!"

꽥꽥 하며 맞붙는 두 사람. 뭐, 살아서 다행이라고 생각합니다. 정말, 이런 데서 희생자가 나오지 않아 다행이다. 그건 그렇고.

"여기가 최하층이로군요."

새삼 주위를 관찰해 본다. 지금까지의 계층과는 다르다……. 뭐 실제로 내가 봐서 확인한 건 5층까지 뿐이지만……. 주위 벽은 흙이었다. 책장으로 메워지거나 하지는 않았다.

그 대신이라는 듯, 그곳에는 완전히 다른 광경이 있었다.

아무 특별한 점도 없는 문 하나. 그것은 보타락장의 각 방에 달려 있는 것과 똑같은 문이었다. 문 표면에는 작은 명판이 붙어 있다.

【엔죠 츠즈리】.

우리가 목표하던 주민의 이름이 거기 있었다. 지금까지 계속 찾아온. 그리고 이번 재앙의 원흉일지도 모르는 인물의 이름이다.

긴장하면서 살짝 문에 다가서려는데.

그 순간 주머니 속의 디바이스가 요란스러운 알람 소리를 냈다.

"뭐, 뭐죠!?"

황급히 주머니에 손을 넣고 디바이스를 꺼내 본다. 화면에는 분명하게 큰일이 났다고 생각케 하는 작은 글자가 흐르더니 사라진다.

【주인님, 갑작스럽지만 이상 사태가 발생했습니다. 과연, 이것이 소문으로 듣던 블루 스크린…… 아니, 본 디바이스에는 그러한 기능은 탑재되지 않았지만, 아무래도 본 디바이스는 외부에서 해킹을 당한 상황으로…… 아니, 아닙니다. 발신원은 보타락장 내부라고…… 이상합니다. 주인님, 부디 조심──】

"……어?"

심상치 않은 메시지가 뜬 후, 뚝 하고 암전되는 화면.

디바이스의 상태가 이상하다. 평소에는 재앙이 닥치기까지의 카운트다운이 표시되어 있을 화면은 지금 검게 칠해져 있고, 단 한 줄의 문장만이 나타난다.

그것을 보고 오싹, 등줄기가 떨린다.

간결한 흰색 글자. 하지만 이상한, 꺼림칙한 공기를 발하는 것 같다.

화면에는 이렇게 쓰여 있었다.

「명심하라. 그대, 이 문에 다가가면 생명의 보증은 없다.」

"에잇 콰──앙!"

"에리카 씨!?"

뭐, 내가 굳어 있는 사이에 에리카 씨가 훌쩍 다가서서 문을 뚫어 버렸기 때문에 이미 메시지에 의미는 사라지고 말았지만요.

"츠즈리가 무슨 소리를 한 거지? 안 돼, 그런 걸 일일이 신경 쓰다간. 어차피 엉터리 같은 소릴 하면서 도망치려는 것뿐이니까."

"그, 그런 거예요?"

"응, 츠즈리의 말은 10할 정도는 적당히 흘려듣고, 안 되겠으면 패 버릴 정도의 기세로 나가는 게 여러모로 편해."

"무슨 그런 야만인 같은 커뮤니케이션이 다 있어요?"

언어를 획득한 생물이라고는 생각할 수 없을 만큼 난폭하잖아요.

어쨌든 눈앞에는 억지로 안쪽 방향으로 걷어차여 부서진 문이 있다. 디바이스의 문장도 어느새 사라져 있다.

"아마도 열쇠 같은 게 잠겨 있었는데 그냥 차서 부숴 버린 거겠죠."

"전에 츠즈리가 지상에 살고 있을 때는 방에 들어가려면 몇 가지 수수께끼를 풀어야 했거든. 1시간 이내에 키워드를 끌어내지 못하면 보타락장의 전원이 죽는다, 같은 거."

"무서워!!"

"뭐 그때도 문을 깨부수고 억지로 들어갔지만. 그 이후로 츠즈리하고는 못 만났는데. 혹시나 나를 싫어하는 걸까."

"아마 그거, 전혀 혹시나가 아니라고 생각해요."

어쨌든, 뻥 뚫린 문을 통해 들어간 그 방은.

"······평범하네요."

참으로 평범한 만듦새였다. 보타락장의 방과 별로 차이가 없다. 지하 도서관 같은 걸 만드는 사람이니까 던전이 하나 더 기다리고 있었다! 같은 걸 예상하고 있었다고요.

불이 켜져 있지 않아서 디바이스를 회중전등 대신으로 삼아 앞쪽을 비추면서 걷는다. 그렇긴 해도 방 하나만 한 넓이일 뿐이라 금방 맞은편 벽까지 다다른다.

난잡하게 어질러진 쓰레기봉투와 과자 꾸러미에 뒤섞여 묘하게 불룩한 것이 있었다.

"······이건."

이불을 뒤집어쓴 누군가가 그곳에 있다. 한순간 망설였지만, 그 이불을 붙잡고 억지로 끌어올린다. 안쪽에서 희미하게 저항이 있었지만 내 힘이 더 셌는지 쉽게 이불이 벗겨지고 안쪽이 드러났다.

이불 속에서 나타난 것은 부들부들 떨고 있는 여자 한 명.

나이는 나보다 위일까. 앞머리는 눈동자를 가릴 만큼 길고 피부는 병적으로 희다.

"당신이 전설의 작가, 엔죠 츠즈리 씨입니까."

내 물음에 그녀······ 엔죠 츠즈리 씨는 눈물 어린 눈동자로 이쪽을 올려다보고는.

"저, 저를 방에서 끌어낼 수 있다고······ 생각하지 말아요."

떨면서. 하지만 각오를 다진 눈동자로.

어둠 속에서, 하지만 분명한 의지의 빛을 띠며.

죽음을 택하겠어요.

「방에서 나갈 바에는,

3장 「언젠가 저지를 줄 알았습니다」

【재앙이 닥치기까지 앞으로 5일 06시간 07분 42초】

"싫————————어어————————!"

뭔 이상한 소릴 하고 있길래 우선은 끌어냈습니다.

엄청난 비명을 질러서 당황하기도 했지만, 여기까지 고생고생해서 왔는데 얌전히 돌아간다는 선택지는 없어요. 미안하지만 강행 수단으로 나갔습니다. 다행히 엔죠 선생님은 내 힘으로도 쉽게 끌려 나올 정도의 힘밖에 없었습니다. 이런 건 다른 영웅들 상대로는 무리니까 말이죠.

그렇게 방을 나오려 하자 비명이 멎더니 문득 팔에 걸리는 무게가 더해진다. 개의치 않고 힘을 주어 억지로 끌어낸다.

"자, 방에서 나왔어요…… 엇."

그러자 거기에는 나를 향하고 있는 두 개의 시선이 있었다. 그것은 방 밖에서 기다리고 있던 에리카 씨와 미리암 두 사람의 것이다. 어쩐지 엄청나게 차가운 시선.

"찌―릿."

"찌―릿."

"……저기, 뭡니까, 두 분 다. 무슨 말이 하고 싶은 거예요."

"이야, 소이치가 설마 이 정도까지 하는 남자일 줄은 생각 못 했거든."

"그러게. 소이치. 이런 일까지 저지르다니 나도 의외였어."

"……그거, 아마도 칭찬은 아니지요? 하고 싶은 말이 있으면 확실하게 말해 주시겠어요?"

내가 말하자 둘은 서로 얼굴을 마주 본 뒤, 나를 가리키고는, 입을 모아서.

""살인자.""

그런 몹시도 험악한 소리를 했다.

"엑, 살인자, 라니…………?"

몹시도 차가운 말. 그리고 전혀 기억에 없는 말.

무슨 농담을, 하며 웃어넘기려 했지만 두 사람은 진지한 눈빛 그대로 나를 똑바로 쳐다보고 있다. 그 망설임 없는 시선에서 도망치듯이 뒤를 돌아보니.

내가 방금 방에서 데리고 나왔던 엔죠 선생님이.

죽어 있었다.

"………………죽었어!?"

황급히 달려가 엔죠 선생님의 몸을 건드린다.

하지만 그녀의 몸은 분명하게 열을 지니고 있었다. 안도하면서도 만일을 위해 목에 손을 대고 맥박을 확인해 본다.

이, 이건 딱히 죽었다고 생각해서 그러는 게 아니라, 어디까지

나 『30일 만에 배우는 응급처치』라는 책에 나와 있는 무사 여부를 확인하는 방법이거든요!

그리고 엔죠 선생님의 목에 손가락을 대 보는데.

전혀 움직임이 느껴지지 않는다.

맥박이 없다.

그리고 호흡도 하지 않는다.

"진짜로 죽었잖아요!!"

"아―아―. 그래서 말했는데."

엉겁결에 꼴사납게 엉덩방아를 찧은 나를 뒤에서 에리카 씨가 들여다보고 있었다. 그녀는 나를 냉혹한 시선으로 내려다보며.

"언젠가 저지를 줄 알았습니다."

"그런 매스컴 인터뷰 같은 코멘트 하지 말아 주세요!!"

"엥―. 하지만 죽었잖아, 츠즈리."

시원스레 말해 버렸다고요. 내가 가장 듣고 싶지 않은 말을.

"……저기, 정말로, 죽은 거예요? 거짓말이죠? 농담이죠? 아무것도 안 했는데 죽다니, 그런 일이 어디 있어요? 없죠? 다 같이 저를 놀리고 있는 거죠?"

"지금 스스로 확인한 거 아니야? 분명 죽었지?"

"어, 어째서 죽은 거예요!? 저는, 그런, 엔죠 선생님이 죽어 버릴 만한 짓은 아무것도 안 했는데!!"

"하지만 방에서 꺼냈잖아."

"……네?"

"방에서 끌려 나오면 죽는다고 츠즈리가 말했었지."

"아니아니아니, 어째서 방에서 나오면 죽는 거예요!?"

이상하잖아요. 방 밖에는 독가스가 가득 차 있다는 소리라도 하는 겁니까. 마스크를 안 하면 5분 만에 폐가 썩어 버리는 공간이기라도 한 겁니까.

"방에서 나오면 죽는 게 이상하다고 소이치가 정할 일은 아니잖아?"

"⋯⋯예?"

"그렇지만 츠즈리는 '방에서 끌려 나오면 죽는다'고 말했었는데, 그걸 안 믿고 방에서 꺼낸 건 소이치야. 그 결과에 대고 '어째서 죽는 거야'라는 말은 좀 번지수가 틀린 거 아닐까."

그래, 분명히 그녀는 "방에서 나갈 바에는 차라리 죽음을 택하겠다."고 말했다.

나는 그것을 그저 징징대는 것이라 생각해서 억지로 방에서 끌어내고 말았다. 은둔형 외톨이가 방에서 나오기 싫어서 대충 주워섬기는 거라 생각하고.

"그럼 역시, 내가 엔죠 선생님을 죽이고 말았다는⋯⋯."

"그렇게 되겠네."

"그, 그럴 수가⋯⋯."

무릎을 꿇는다. 신의 사명을 받아 보타락장에 왔다. 재앙을 막고 세계를 구하려 노력했는데. 그 결과 내가 해 버린 짓은, 세계를 구한 위대한 영웅의 목숨을 빼앗는 것이었다.

도저히 용서받을 수 없는 짓이다. 신의 사자로서, 그리고 한 사람의 인간으로서.

나는 결코 용서받을 수 없는 짓을 하고 말았다.

"나, 나는 무슨 짓을……! 대체 앞으로 어떡하면……!!"

"뭐, 아직은 기회가 있지 않을까 싶은데. 나도 똑같은 경험이 있으니까. 그러니까 그렇게 하면 돼."

"……예?"

망연자실한 내 앞에서. 에리카 씨는 엔죠 선생님의 유체를 안아 일으키더니, 방금 나왔던 방 안으로 가볍게 던져 넣었다.

그 순간.

"푸핫!!"

"히익!?"

분명하게 죽었던 엔죠 선생님이 크게 기침을 하며 몸을 일으켰다. 죽었을 텐데. 호흡도 없고, 맥박도 없고, 분명하게 죽었을 텐데.

"츠즈리는 방에서 나오면 죽지만 방 안에 돌려놓으면 되살아나거든."

"그게 무슨 소리예요!?"

"한 번 더 방에서 꺼내면 한 번 더 죽을 것 같은데, 해 볼래?"

"안 해요!!"

영웅을 내 손으로 죽이고 말았다는 후회에서 오는 감정은 내 마음을 산산이 부숴 버렸다. 죄책감과 후회로 마음이 갈가리 찢어지는 듯한 감각. 그런 건 두 번 다시 겪고 싶지 않다고요.

"여어, 영웅 살해자!!"

멀리서 미리암이 몹시도 명예롭지 못한 소리를 하고 있는데,

그런 마왕 조크 같은 거 진짜로 하지 마요. 마왕 조크는 또 뭐야.

"……다행이다."

어쨌든 엔죠 선생님이 살아 있어 줘서 다행입니다. 진짜로 절망에 가슴이 찢어질 뻔했어요. 간담이 서늘해졌다고 할까, 내장이 통째로 뒤집어지는 줄 알았다고요. 이런 짓을 계속했다가는 저는 완전히 재기 불능이 되었겠죠.

그런데 무사히 되살아난 엔죠 선생님은.

"…………………."

차가운 눈빛으로 방 안에서 이불을 뒤집어쓴 채 나를 노려보고 있다.

뭐, 저 때문에 죽어 버렸으니 무리도 아니겠지요. 아니 그런데 죽었다가 되살아난 것에 대해 자세한 설명이 없는데, 과연 여러모로 괜찮은 걸까요. 가벼운 기적쯤 되는 일이 일어났는데요.

엔죠 선생님의 눈빛은 마치 원수를 보는 것 같았다. 실제로 엔죠 선생님에게 저는 원수겠지요.

"저, 저기."

"마, 말 걸지 말아 주세요."

"앗."

"나, 나를 죽이는 그런 사람과 말하고 싶지 않아요."

"그렇겠죠……."

"게다가."

"예?"

엔죠 선생님의 혐오로 가득한 눈빛이 나를 꿰뚫는다.

"다, 당신은, 인간이잖아요."

"네?"

"인간이 말을 걸다니, 이젠 안 돼요, 무리예요, 최악이에요."

"인간? 아니, 저기, 저는 딱히 당신에게 해를 끼칠 생각은⋯⋯ 그런 짓을 한 다음이라 설득력이 없을지도 모르지만요."

"인간이 옆에 있는 것만으로도 위해예요 유해해요 공해예요. 돌아가 주세요."

"공해라니, 그럴 수가⋯⋯."

엔죠 선생님은 내게 꽤나 겁을 먹었는지 전혀 이야기가 되지 않는다. 이래 가지고는 사정을 설명할 수도 없다. 뭐, 자신을 죽인 상대와 평범하게 이야기 따윌 할 수는 없을 것 같지만 아무래도 그뿐만이 아닌 듯한데.

보타락장에 모인 영웅분들은 뭐라고 할까⋯⋯ 개성이 강하고 자아가 강한 사람들뿐이었기 때문에 이런 수동적인 태도를 취하면 오히려 당황하고 만다. 더군다나 대화 자체를 거절당하면 어찌해야 좋을지 알 수 없다.

그러자 옆에서 에리카 씨가 가르쳐 준다.

"아아, 츠즈리는 인간이 불편한 거야. 딱히 소이치한테 죽어서 싫어한다는 것만은 아니고, 그냥 인간이 전체적으로 불편한 거야."

"인간이 불편한 건가요."

"응, 인간이 상대일 때 아무리 해도 말이 안 통하더라."

"인간이 불편하다니, 그러면 제대로 생활하지 못할 것 같은데……"

"뭐, 우리 아파트에는 만주 같은 것도 있으니까 말이지―."

"아아, 확실히 그러네요……. 하지만 그럼 저는 어떡하면 좋을까요."

엔죠 선생님은 여전히 부들부들 떨고 있다. 인간이 불편하다면 내 이야기도 들어 주지 않을 것이다. 게다가 내게는 그녀를 내 손으로 죽이고 말았다는 부담감이 있어서 강하게 나갈 수 없다.

하지만 망설이고 있을 시간이 없다. 이런 곳에서 멈춰 있을 수는 없으니까.

"엔죠 선생님, 들어 주세요!"

"히, 힉."

가까이 가면 또 큰일이 날 것 같아서 방에 들어가지 않도록, 하지만 가능한 한 얼굴을 가까이 하고 빤히 엔죠 선생님의 얼굴을 바라본다.

"난폭한 수단을 쓴 것은 사과드리겠습니다. 그리고 죽이고 만 것도 사과드릴게요. 죄송합니다. 하지만 지금만은 제 이야기를 들어 주세요. 저는 카노야 소이치라고 합니다. 신께 사명을 받아 이 보타락장에 왔습니다."

"힉."

"그 사명이란 세계를 멸망시킬 재앙을 막는 것입니다. 이번에 새로운 재앙이 5일 후에 닥쳐온다는 것이 신의 지령으로 판명되었습니다. 그 재앙에 엔죠 선생님의 성함이 나왔습니다. 그래서 좀 이야기를 듣고 싶어서."

"……."

거기까지 말했을 때, 침묵해 버린 엔죠 선생님.

왜 그러지 하고 살짝 엔죠 선생님의 얼굴을 들여다보자, 그녀는 눈을 크게 뜬 채 고개를 옆으로 툭 떨구고 있다.

"죽었네……."

되살아난 엔죠 선생님은 말없이 다시 방에 틀어박히고 말았다.

"이제 소이치는 츠즈리랑 대면하지 않는 게 좋을 것 같네."

"……저도 그렇게 생각했어요."

"자랑은 아니지만, 내가 전에 츠즈리를 만났을 때는 다섯 번 죽었어."

"하나도 칭찬받을 만한 일이 아니네요. 무슨 짓을 하신 거예요."

"설마 다가가기만 해도 죽을 줄은."

"저하고 똑같은 수준이잖아요……."

"나한테 놀라서 도망치더니, 방의 턱에 걸려서 그대로 죽었어."

"허약 체질 정도가 아니네요……."

방 안에 있어도 엔죠 선생님은 죽어 버린다. 방에서 나오면 그것 때문에 죽는다. 그리고 나는 한껏 미움받고 있기 때문에 다가가면 죽게 만들고 만다. 어라, 이거 손쓸 도리가 없는 거네요? 체크메이트에 장군에 풀카운트네요?

하지만 나는 어떻게든 엔죠 선생님과 이야기를 해야만 한다.

이야기는 세계의 앞날에 관계된 것. 그러니 이렇게 망설이고 있을 때가 아니다. 어떻게 해서든 엔죠 선생님과 평범하게 이야기할 수 있는 방법을 생각해야 한다.

"그렇다면 좋은 생각이 있어."

"에리카 씨의 생각이라니 그다지 믿음이 안 가지만…… 어떻게 하면 될까요."

"전화로 이야기를 하면 돼."

"엄청나게 상식적인 이야기네……."

에리카 씨의 입에서 나왔다고 생각할 수 없을 만큼 정론이네요. 분명 '방을 통째로 가져가면 돼.' 쯤은 말할 줄 알았는데.

"하지만 저는 엔죠 선생님 전화번호를 모르는데요."

"그건 간단한 일이지."

에리카 씨는 갑자기 크게 팔을 들고 문을 쾅쾅 두드렸다.

"츠즈리, 이 문이 부서지는 게 싫으면 소이치에게 전화해!!"

"어마어마하게 원시적인 방법이다……!!"

에리카 씨가 계속 문을 강하게 두들기자, 주머니 속의 디바이스가 진동했다. 화면에는 정중하게 「엔죠 츠즈리」라고 쓰여 있다. 곧바로 통화 버튼을 눌러 전화를 받는다.

디바이스에서 들려온 것은 엔죠 선생님의 가냘픈 목소리.

"누, 누구세요."

"아니, 저기, 아시죠? 접니다. 카노야 소이치입니다."

"힉."

"잠깐 기다려요 죽지 마세요! 부디 정신을 차리시고! 살아 주세요!! 아니 수화기 너머니까 별로 무섭지 않으시죠!?"

"저, 전화로 혼났어요. 무서우니까 이제 죽어요. 저세상에 가요. 성불할 거예요."

"죽지 마요! 살아요!!"

"죽어요."

"살아요오오오오!!!"

"죽었어요."

"되살아나요오오오오!!!!"

디바이스를 향해 필사적으로 외치는 나. 멀리서 에리카 씨와 미리암이 어이없어하는 표정으로 쳐다보고 있는데, 딱히 이러고 싶어서 이러는 거 아니거든요!!

【재앙이 닥치기까지 앞으로 5일 04시간 48분 33초】

그렇게 성과 없는 통화를 몇 번 되풀이한 뒤.

"……………진정되셨어요?"

"…………어, 어느 정도는."

거친 숨을 내쉬며, 겨우 이야기를 나눌 수 있게 된 나와 엔죠 선생님이었다. 지금까지 정말 길었습니다. 뭐, 지금도 그녀의 목소리는 떨리고 있어 금방이라도 죽을 것 같은 느낌이라, 오래는 못 버틸지도 모르지만.

"엔죠 선생님. 당신이 과거 수많은 세계를 혼란에 빠뜨렸던 건 사실입니까."

"……네에."

"세계를 혼란에 빠트렸던 이유는 엔죠 선생님이 지닌 능력,
「현상×실리」[^알카드론] 때문입니까."

"……네에."

"그 능력에 의해 지금 이 세계 여기저기에 영향이 나타나기 시
작했습니다. 그것을 알고 계십니까."

"……네에."

맞물리는 것 같으면서도 안 맞고 있네요, 이 대화.

"제 이야기, 제대로 듣고 계세요?"

"힉."

"죽지 마세요! 부탁이니 이야기를 제대로 들어 주세요. 아주
중요한, 반드시 들어주셔야 하는 일입니다."

"……이, 이야기라니, 뭐죠."

쥐어짜는 듯한 목소리로 대답해 주는 엔죠 선생님에게 고마움
을 느끼면서 설명한다.

"우리에겐 시간이 없습니다."

"시간……. 그건 설마, 마감, 이라는 건가요."

"마감? 네, 그렇습니다. 마감입니다."

카운트다운을 번역하면 마감이라는 말에 가까우니 아마 그게
맞겠지요. 왜 여기서 엔죠 선생님이 번역을 했는지는 모르겠지
만 제대로 대답을 해 주셔서 살았습니다.

"맞아요. 저는 그 마감을 어떻게든 해야 한다고 생각해서 이

렇게 던전 밑바닥까지 왔습니다.”

“저를, 만나기 위해서, 인가요.”

“그렇습니다. 엔죠 선생님이 마감을 어떻게 해 주시길 바라고 왔습니다.”

“내게…… 마감을.”

엔죠 선생님은 겁먹은 듯한 목소리다. 내가 아니라 더 커다란 공포에 떨고 있는 듯한 목소리였다. 세계 멸망이라는 중대한 문제에 겨우 생각이 미친 것일까.

그래서 나도 진지하게 내 생각을 호소한다.

“모든 것은 엔죠 선생님이 열쇠입니다. 이 사태는 분명 엔죠 선생님밖에 해결할 수 없는 것일 겁니다. 그러니 부디 도와주시지 않겠습니까.”

“……제게, 마감을, 어떻게든 하라고. 그렇게 말하는 건가요.”

“네. 지금도 닥쳐오고 있는 무시무시한 마감을 어떻게든 할 수 있는 사람은 엔죠 선생님 외에 아무도 없습니다. 전설의 작가, 엔죠 선생님밖에 할 수 없는 일입니다.”

“작가……. 마감…….”

“네. 마감이 닥쳐오기 전에 세계에 벌어지고 있는 사태를 어떻게든 하지 않으면 큰일이 나고 맙니다. 수많은 사람들이 탄식하며 슬퍼할 겁니다. 그렇게 되지 않도록 하는 것이 저의 일…… 아니, 사명입니다. 제게 힘을 빌려주십시오.”

필사적으로 모든 설명을 끝내고 엔죠 선생님의 반응을 기다린다.

“………….”

잠시 침묵이 이어지고. 이윽고 툭 튀어나온 말.

"마감."

"예?"

"겨우 알았어요. 이해했어요. 납득했어요."

"무, 무엇을요?"

그리고 갑자기 방문이 열렸다.

놀라 그쪽을 보자 문틈으로 엔죠 선생님이 이쪽을 바라보고 있었다.

몹시도 가라앉은, 어두운 표정. 그럼에도 그 눈동자에 떠오른 것은 통렬할 정도의 의지였다. 무언가를 호소하겠다는 강한 의사.

엔죠 선생님은 눈물을 머금으면서도 나를 똑바로 쳐다보면서.

"다, 당신은, 내게서 원고를 받아내려고 온 출판사의 앞잡이로군요!?"

그렇게 말했다.

"…………네?"

그만 멍해지고 만 나.

"그, 그러니까, 편집자인 거죠!? 아니, 틀림없어요!!"

"편집자?"

일단은 지식으로서 알고 있다. 주로 출판사에 근무하는 회사원으로, 다양한 서적류의 출판에 종사하는 사람들을 가리키는 단어. 그들의 업무에는 작가와 공동으로 작품을 완성하는 것도 포함되어 있었을 것이다.

문제는 어째서 엔죠 선생님이 갑자기 그런 말을 꺼냈느냐 하는 것.

"아니, 저기, 저는 딱히 편집자 같은 게 아닌데요."

"수, 숨기지 마세요."

하지만 엔죠 선생님은 문 뒤에 숨으면서도 필사적으로 말한다.

"작가인 내 거처에 갑자기 나타나서, 마감이 온다고 떠들어대면서 일을 강요하지. 이것은 편집자의 특징과 일치해요."

"그런 동물도감 같은 표현은 좀 그런데……."

"그, 그런 편집자에겐 분명히 나도 신세를 진 적이 있어요. 하지만 지금의 나에겐 명확한 적이에요."

"저, 적?"

"그래요. 처음부터 당신이 적이라는 건 알고 있었어요."

"어, 어째서지요!?"

"보고 있었으니까요."

"보고, 있었다고?"

"네. 이 눈으로 명백하게, 관찰하고, 보고, 조사했어요. 당신이 이 보타락장에 나타났을 때부터 계속 감시했어요."

"감시라고요!?"

"네. 이 보타락장 안은 전부 내 능력 범위 내예요. 모든 장소에 감시 카메라를 설치한 거나 다름없죠. 보타락장 내부에서 일어난 일은 뭐든 다 꿰뚫어 보고 있어요."

"그럴 수가……!"

"그러니까, 당신이 이 보타락장에 나타난 이후로 시간이 없다면서 소란을 부리던 것도 알고 있어요. 시간이 없다면서 날뛴다, 그건 바로 편집자의 생태예요."

"글쎄 아니라니까요!"

"결국 뭔가에 지친 것처럼 방에서 멍하니 있는 일이 많아지기도 하고, 손에 든 기기를 만지작대면서 미소를 짓기도 했는데. 그건 편집자 특유의 행동이라고 단언해도 지장 없겠지요."

"완전히 지장 있는데요!! 그런데 제 방 안까지 보신 거군요!?"

"편집자란 도망치는 작가를 어디까지고 쫓아오는 자. 하늘 끝까지도, 땅속까지도 쫓아오는 자예요. 실제로 당신은 여기까지 나타났어. 내게 마감을 지키게 하기 위해서."

"저는 그런 일은 안 한다니까요!!"

"편집자란 다른 세계에서 오는 자. 즉 바깥에 오염된 악한 존재예요. 이렇게 틀어박혀 있는 나를 비웃으며 자기들은 친구와 정원에서 즐겁게 바비큐 같은 걸 하겠죠. 나 같은 은둔형 외톨이에겐 결코 불가능한 BBQ를."

"왜 BBQ라고 바꿔 말하는 겁니까."

"전혀 부럽다고 생각하지 않지만요. 그렇다면 저는 제 스스로의 방법으로 BBQ를 할 뿐이에요. 뇌내 BBQ를 해 보이겠어요."

"엄청나게 허무하지 않나요, 그거."

"무, 무례한 소리를 하네요. 알겠어요. 그렇다면 당신과 BBQ를 커플링해 드리죠. 그렇게 BBQ가 좋으면 내 뇌내 망상 속에서 평생 BBQ와 치고받으면 돼요. 그 모습을 원고용지 1000장

이상에 걸쳐 극명하게 묘사해 드리겠어요."

"뭔지 잘 모르겠지만 그만두시죠!?"

"그래요, 당신이 옥수수와 즐거운 듯이 뒤엉켜 있는 모습이 내 뇌내에서는 지금도 극명하게 표현되고 있어요."

"무슨 광경이야 그게……."

"참으로 술술 나오는군요. 피망도 추가하겠어요."

"술술 안 나왔으면 좋겠는데……."

이렇게 여러 가지로 이야기는 하고 있지만. 내 말이 엔죠 선생님에게 전해진 듯한 기색은 없다. 묘한 커플링에 내가 말려든 것 같은데, 저는 딱히 그런 거 원하지 않았다고요.

한 가지는 알게 되었다.

엔죠 선생님은 편집자를 이상하리만치 적대시한다는 것.

전설의 작가와, 편집자.

둘 사이에 어떤 관계가, 과거가 숨겨져 있는 것일까. 디바이스에도 나오지 않는 그것은 분명 개인적인 것일지도 모른다. 타인이 가볍게 파고들어서는 안 될 부분인지도 모른다. 건드려선 안될 과거의 인연.

하지만 지금의 내게는 엔죠 선생님의 힘이 필요하다.

그래서 필사적으로 엔죠 선생님에게 거듭 말한다.

"대체 무슨 일이 있었던 겁니까?"

알지 못하는 과거에 파고들기 위해.

"그렇게나…… 편집자를 원망하는 데는 뭔가 중대한 이유가 있겠지요. 이런 지하 깊숙이 틀어박혀야만 할 만큼의 이유가.

괜찮으시면 그 이유를 들려주지 않으시겠어요? 어쩌면 뭔가 힘이 되어드릴 수 있을지도 모릅니다."

설령 그 이유가 극히 개인적인 일이라고 해도.

한 사람의 인간에게는 건드리는 것이 치명적인 일이라고 해도.

그래도 나는 물어야 한다.

아무리 원망을 받게 되더라도, 밝혀야 한다.

왜냐하면 그것이 신의 사자인 나, 카노야 소이치에게 부여된 사명이니까.

"부탁입니다, 엔죠 선생님. 왜 틀어박혀 있는지 가르쳐 주지 않으시겠어요?"

내 간원에 엔죠 선생님은 나를 흘끔 보더니 입을 연다.

"어, 특별한 이유는 없는데요."

"에에엑⋯⋯."

없는 겁니까?

설마 했던 낫씽?

아니 제 고뇌는 뭐였던 겁니까. 과거에 무슨 일이 있어서 그 결과로 이렇게 된 게 아니라면 대체 뭡니까. 이유 없이 이런 곳에 있다니, 보통은 안 그런다고요!!

"그, 그럼, 왜 틀어박혀 있는 겁니까?"

"평범하게 인간이 불편해서, 예요."

"평범하지 않잖아⋯⋯."

"그리고, 여러 가지로 귀찮으니까, 예요."

"귀찮다니, 그렇게 대충⋯⋯."

심각한 이유가 없어서 다행이지만. 그렇다면 그건 그녀가 단순한 구제불능 인간이라는 결과밖에 안 된다.

어쨌거나, 엔죠 선생님이 나를 편집자라고 착각하고 있고, 그리고 마감…… 카운트다운에 대해서도 뭔가 특별한 감정을 품고 있다는 것은 알았다. 하지만 그 의지가 어디서 왔는지 알 수 없다.

"……결판을, 내지요."

엔죠 선생님은 떨리는 몸을 억누르며 일어서더니, 방 안에서 적의로 가득 찬 눈빛으로 나를 쳐다본다.

그 눈은 본 기억이 있다. 의지를 굳히고 바라보는 눈동자는 평범한 인간의 것과는 확연히 구분된다.

바로, 영웅의 눈동자였다.

"나는 아직 편집자에게 붙잡힐 수는 없어요. 나는 아직 이 방과 함께 있겠다고 결정한 몸. 타인에게 쉽게 깨질 만한 유대감이 아니에요."

"유대감이라니……. 그저 틀어박혀 있을 뿐이잖아요. 그리고 평범하게 방에서 끌어냈었다고요, 저."

유대감이고 뭐고 없잖아요.

하지만 엔죠 선생님은 떨면서도 웃는다.

"생각이 짧군요. 당신은 잘못 봤어……. 나와 이 방의 유대감을 잘못 보았어요. 간단히 끌어낼 수 있을 거라곤 꿈에도 생각하지 말아요."

"그러니까 저기, 아까 끌어냈잖아요? 죽었지만."

"나와 방의 유대감은 파와 닭고기보다도 강해요!!"

"닭 꼬치구이 뭐 그런 건가요."

"당신이 나를 진심으로 방에서 꺼내고 싶었다면 일개 소대라도 준비해야 했어요. 정말로 준비한다면 죽을 거지만. 그럼 슬슬 내 평온을 돌려받도록 하겠어요."

"무슨……!?"

엔죠 선생님이 손을 이쪽으로 향한다.

그 모습에 위기감을 느끼고 뒤로 한발 물러서지만 상대의 움직임이 훨씬 빨랐다.

"말은 필요 없어……. 「현상×실리」, 액티브! 커플링 「바닥×책장」, 지금 여기에 성립하라!!"

엔죠 선생님의 외침과 함께.

지하 도서관이 소리 내며 진동하더니.

깨달았을 때는 눈앞에 책장이 출현해 방 입구가 막혀 있었다.

"……어?"

무슨 공격이라도 당하는 건가 싶어 자세를 잡고 있었기 때문에 더욱. 내 몸에 아무 일도 일어나지 않았다는 것에 의문이 떠오른다.

당황하다가, 깨달았다.

엔죠 선생님은 틀림없이 자신의 능력을 발동했다. 그 능력…… 「현상×실리」의 효과는 모든 것을 커플링하는 것. 그로 인해 이 지하 도서관 자체가 이상하게 커플링되어 눈앞의 방 입구가 막힌 것이겠지.

그때 책장 너머에서 엔죠 선생님의 목소리가 들려왔다.

"이것으로 나의 평온은 지켜졌습니다. 이 방의 평온을 지키기 위해서라면 이 목숨, 아깝지 않아요. 목숨을 걸고 지켜 보이겠어요."

"아, 네. 그 점은 정말이지 이제 지긋지긋해질 정도로 잘 알았습니다."

실제로 눈앞에서 몇 번인가 죽기도 했고. 자기 발언에 책임을 지는 것도 정도가 있죠. 정말로 얼마만큼 밖에 나가는 게 싫은 겁니까. 자기 방의 평화를 지키기 위해 목숨을 내놓겠다니, 진짜로 너무 몸을 내던지고 목숨을 쉽게 던진다고요.

"그럼, 평안하시길."

"아니, 잠깐, 아직 이야기는 안 끝났어요! 이 책장을 치워 주세요!!"

"내 은둔 생활을 방해받을 수는 없어요. 당신이 쫓아올 수 없도록 커플링을 제 쪽에서 조금 조절해 두었으니까요."

"무슨 짓을 한 겁니까!?"

"그럼, 은둔형 외톨이로 돌아가겠어요. 그 아름다운 타락으로."

"엔죠 선생님!!"

외쳐 보지만 이미 대답은 없었다.

황급히 눈앞의 책장에서 책을 뽑아 보지만, 그 자리를 메꾸듯이 새로운 책이 나타나 앞을 막는다. 그렇다. 이 지하 도서관은 전체가 엔죠 선생님의 방 안이라 해도 지장 없는 공간. 그렇기 때문에 엔쿄 선생님의 능력이 발동되면 간단히 놓치고 만다. 애초에 적지에서의 싸움이었다.

서둘러 그녀가 있는 곳에 가야만 한다. 어쩐지 오해만 잔뜩 받았고, 처음부터 나를 편집자라고 생각해 적대시하고 있으니 이제부터 무슨 짓을 할지 모른다. 아니, 본인이 그렇게 말했다.

나 혼자서는 어찌할 방도가 없을지 모른다. 그래서 뒤돌아보고 도움을 요청한다. 그곳에 있을 영웅과…… 덤으로 마왕을 향해.

"에리카 씨! 미리암!"

"뭐지, 소이치."

"뭐야, 소이치."

도움의 목소리는 곧바로 닿았다. 에리카 씨와 미리암은 바로 근처에서 우리 모습을 살피고 있었던 듯하다. 그래, 바로 근처에서.

"저기…… 두 분 다 어째 가깝지 않은가요……?"

이건 바로 근처라기보다는 아예 달라붙었다고 해야 할 것 같다.

두 사람 다 왜인지 나에게 몸을 밀착하고 있는 것이다. 체중을 전부 맡기듯이 기대고 있어서 이쪽은 움직일 수가 없다.

"저, 저기, 잠깐만요?"

밀착된 부분에서 전해지는 열. 날숨까지도 느껴질 만큼 가까운 거리에 영문을 알 수 없게 된다. 하지만 두 사람은 아무런 신경도 쓰지 않는다는 듯이 더욱 바짝 다가온다.

"있잖아, 소이치. 갑작스럽지만 잠깐 하고 싶은 말이 있어."

"으음, 무슨 일이에요, 에리카 씨. 무지하게 가까운데요."

"소이치는 내 가슴에 관심이 있지?"

"갑자기 왜 그러세요!?"

왜 여기서 가슴 얘기를!?

뒤틀린 원한이 악화돼서 마침내 에리카 씨가 이상해지고 만 건가 싶어 덜덜 떨었지만, 아무래도 제정신은 유지하고 있는 것 같다. 제정신으로 그런 소리를 하는 게 확실히 더 위험하죠. 그리고 기본적으로 평소부터 이상했었지요, 에리카 씨는. 이것도 생각보다 평소 그대로인 듯한 기분이 드네요.

에리카 씨는 더욱 내게 몸을…… 아니, 주로 신체의 일부분만을 집요하게 밀어붙인다. 그게 어디냐고 묻는다면, 그게, 뭐라고 해야 할지.

"이상하네, 소이치는 첫 대면에 내 가슴을 주물렀을 정도니까 이제 내 가슴밖에 안 보이는 수준이라고 생각했는데, 특별히 반응하지 않네. 아까도 눈빛은 만지고 싶어 했으면서 손은 안 댔고."

"그런 눈빛 안 했잖아요!?"

"혹시나, 체육복이라서 안 되는 걸까."

"흐와아아아아아!!!!"

"이런 일이 생길까 싶어서 그 밑에는 안 입었는데."

"뭐든 좋으니까 입고 있길 바랐는데!!"

"아무리 나라도 항상 안 입는 건 좀 거부감 들지만, 그래도 소이치가 무슨 일이 있어도 원한다면 그래도 괜찮다구?"

"무슨 일이 있어도 그러지 말아 주세요!!"

체육복에다 내친김에 그 밑의 셔츠까지 걷어 올리려 하는 에리카 씨를 필사적으로 말린다. 이대로 멋대로 하게 내버려 두면 그, 뭐라고 해야 할지, 여러 가지로 그래선 안 될 것 같은, 그런 기분이 들거든요!!

이대로는 큰일이 날 것 같아서, 반대쪽에서 내 몸에 달라붙어 있는 다른 한 명에게 말을 걸기로 한다. 구제불능 인간의 취급에 애를 먹고 있을 때는 또 한 명의 구제불능 인간을 투하해서 어떻게든 중화한다는 작전이다.

"저, 저기, 미리암도 뭘 하는 거예요!? 뭐라 해야 하지, 그런 캐릭터 아니었잖아요!?"

"정말이지, 질척질척대다니 용사로서 한심스럽다니까."

"그렇지요!"

"그렇다면 내가 팔을 걷어붙이고 직접 마왕으로서의 위엄을 소이치에게 새겨 줘야 하지 않겠어? 그런고로, 나를 얕본 벌을 여기서 맛보도록 해! 이 나의 풍만한 몸으로!!"

"그러니까 무슨 소리를 하는 거예요!! 제정신으로 돌아와요!!"

"풍만하지 않다는 거야!?"

"그 부분이 아니라고요!!"

"확실히 나는 거기 쓸데없이 빵빵한 용사랑은 다를지도 모르지만! 참으로 평탄한 몸을 가졌다는 소리를 자주 듣지만! 그래도 이건 이것 나름대로 수요라는 게 있잖아. 알고 있다구, 텔레비전에서 몇 번이나 봤으니까! 그러니까 안심하고 다가와도 돼, 소이치."

"안 다가갈 거고 벗지 마요!!"

"아니면, 조리복을 입고 있는 게 더 좋아? 매니악하네."

"아니, 그런 게 아니고!"

"설마, 오히려 조리복 말고는 아무것도 필요 없다는 거야? 과연 소이치야, 예상을 살짝 엇나가게 높은 취미네. 다시 봤어."

"에에엑……."

"그럼 속옷만 벗을게. 소이치가 억지로 벗기려고 하니까 어쩔 수 없네."

"완전히 자발적으로 벗고 있잖아요!?"

에리카 씨와 마찬가지로 옷을 벗으려고 하는 미리암을 필사적으로 제지한다. 이젠 좌우에서 큰일이 나고 있으니 어찌할 방법이 없잖아요.

이상하다. 정말 진심으로 이상하다.

에리카 씨도 미리암도 분명히 이상하다. 솔직히 말해서 뇌의 신경이 몇 가닥 끊어진 것 같은 언동을 하고 있다. 평소부터 위험해 보이는 에리카 씨야 어찌 됐건, 마왕이긴 해도 평소에는 비교적 평범하던 미리암까지 이렇게 되다니.

두 사람에게 무슨 일이 있었던 건가. 생각이 미치는 부분이라면 딱 하나 있다.

"…………설마."

이것이 엔죠 선생님의 능력 때문인 걸까.

무언가와 무언가를 억지로 커플링하는 능력. 그것 말고는 가능성이 없다.

엔죠 선생님의 능력에 두 사람이 영향을 받은 거라면, 그건 나로서는 어쩔 도리가 없는 일이다. 나보다도 강한 두 사람이 이렇게 쉽게 능력의 영향에 사로잡혔으니 내가 어떻게 할 수 있을 리가 없다.

그렇다면 이제 다른 곳에 도움을 청할 수밖에 없다.

"자, 잠깐, 놔주세요!!"

계속해서 달라붙는 두 사람을 떼어 내면서 디바이스를 꺼낸다. 지상에 남아 있는 사람들에게 사정을 설명해 보자. 다른 영웅들이라면 아직 능력의 영향을 받지 않았을지도 모르니까.

그러나.

"……반응이, 없어?"

아무리 기다려도 아무도 전화를 받지 않았다.

이미 던전에 내려온 뒤 상당한 시간이 지났다. 보타락장의 영웅들이 한 사람도 돌아오지 않았을 리는 절대 없겠지. 늘어져 있는 건지, 게으름을 피우고 있는 건지, 귀찮아서 자고 있는 건지.

아니면 전화를 받을 수 없을 정도로 큰 사태가 일어난 건지.

그렇다면 이런 데서 꾸물대고 있을 시간이 없다.

"서둘러 돌아가죠!!"

【재앙이 닥치기까지 앞으로 5일 04시간 22분 03초】

아무튼 서둘러 지상으로 돌아가기로 했다.

지상까지 지하 100000층만큼의 깊이를 어떻게 돌아갔느냐하면, 평범하게 직통 엘리베이터를 사용했다. 그걸 발견했을때는 여기 오기까지의 고생을 떠올리고 마음이 꺾일 뻔했지만, 아무튼 서둘러 올라타고 지상으로 돌아왔다.

황급히 보타락장 건물 안으로 들어가자마자 외친다.

"아무도 없어요!?"

하지만 대답은 돌아오지 않는다.

대답은커녕 보타락장 전체가 고요에 잠겨 아무런 기척도 느껴지지 않았다. 영웅들의 방을 돌아다녀 보았지만 어디에도, 아무도 없다. 평소라면 누군가가 소란을 피우는 장소라 이 고요함이 묘하게 불안했다.

"소이치! 나! 나는 여기 있어!"

"소이치, 나도 여기 있다구. 잘 보고 있으란 말이야!"

"아, 진짜!"

지하에서부터 계속 내게 달라붙어 있는 에리카 씨와 미리암. 그녀들은 여전히 내게서 떨어지지 않았다. 좀 짜증이 나지 않는 것은 아니지만 그렇게 말했다간 뭔가 큰일이 날 것 같아서 관둔다.

"⋯⋯⋯⋯맞다, 현관!"

던전에 들어가기 전에 나는 현관에 쪽지를 남겨두었다. 만약 영웅들이 귀가했다면 거기에 뭔가 흔적이 남아있을지도 모른다.

그래서 서둘러 현관 앞으로 향했더니, 거기에는 내 쪽지에 다른 쪽지 한 장이 겹쳐 있었다.

"……이건."

주워 보니 아무래도 료코 씨가 남긴 쪽지인 듯하다. 애초에 만주가 어떻게 이걸 썼느냐는 문제가 있지만, 문장은 제대로 쓰여 있다. 역시 마법을 사용한 걸까.

그리고 그 내용은.

「화과자 가게와 양과자 가게의 믹스에 분개했던 나지만, 먹어 보니 그 하이브리드함과 가능성에 의한 새로운 감각에 휩싸였기에 이 만남을 소중히 하기 위해 여기저기 세계를 둘러보려고 합니다. 덤으로 쿠로 씨도 술에서 같은 가능성을 느낀 듯하여 함께 갑니다. 뒷일은 잘 부탁해요.

추신 경찰×사몬지」

"그 구제불능 인간들……!!"

료코 씨의 쪽지를 무심코 구겨 버린다.

알았다. 자알 알았습니다.

결국, 집 보기를 맡겼던 영웅들은 아무것도 하지 않고, 오히려 개인적인 욕망을 우선해서 어딘가로 가 버렸다는 것을. 이걸 구제불능 인간이라고 부르지 않는다면 뭐라고 불러야 할까. 분노를 퍼부을 상대도 없으니 그냥 소리칠 수밖에 없군요.

뭐, 나 자신도 이렇게 될 줄 마음속 어딘가에서 예상하고 있었지만요. 오히려 십중팔구 이렇게 될 거라 생각했지요, 사실. 남은 1할에 걸었던 자신이 상당한 도박꾼이라고 생각한다고요.

멋지게 패하고 말았지만요!!

그리고 만주와 술 때문이라는 이유는 잘 알겠는데, 사몬지 씨에 대해서는 아주 간결한 단어밖에 안 쓰여 있네요! 심하게 충분할 만큼 잘 전해졌지만요!!

어쨌거나.

이렇게 보타락장에 집을 지키는 사람이 없었던 이상, 지상에서 무슨 일이 일어났다 하더라도 내게 정보가 들어올 리가 없다. 요컨대 뭔가 트러블이 생겼다고 해도 내가 그것을 알 수는 없었다는 말이 된다.

"……조사해야 해."

곧장 거실로 뛰어 들어가 텔레비전 스위치를 켠다.

그리고 거기 비친 화면, 뉴스라 생각되는 프로그램에는.

"……뭡니까, 이건."

거기에는 말도 안 되는 영상이 나오고 있었다.

그것은 이곳이 아닌 어딘가의 풍경.

도로를 달리는 것은 앞의 반쪽이 버스고 뒤의 반쪽이 트럭인 기묘한 탈것. 하늘을 날고 있는 것은 흰색과 검은색 날개를 가진 경찰차와 제트기의 하이브리드.

거리로 눈을 돌리자 그곳에는 무작위로 뒤섞였다고밖에 표현할 수 없는 어지러이 섞인 각종 가게의 모습이 보였다. 수족관과 생선 가게, 펫 숍과 정육점이 반씩 섞여 몹시도 문제 있는 점포 구조가 되어 있다.

뉴스를 전하는 아나운서도, 그리고 거리를 걷는 주민들도 엄청난 사태에 당황하고 있다. 지금은 아직 이렇게 일어난 사태에 당황하는 것으로 그치지만, 이런 상태가 계속 이어지면 엄청난 혼란을 일으킬 수도 있다. 어찌 됐건 일상의 풍경이 완전히 다른 것으로 바뀌고 말았으니까. 사람들이 사태를 이해하고 더욱 궁지에 몰리는 것도 시간문제일 것이다.

　다른 채널로 바꿔 보아도 마찬가지로 똑같은 광경이 비친다. 일본 여기저기서⋯⋯. 그리고 세계로 눈을 돌려 봐도 이상 사태는 똑같이 진행되고 있다.

　하여간 화면이 비치는 모든 것이 정상이 아니다.

　모든 것이 섞여 있다. 합성되어 있다.

　눈에 들어오는 곳마다 온통 사람의 인식을 벗어나는 이상 사태, 그 원천은 틀림없이.

　"이건⋯⋯ 엔죠 선생님의 능력 때문, 이겠죠."

　엔죠 선생님의 능력, 「현상×실리_{알카드론}」로 일어나는 이상 사태는 보타락장 부근에 머무르고 있을 터였다. 그것이 지금 이렇게 뉴스에 나오고 있다는 것은 이상이 이미 보타락장이 있는 모토히로쵸뿐만 아니라 더욱 대규모로 확산되었다는 것.

　요컨대, 현기증이 날 만큼 엄청난 사태였다.

　"어, 어째서 이렇게 될 때까지 내버려 둔 거야!!"

　이곳에는 없는 구제불능 인간들을 향해 힘껏 소리치고 만다.

　나는 확실하게 부탁해 두었다. 이런 이상 사태가 일어나지 않도록, 지상에 남은 료코 씨를 비롯한 영웅분들에게 부탁해 두었던 거다.

그런데 바야흐로 이상은 세계 규모로 발생했다는 결말.

"자, 자아자아 진정해 소이치."

"어떻게 진정하라는 거예요!?"

"무섭잖아⋯⋯. 자, 뉴스 같은 걸 보고 있으면 마음이 가라앉을 뿐이야. 다른 채널로 바꿀게. 맞아, 슬슬 애니메이션 재방송이."

"그런 걸 보고 있을 때가 아니라고요! 현실에서 애니메이션보다 더한 사태가 일어났으니까!?"

"뭐야, 현실보다도 멋진 애니메이션도 있다구! 애니메이션이란 것만으로 싸잡아 부정하는 건 좋지 않거든!"

애니메이션에 대해 역설하는 미리암. 이 마왕, 진짜 괜찮은 걸까요.

그보다, 애초에 문제는.

"왜 이렇게 단숨에 이상이 퍼진 걸까요⋯⋯."

이상 사태의 근본이 보타락장에 틀어박혀 있는 엔죠 선생님인 이상, 능력의 효과는 보타락장 부근으로 한정되어 있을 터. 엔죠 선생님이 아파트 밖으로 나갔다면 몰라도, 그럴 만한 인물이 아니라는 건 잘 알고 있다. 그녀야말로 진정한 은둔형 외톨이, 보타락장에서 밖으로 나간다는 건 있을 수 없다.

이렇게까지 규모가 커진 것에는 뭔가 다른 이유가 있는 것일까. 아니면 엔죠 선생님의 능력이 내 예상을 까마득히 넘을 만큼 강력한 것인가.

세계를 이 정도까지 대혼란에 빠뜨리다니 정말이지, 엔죠 선생님도 터무니없는 구제불능 인간이네요. 왜 이런 바보 같은 짓을 한 걸까요. 너무 강하게 말하면 죽어 버릴지도 모르니 표현을 좀 누그러뜨려야겠지만.

어느 쪽이건 간에, 바보……가 아니라 엔죠 선생님의 능력이 무의미하게 확산된 결과가 이 전 세계 규모의 혼란이다.

"어떻게 하면, 좋지."

이런 건 대처할 방법이 없다. 영웅이라 해도 할 수 있는 일에는 한계가 있다. 하물며 보타락장에 모여 있는 것은 구제불능 인간들이니 더욱더 기대할 수 없고요.

지난번의 재앙…… 마왕을 둘러싼 소동 때는 바로 그 마왕을 퇴치함으로써 카운트다운을 멈출 수 있었다.

마왕을 쓰러뜨린 용사님은 아까부터 조용하다 했더니 졸린 듯 내게 기댄 상태고, 쓰러뜨린 마왕은 텔레비전 리모컨에 손을 뻗으려 하고 있는데요. 내가 시선을 보내자 곧바로 손을 움츠렸다.

엔죠 선생님을 저 마왕 때처럼 퇴치한다는 건…… 뭐라고 해야 하지. 좀 힘들다. 영웅이기는 해도 작가이고 싸우는 존재가 아니니까, 그런 상대를 찌르거나 때리는 건 꽤나 괴롭지. 여기 있는 마왕을 찌르는 것조차도 약간은 주저하고 말 텐데.

그렇다면 엔죠 선생님을 설득해서 스스로 그만두게 할 수밖에 없는 걸까. 하지만 그녀는 노골적으로 나를 적대시하고 있다. 일반적인 방법으로는 대화도 할 수 없다.

"최소한 제대로 대화만 할 수 있으면……."

"뭐, 소이치가 상대면 대화는 안 해 줄 것 같은데."

"예?"

미리암은 탁 하고 소파 옆에 앉더니, 어쩐지 알 것 같다는 얼굴로 말한다.

"나, 어쩐지 알 것 같아. 그 엔죠라는 작가가 왜 이렇게까지 폭주하고 말았는지."

"어, 어째서 아는 거죠."

"경험이야. 마왕의 싸움이란 기본적으로 궁지에 몰리기만 하니까. 용사 놈이 그야말로 지독한 짓만 하고 말이야."

"그야 마왕이니까 어쩔 수 없잖아요……?"

"그러니까, 궁지에 몰린 쪽의 사고방식은 좀 잘 안다는 거지. 이번 같은 경우도 그 작가가 왜 궁지에 몰렸는지 이해할 수 있어. 그 원인은 분명 소이치야."

"어, 저요?"

설마 제가 원인입니까?

세계가 이렇게 된 원인이 나한테 있다니, 그건 뭐 지금 당장 할복해야 할 것 같은 기분도 드는데. 하지만 그 정도까지 충격을 받지 않은 것은 왠지 모르게 느끼고 있었기 때문이었다.

엔죠 선생님이 내게 품은 감정.

아무래도 나에게 뭔가가 있다는 것은 눈치채고 있었으니까.

"가르쳐 주세요, 미리암."

마왕에게 머리를 숙인다. 하지만 지금은 사소한 걸 신경 쓰고 있을 때가 아니다.

"제가 엔죠 선생님에게 무슨 짓을 해 버린 건지. 제 어떤 행동이 원인이 돼서 엔죠 선생님이 이렇게까지 폭주해 버렸는지."

"그러네, 마왕으로서 상상한 결과를 가르쳐 주도록 하지. 그 작가가 폭주해서 세계를 멸망시키려 하는 원인은, 아마도."

"……아마도?"

"지난번에 내가 아파트까지 한꺼번에 세계를 이세계 전이시키고, 이쪽 세계에 아파트가 돌아오고 했던 영향으로 지상의 보타락장과 지하에 있는 도서관의 연결이 애매해진 거지. 그런 와중에 본 적도 없는 소이치가 필사적으로 소란을 피우는 게 작가가 있는 곳까지 전해지고, 그 탓에 작가는 소이치를 자기 원고를 가져가러 온 편집자라고 착각해 버렸어. 그리고 작가는 과거의 마감 지옥에서 오는 트라우마 때문에 능력 발동. 하지만 자기 의사로 발동시킨 게 아니니까 제어도 못 하고. 어쩔 수 없이 필사적으로 틀어박혀 있었는데 소이치 본인이 방 앞까지 와서 추궁하는 바람에 더욱 패닉이 심해져서 능력이 폭주해 세계 대혼란이 된 거 아니야?"

"생각했던 것보다 더 최악이네요!!"

요컨대, 내 탓에 과거의 트라우마가 되살아나서 황급히 어떻게든 하려던 끝에 어떻게 할 수가 없게 되어서, 결과적으로 세계가 대혼란에 빠졌다는 겁니까.

계기가 나한테 있었다는 건 인정하지만, 거기서부터 굴러떨어진 건 전부 엔죠 선생님의 책임이잖아요.

"이걸 제 탓이라고 하면, 아무리 온후한 저라도 화낼 거예요!!"

"온후……?"

미리암이 물음표를 띄우는데, 대체 무슨 의문점이 있다는 거죠.

아무튼 엔죠 선생님의 폭주가 기본적으로 개인적인 이유에서 발생했다고 생각해 보자. 하지만 그 능력이 너무나도 강력했기에 이렇게 전 세계가 말려들게 된 거라면, 이건 이미 영웅도 전설도 아무것도 아니고.

"그냥 구제불능 인간이야……. 웃어넘길 여지도 없는 수준으로."

"공포에서 계속 도망친 결과 도망치는 것 자체가 목적이 되어 버리다니, 그거야말로 인간의 연약함이라는 거지……."

"마왕이면서 뭘 잘난 듯이 얘기하는 거예요."

뭐, 여러 일이 있었지만. 왜 이렇게 된 건지, 그 이유는 아무래도 밝혀진 것 같다. 생각했던 것보다 훨씬 어쩔 도리가 없는 이유였지만요.

하지만 문제는 여전히 남아 있다.

아무리 발단이 시시하더라도, 일어난 사태는 심각하다. 아무튼 전 세계 규모로 이상이 발생했으니까. 이대로는 신의 말씀대로 되고 만다. 엔죠 선생님이 세계를 멸망시키고 마는 것이다.

대체 이 능력은 어떻게 하면 멈추는 것일까. 애초에 멈추기는 하는 것일까. 일단 섞여 버리면 이미 어쩔 도리가 없어요, 같은 느낌이라면 세계는 그냥 끝나겠지.

디바이스로 조사해 봐야 하나…… 하고 생각하고 있자니.

"츠즈리 일로 고민하고 있다면, 본인에게 물어보면 되는 거 아니야?"

등 뒤에서 들려온 목소리에 돌아보자 어느새 눈을 뜬 에리카 씨가 미리암을 안뜰로 던져 버리고는 의아하다는 듯한 얼굴로 나를 보고 있다.

"에리카 씨……."

방금 에리카 씨에게 순식간에 당해서 안뜰로 내던져진 마왕은 아무래도 상관없다 치고, 그녀의 발언이 신경 쓰인다.

"저기, 본인에게 물어보다니, 그건."

"엇차."

내 질문이 끝나기도 전에 에리카 씨는 소파에 앉아 있던 내 위로 덮쳐왔다. 상대는 나보다 몇 배나 힘을 가진 에리카 씨. 이 자세에서는 전혀 몸을 움직일 수 없다.

"어, 저기, 에리카 씨?"

"뭐지, 소이치?"

"아니, 그게, 할 말이 있으니, 좀 물러나 주시겠어요……?"

"싫어."

"싫다니……."

이 자세에 무슨 의미가 있다고요.

아니 그보다 거리가 너무 가까워요. 이런 근거리에서 대화라니 보통은 생각할 수 없잖아요. 오히려 이야기하기 힘들어졌고요!

심지어 에리카 씨의 체육복 앞부분이 대담하게 벌어져 있어서 이게, 뭔가가 보일 듯이…… 앗, 왜 셔츠를 안 입고 있어요!? 언제 벗은 겁니까. 진짜로 보인다구요!?

"보이다니, 뭐가 보이는 걸까."

"아차, 입 밖으로 나와 버렸어요!?"

"아니, 하지만 소이치의 눈길을 따라가면 대체로 알 수 있거든."

"아우우……."

"소이치는 응큼하니까."

자신의 귀가 새빨갛게 되는 소리가 들릴 것만 같았다. 이제 섣불리 무슨 소릴 입에 담는 건 곤란하다……고 생각해서 입을 다물지만.

"웃차."

에리카 씨는 개의치 않고 더욱 체중을 가한다. 몸이 완전히 밀착되어 있다. 그러니까 뭡니까, 이 상황은.

"에리카 씨, 뭐, 뭘 하고 싶은 거예요?"

"으음, 이야기, 일까?"

"아니, 이야기는 좀 더 거리를 두고 해야 하지 않을까요, 아, 진짜."

"글쎄, 여기서도, 이야기는, 할 수, 있잖아?"

나를 깨닫게 만들려는 듯이. 에리카 씨는 귓가에서 천천히 속삭인다. 내쉬는 숨이 마치 독처럼 내 안으로 침투한다. 바로 가까이서 젖어 있는 그녀의 푸른 눈동자를 보고 있자니 몹시 취한 듯한 감각이 덮쳐온다. 모든 것이 꿈인 듯한, 확실치 않은 감각 속에서 도망치듯 생각을 돌린다.

설마, 이것도.

"엔죠 선생님의 능력 때문……일까요."

애초에 에리카 씨의 이런 태도는 그녀에게 어울리는 것이 아니다. 아무래도 익숙지 않은 듯한, 연기를 하고 있는 듯한 부자연스러움이 있으니까. 그러니까 분명 이건 엔죠 선생님의 능력의 결과다.

모든 것을 커플링하는 능력.

그것은 물체뿐만 아니라 인간관계까지도 조작할 수 있다.

그것이야말로 엔죠 츠즈리라는 작가가 지닌 「현상×실리」의 진가.

용사나 마왕처럼 알기 쉬운 힘은 아니지만, 확실히 세계를 바꾸어 버릴 정도의 힘을 감춘 능력. 생각하는 것만으로도 두려운 마성의 힘이다. 그러고 보니 전에 읽은 「트ㅇ블」의 주인공이 이런 능력을 발휘했었지.

"자, 잠깐, 에리카 씨, 떨어져 주세요!!"

"싫—어—."

마치 어리광 부리는 아이처럼 고개를 젓는 에리카 씨. 내가 낼 수 있는 최대한의 힘으로 막아 보려 하지만 그녀와 나의 역량 차이는 명백하다. 신의 사자 따위가 최강의 용사에게 이길 수 있을 리가 없다.

"후후, 소이치한텐 좋은 냄새가 나네. 어쩐지 묘하게 안심이 되는 냄새."

"히얏!?"

에리카 씨가 내 목덜미에 얼굴을 대고 문지른다. 그것은 마치 동물이 영역 표시를 하는 것 같다.

"저, 저기…… 그만하세요."

"그만했으면 좋겠어? 정말로?"

"…………정말이에요."

"망설이는 거야? 아니면 무서운 걸까?"

"망설이지도 않고, 무섭지도 않으니까 떨어져 주세요."

"정말? 그럼, 소이치의 몸에 직접 물어 볼까."

"무슨…… 아얏!?"

다음 순간, 목덜미에 날카로운 통증이 스쳤다. 에리카 씨가 나를 물어뜯은 것이다.

갑작스러운 일에 놀라 엉겁결에 뿌리치려 한다. 그러자 에리카 씨는 의외로 순순히 내게서 떨어졌다.

곧바로 문질러 확인해 보니 확실하게 깨물린 상처가 있다. 에리카 씨가 입힌 상처가 내 몸에 남아있다.

"어라, 이상하네에……."

"저기, 제일 이상한 건 에리카 씨니까 좀 진정하세요. 심호흡을 하고, 크게 기지개를 켜면 분명 개운해질 거예요."

"그런가? 응, 뭐, 좋아."

어쩐지 서운한 듯한 미소를 지으며 이쪽을 보는 에리카 씨였지만, 아무래도 납득한 것 같다. 다행이다, 뭔지 잘 모르겠지만 다행인 것 같다.

"그래서, 무슨 말인가요, 아까 얘기는."

"으음, 츠즈리한테 뭔가 물어보고 싶은 게 있는 거지? 그렇다면 본인에게 물어보는 게 제일 빠를 거라 생각하는데 말이야."

"뭐, 그건 그렇지만요……."

물론 그런 건 알고 있습니다.

하지만 엔죠 선생님은 자신의 능력으로 보호받으며 지하 도서관 깊숙이 틀어박혀 있다. 그녀를 만나러 가려면 다시 한 번 그 지하 깊숙한 곳까지 가야 한다. 한 번 가는 걸로도 힘들었던 그 장소에. 더구나 내가 섣불리 만나러 가면 그 순간 죽는다구요, 엔죠 선생님은.

"뭐, 엘리베이터에 타면 금방일지도 모르지만요."

"아아, 엘리베이터는 사용할 수 없게 돼 있었어. 우리가 돌아오지 못하게 츠즈리가 어떻게 했겠지."

"그럼 또 자력으로 지하 100000층에 가야 하는군요……. 엔죠 선생님도 이번에는 심하게 방해할 테고."

"글쎄, 가기만 하는 거면 금방 갔다 올 수 있는데?"

"예?"

"소이치를 위해서라면 지하 100000층 정도야 휙 하고 갔다 올 건데? 그냥 뛰어내리면 끝인걸. 괜찮아 괜찮아, 어떻게든 될 거야."

"어떻게든 안 되면 대참사인데, 정말 괜찮은 거예요?"

이야기 자체는 몹시 고마웠다. 단지, 이렇게 에리카 씨가 내게 협력해 주는 것도 엔죠 선생님의 능력 덕이라고 생각하면 조금 마음이 무거워진다.

하지만 무거운 마음을 떨쳐낸다. 엔죠 선생님을 여기 데려오려면 에리카 씨의 그 강제적인 부분이 분명 필요할 테니까.

"그럼, 부탁합니……."

"아, 나도! 나도 갈 수 있다니까!!"

내 말을 자른 것은 미리암의 목소리였다.

아까 에리카 씨에게 당해 안뜰에 내던져진 그녀가 소리를 지르고 있다. 그러고 보니 미리암도 능력의 영향을 받고 있겠지. 마왕인 주제에 꽤나 손쉽게 능력에 당하는군요.

"나도 던전 공략은 익숙해! 아무튼 마왕이라면 던전 설계부터 건설까지 책임지는, 이른바 던전 마스터라고도 할 수 있는 존재! 몇 번이고 몇 번이고 만들고 부수기를 되풀이했다구!"

"어차피 마왕이니까 몬스터들을 혹독한 노동 조건으로 부려 먹고 있었을 게 뻔하지. 블랙 마왕이네."

"화이트 마왕이야! 아무튼 내 능력은 전부 내 안에서 부하들을 만들어 내는 거니까! 급여를 줄 필요는 없지만 과도하게 일하는 경우는 없다구! 그래, 말하자면 원맨 마왕!"

"요컨대, 외톨이라는 거네. 쓸쓸한 마왕이야."

"쓸쓸하지 않아! 애완동물도 길렀고, 매일매일 엄청 충실하게 지낸 인싸 마왕이라구!!"

둘이 서로 노려보는가 했더니 곧바로 안뜰로 뛰쳐나간다.

"이렇게 되면, 어느 쪽이 먼저 츠즈리를 데려 오는지 경쟁이야!!"

"흥, 너 따위에게 질 마왕이 아니라구!!"

"하아, 이렇게 경쟁을 하니까 옛날 일이 떠오르네. 누가 제일 빨리 마왕을 쓰러뜨릴지 경쟁할 때, 용사는 용사라는 것만으로도 대단한 건데 임금님이 잔뜩 용사를 준비해 둔 걸 용서할 수 없어서 그만 다른 용사도 쓰러뜨려 버렸지. 그 결과 내가 1위 용사가 됐으니까 좋았지만."

"그거 완전히 마왕이 할 짓이잖아! 하나도 용사답지 않잖아!!"

"마왕을 붙잡으면 100만 골드, 같은 것도 했었어."

"텔레비전이랑 착각한 거 아니야!? 좀 더 마왕을 존중하라구! 불우한 마왕에게 사랑의 손길을, 같은 느낌이라도 괜찮잖아!!"

"24시간 마왕 퇴치."

"그러니까 어째서 무서운 소리만 하는 거야!!"

다투면서 지하 도서관 입구로 돌입하는 두 사람. 잠시 후에 엄청난 굉음과 진동이 안뜰 아래에서 울린다.

괜찮은 걸까요. 너무 시끄럽게 굴면 이웃에 폐를 끼치게 되니, 지각에 자극을 주는 건 삼가 주었으면 하는데요.

【재앙이 닥치기까지 앞으로 5일 03시간 10분 37초】

수십 분 후.

"데려왔어!!"

"아, 내가 붙잡았다구!!"

에리카 씨와 미리암은 가볍게 보타락장에 돌아왔다. 과연 용사와 마왕의 파티, 간단히 던전을 돌파해 버린 듯하다.

"조금 힘들었지만 말이야. 지하 200000층으로 늘어 있어서."

"또 단숨에 늘어났네요……."

"뭐, 다소 늘어나도 별로 상관없어. 이번에도 바닥을 전부 뚫어서 단숨에 최하층까지 갔으니까."

"그러니까, 바닥을 부술 거면 먼저 얘기를 하라구! 능력을 사용하지 않았으면 또 큰일 날 뻔했잖아!!"

"숨통을 끊어 놓는 게 좋았을까."

"날려 버린다!?"

"날려 가는 건 그쪽이겠지. 질리지도 않고 온다니까."

"뭐야!? 뭐하면 일회전 더 할까!?"

두 사람은 다투면서도 들쳐 메고 있던 큰 자루 같은 것을 아무렇게나 내 앞에 던진다. 자루가 떨어진 순간 "으힉!!" 비슷한 목소리가 안에서 들렸다.

"……저, 저기, 두 분, 이건."

"아아 소이치, 내가 주는 선물이니까 얼른 열어 봐."

"그래, 고생해서 가져왔으니까 얼른 열어 보라구."

"아니, 저기, 선물을 받는 건 아주 감사한 일이지만요. 이거, 아무리 생각해도, 그거죠……?"

휴먼이죠.

덧붙여 구체적인 이름을 말할 수 있는 수준의 것이지요.

하지만 이대로 놔둘 수도 없기에 서둘러 자루 입구를 연다. 안

쪽을 살펴보자 그곳에는 생각했던 대로.

"인간 무서워 인간 무서워 인간 무서워 인간 무서워 인간 무서워 인간 무서워 인간 무서워 인간 무서워……."

"우와아……."

중얼중얼 헛소리를 되풀이하는 엔죠 선생님이 무릎을 끌어안은 자세로 담겨 있었다.

그렇죠, 인간은 참 무섭죠. 마음속 깊이 이해할 수 있습니다.

【……주인님, 시쨩은 아직 상태가 안 좋은 듯한 기분이 들지만 그럭저럭 건강합니다. 디바이스인데 건강하다니 어떻게. 여하튼 주인님, 꽤나 인기가 좋으신 것 같네요. 정말, 시쨩으로서는 그렇게 성실했던 주인님이 터무니없는 플레이보이가 되어 버려 조금 유감입니다. 하지만 본 디바이스는 주인님의 충실한 하인, 주인님의 변화도 신경 쓰지 않는답니다! 「KIM수한무」, 「치치카포」, 「사리사리 CENTER」, 「돌돌이」 등 남성 대상 패션지를 산더미처럼 준비해 두었으니, 부디 읽어 주세요.】

EIYU-SHIKKAKU2 SHUNSUKE SARAI■ILLUSTRATION/TETSUHIRO NABESHIMA

4장 「이 작품을 완성해 보이겠어요」

"인간 무서워 인간 무서워 인간 무서워 인간 무서워 인간 무서워 인간 무서워 인간 무서워 인간 무서워……."

"……잠깐."

"인간 무서워 인간 무서워 인간 무서워 인간 무서워 인간 무서워 인간 무서워 인간 무서워 인간 무서워……."

억지로 데리고 온 데다 심지어 큰 자루에 쑤셔 넣었으니 별 수 없지만. 엔죠 선생님은 완전히 겁을 집어먹고 자루 안에 웅크리고 있다. 안쪽에서 필사적으로 매달려 있는 듯한데, 아무리 해도 나와 주지 않는다. 이거 어떡하면 좋죠.

"자 소이치, 나를 좀 더 칭찬해도 된다구?"

"뭐야! 내가 데려온 거나 마찬가지잖아!!"

"츠즈리를 붙잡은 건 나인걸."

"트랩을 설치한 건 나였잖아!!"

또 다투고 있는 두 사람. 데려와 준 건 매우 고맙지만 그다음을 나한테 다 떠넘기는 건 너무하지 않나요.

"제가 어떻게든 할 수밖에 없겠죠. 그렇겠죠."

여러 가지로 시험해 본 결과, 종이 박스로 만든 집을 준비했더니 엔죠 선생님은 어찌어찌 자루에서 그리로 옮겨 주었다. 소라 게입니까 뭡니까.

"……성공한 건 다행이지만요."

종이 박스 집이라니, 완전히 하우스가 낫씽인 사람들이 사는 물건이잖아요. 과거 영웅이라 불리던 전설의 작가가 그런 물건에 들어가 있는 걸 보니까 솔직히 말해서 눈물이 나올 것 같습니다.

어쨌거나 엔죠 선생님도 종이 박스 집에 들어가서 겨우 진정한 것 같아, 살짝 말을 걸어 본다. 죽지 않도록 신중하게.

"저, 저기."

"힉."

"……안 되나 보네요."

내가 말을 건 순간 종이 박스 집 자체가 겁을 먹은 것처럼 튀어 올랐다. 심지어 종이 박스 집이 땀을 흘리기 시작했으니, 아무래도 무리인 것 같네요. 대체 어떤 구조로 되어 있는 겁니까, 이 종이 박스.

여기서 종이 박스를 벗겨내는 건 간단하지만 숨을 곳을 잃은 엔죠 선생님이 어떤 행동을 할지 알 수 없고, 세계를 더욱 혼란에 빠뜨릴지도 모른다. 최소한 한 번 더 죽을 테고요. 눈앞에서 사람이 몇 번이나 죽는 건 진짜 괴롭다고요.

그렇게 종이 박스 집 앞에서 고민하고 있자니.

"뭐야 소이치, 거기선 파박 해 버리면 되잖아!!"

미리암이 말을 걸어 왔다. 이제 에리카 씨랑 싸우는 건 그만둔 건가…… 하고 생각했지만, 몇 번이나 도전해서 몇 번이나 당

하니까 에리카 씨 쪽이 질려 버린 듯하다.

"후후후, 이것도 승리의 하나라고 할 수 있지!"

"그걸 승리라고 부르는 건 좀 아닌 것 같은데요……."

"비록 셀 수 없을 만큼 졌다 해도, 마지막에 서 있는 자가 바로 정의인 거야!!"

"아니, 악이거든요."

악 중의 악이잖아요, 마왕이니까.

"게다가 그렇게 무책임한 소리는 하지 마세요. 엔죠 선생님에게 잘못 파박 해 버리면 죽는다고요."

"역시 죽으면 안 되는 거야?"

"죽으면 안 돼요."

"인간은 진짜 불편하네."

"아니 마왕이라도 죽으면 안 되는 거 아닌가요……?"

"봐봐, 섣불리 말을 걸 수 없는 거라면 이걸 사용해 보면 되잖아."

그렇게 말하며 미리암이 내민 것은 작은 스프레이 캔 같은 물건이었다.

"이건?"

"내가 용사를 목소리로 속이려고 통판으로 산 목소리 변조 스프레이! 통칭 「보이스 래커」라는 거야!!"

"멋대로 뭘산 겁니까. 심지어 속이기 위해서라니. 밥은 없어요."

"잘못했어! 그, 그치만 지금 상황에는 반드시 도움이 될 거라고 생각하는데? 이걸로 목소리를 바꿔서 소이치를 인간 같지 않은 목소리로 만들면 그 작가도 괜찮지 않을까?"

"그렇게 잘 될까요……?"

"자, 잘되면 이걸 산 게 완전 정답이었다고 해도 되지? 이거, 경비 처리 되는 거지?"

"……그것 말고도 뭘 샀나요."

"긴 전지가위. 두 개 더 준다고 그래서."

"내일도 밥 없어요."

뭐, 다른 방법도 떠오르지 않으니 해 보기나 하자.

미리암에게 받은 스프레이를 흡입하자 내 목소리가 변했다.

"아─아. 어때요, 바뀌었어요?"

"괜찮네. 마치 기계 마왕 같은 목소리가 됐잖아."

"기계 마왕은 또 뭡니까."

"그야 기계 마왕이지. 기계 왕국을 기계적으로 지배하는 거야."

미리암의 감상은 그렇다 치고, 아무래도 내 목소리는 무사히 인간답지 않은 목소리로 바뀐 것 같다. 이걸로 인간을 무서워하는 엔죠 선생님과도 말이 통할 거다. 뭐, 목소리를 바꿨다고 해서 잘 될 거라는 보장은 전혀 없지만요.

아무튼 종이 박스 집을 향해 살며시 말을 건다.

"저어, 엔죠 선생님."

"히익!? 뭐, 뭐예요. 그 목소리는. 그, 그렇다면, 로봇이 공격해 온 거군요. 무시무시한 기계가 일으킨 종말이 결국 오고 말았군요."

"……다른 방면으로 무서워하잖아요."

애초에 인간을 싫어하는 상대에게 목소리를 바꾸면 어떻게든 될 거야! 같은 생각으로 덤빈 게 실수였던 거 아닐까요.

"하, 하지만, 인간보다는 훨씬 괜찮네요."

"아, 평범하게 대화할 수 있네⋯⋯."

의외로 헐렁하네요. 엔죠 선생님의 인간이 싫다는 설정은.

뭐, 기계 마왕 같은 내 목소리에 완전히 안심했는지 엔죠 선생님은 침착한 모습으로 종이 박스 너머에서 이야기를 해 준다.

"깨닫고 보니 방의 모습이 달라진 것 같지만, 꽤나 쾌적해요. 조금 비바람에 약할 것 같은 느낌은 들지만 문제없겠죠."

"뭐, 종이 박스 집이니까⋯⋯."

"마음에 들어요. 여기를 내 두 번째 방으로⋯⋯ 아니, 마지막 거처로 결정하는 것도 좋을지도 모르겠어요."

"다시 생각하지 않으실래요, 그거."

"차차 생각해 보지요. 그래서 제게 무슨 용건이죠, 로보 씨?"

"로보 씨!?"

또 이상한 이름이 붙었네요, 저. 기계 마왕보다는 낫지만. 뭐 이렇게 이야기를 할 수 있는 틈에 얼른 진행해 버립시다.

"어, 묻겠습니다. 엔죠 선생님은 마감이 두려워서 이렇게 능력이 폭주한 거지요?"

"맞아요, 로보 씨. 잘 아시네요. 마감을 두려워한 나머지 제 능력이 폭주한 것 같아요."

"남 일처럼 말씀하시는군요⋯⋯. 하지만 그 마감이란 건 실제로는 존재하지 않는 거지요? 그렇다면 그거 어떻게 해소할 수 없을까요. 마음먹기에 따라 어떻게 되지 않는 겁니까."

"마감이란 온 작가들에게 새겨진 카르마. 모든 작가는 마감을 경외하고, 마감까지 소설을 쓰도록 강요당한 끝에 미쳐 몸부림치는 것입니다."

"엄청 무섭네, 작가라는 거……."

아마도 그런 작가만 있는 건 아니겠지만. 심지어 엔죠 선생님의 경우는 자업자득이잖아요. 거기에 세계가 말려들었지만요.

뭐, 이제 와서 엔죠 선생님을 책망해도 달라질 건 없다.

"……그럼, 엔죠 선생님이 마감을 어떻게든 하기 위해 필요한 걸 가르쳐 주세요. 제가 그걸 온 힘을 다해 지원하겠습니다. 한번 마감을 뛰어넘으면 엔죠 선생님도 분명 진정하실 거라고 생각하니까요."

"로보 씨의 지원인가요."

엔죠 선생님은 처음으로 안심한 듯한 목소리를 냈다.

"과연. 인간은 싫지만 로봇이라면 이야기는 다르죠. 분명 로봇 같은 수단을 사용하겠지요."

"로봇 같은……?"

"로봇 암으로 원고용지를 넘기고 그러겠죠. 그리고 로봇 아이로 원고를 읽고 그러겠죠."

"굳이 로봇일 필요는 없겠네요. 그거."

"……네, 로보 씨의 도움은 분명히 고마운 일이에요. 하지만 작가란 자신의 마감에 자신의 힘으로 맞서야 하는 직업. 로봇 암에 관심은 있지만, 그 부분은 제 손으로 하고 싶다고 생각합니다."

"엔죠 선생님……."

이 얼마나 올곧게 자신의 입장을 생각하는 사람인가.

이것이야말로 전설의 영웅으로서 어울리는 태도. 그래요, 그렇게 하면 되는 거예요. 어딘가 이상한 용사나 마법소녀나 변태나 주정뱅이나, 덤으로 마왕이나, 그런 건 이제 좀 그렇다고요.

뭐, 종이 박스 집에 숨어 있는 시점에서. 온 세계를 혼란에 빠뜨린 시점에서. 완전히 수지가 안 맞을 만큼 구제불능 인간이지만 말이죠.

"하지만."

엔죠 선생님은 말을 이었다.

"분명히, 저는 자신의 힘만 가지고 작품에 달려들어야 합니다. 그러니 제가 작가 활동에 집중할 수 있도록 로보 씨에게 부탁하고 싶은 것이 있어요."

"그건……. 네, 맡겨 주세요!!"

영웅의 일을 도울 수 있다는 것이 기쁘다. 그도 그럴 것이, 내 주위에 있는 영웅들은 뭐라 해야 할지, 일하지 않는 사람들이니까. 노 잡인 노 히어로이고 말이죠. 이거야말로 보타락장에 파견된 내가 해야 할 올바른 사명이라는 거로군요!!

"그래서, 제가 뭘 하면 될까요."

"찾아와 줬으면 하는 게 있어요."

엔죠 선생님은 그렇게 말하고는 종이 박스 틈새로 메모용지 한 장을 내밀었다.

"제가 쾌적하게 집필할 수 있도록, 거기 써 놓은 것을 가져와 주세요."

"네, 맡겨 주세요!"

"그렇게 하면 저는 반드시 저 증오스러운 마감을 뛰어넘어, 멋진 작품을 완성해 보이겠어요."

【네에 주인님, 해킹에서 완전히 회복한 시쨩입니다! 어쩐지 갑자기 회복되었네요, 왜일까요! 다시는 이런 일이 일어나지 않도록 체제를 만전으로 정비해 두겠습니다! 그러기 위해 『바이러스 버스터즈』라는 책을 준비했으니, 곧바로 제가 읽어 두겠습니다! 어쩐지 평소보다 기운이 넘치는 것 같은 건 기분 탓일까요! 예이—. 시쨩 예이—!】

그럼 바로 부탁받은 아이템을 모으러 가도록 하지요.

"……그럼 다녀오겠습니다, 엔죠 선생님."

"네. 잘 부탁해요, 로보 씨. 부디 조심하세요. 결코 인간 따위에게 마음을 허락하지 않도록 해요. 모두 철저히 무시해야 합니다. 인간은 적이야."

"저기, 인간을 만나지 않으면 물건도 못 사는데요."

"대금을 많이 던져 주고, 이야기할 필요는 전혀 없다는 태도를 취하면 됩니다."

"엄청나게 재수 없는 사람 같네요……."

"저는 여기서 로보 씨의 귀환을 기다리겠어요. 이 공간은 분명히 쾌적하지만 언제 외적에게 습격당할지 몰라요. 그래요. 이 보타락장에서는 설령 방에 틀어박혀 있다 해도 위험해요. 야만인이 쳐들어올 거예요."

'에리카 씨 얘긴가……?'

"그 시뻘건 야만인은 갑자기 방에 돌입해서는 '이런 숨겨진 방에는 틀림없이 보물 상자가 있다구!' 같은 소릴 하면서 옷장이나 서랍을 열며 돌아다니거나 항아리를 다 깨뜨린 끝에, 대단한 물건은 없었다는 것처럼 혀를 차며 나가 버려요. 일단 인사는 하지만, 뒷정리는 하지 않아요."

'에리카 씨 얘기다……!'

"그런 야만인의 습격에서 도망치고 싶은 일념으로 지하에 틀어박혔지만, 이번에는 집필을 강요하는 편집자가 쳐들어왔어요. 그래서 잘 알게 됐어요. 이 세계에 내가 안식할 땅은 어디에도 없다는 것을."

"나네……."

아니 그런데, 저는 역시나 편집자 취급입니까.

"앗차."

그때 종이 박스 집이 갑작스러운 바람에 흔들리더니 털버덕 쓰러지고 말았다. 뭐 기본적으로 종이 박스니까 작은 일에도 움직이고 마는 거겠지.

그 결과, 눈앞에 나타난 엔죠 선생님과 내 눈이 마주치고 말았다.

"앗."

"힉."

엔죠 선생님은 죽었다.

시체를 방치해 두는 건 견딜 수 없지만 아마도 종이 박스 집에 돌려놓으면 되살아날 거라고 생각하므로, 내버려 두고 물건을 사러 나가기로 한다.

어쩐지 하늘 색깔이 이상해진 듯한 느낌도 들고 도로를 달리는 자동차가 이상한 모양이 됐지만, 지금은 해야 할 일을 합시다. 그것밖에 없어요.

그런데 엔죠 선생님에게 부탁받은 아이템은 뭘까.

집필에 필요한 물건이니, 잉크나 원고용지나 뭐 그런 것들일까. 아니면 료코 씨나 쿠로 씨처럼 좋아하는 음식 같은 걸 요구하는 걸지도.

받아 온 메모를 열어 보니.

● 살 물건 메모

【맛있는 과자(퍼석퍼석하지 않은 것), 저반발 쿠션(엉덩이가 폭발하니까 특히 중요함), 아이스크림(바닐라 맛), 입는 담요(최고급품), 요자손(등이 가려워서 죽을 것 같아서), 목캔디(사과맛), 안약(잘 넣을 줄 모르니 넣기 편한 것), 전자 상품권(1만 엔짜리), 오늘 발매하는 문고본(참고 자료로), 지워지는 볼펜(빨강과 검정), 손톱깎이(손톱이 길면 일을 할 수 없으므로), 티슈(다 떨어져서), 두루마리 휴지(다 떨어져서), 지향성 대인지뢰(침입자를 격퇴하기 위해), 밀가루(침입자를 격퇴하기 위해), 술에 잘 어울리는 안주(다 떨어져서), 간장과 소금(다 떨어져서), 면봉(다 떨어져서), 마실 것(다 떨어져서), 밧줄(여차할 때를 위해), 주사기(여차할 때를 위해), 세계 지도(여차할 때를 위해), 기요틴(여차할 때를 위해), 잘은 모르지만 멋진 것(마음의 양식으로), 잘은 모르지만 높은 것(마음의 양식으로)】

"엄청 많네 이거!!"

뭐가 이렇게 많아요. 심지어 집필하고 상관없어 보이는 것이 꽤나 많이 들어가 있네요. 단순히 생활용품의 나열이잖아요. 그리고 후반부는 너무 무서운데, 여차할 때 뭘 할 작정입니까 대체. 기요틴 같은 건 어디서 사면 되죠.

아니, 사야 할 물건이 많은 건 별로 상관없다. 문제는.

"몹시도 애매한 지시가 섞여 있는데요⋯⋯."

뭡니까, 멋진 것이라니. 썸씽 마블러스?

제가 생각하는 멋진 것과 엔죠 선생님이 생각하는 멋진 것은 같지 않을 것 같은데, 과연 제가 판단해도 되는 걸까요. 이렇게 물건 사 오는 일을 맡은 이상 내 마음대로 해도 괜찮을지도 모르지만. 제게 멋진 것이라면 훌륭한 영웅분들 같은 건데, 애석하게도 품절됐거든요.

"어쨌거나 알 수 있는 것부터 모아 보죠."

그런 후에도 모르겠으면 그냥 손에 잡히는 대로 사서 돌아갈 수밖에 없다. 어려울 것 같지만 이것도 다 엔죠 선생님의 집필을 거들기 위해, 그리고 나아가 세계를 구하기 위해 필요한 거니까 힘을 내자. 그렇게 마음을 다지고 거리로 나가려 하는데.

그런데 몸이 움직이지 않았다.

"⋯⋯⋯⋯저기, 엄청 무거운데요."

"그런가?"

"그래?"

내 등에 두 명분의 무게가 얹혀 있다.

그것은 엔죠 선생님의 능력 때문에 나와의 커플링이 강화된 에리카 씨와 미리암 두 사람이었다.

　보타락장 밖에 나왔기 때문에 둘 다 목걸이의 효과를 받아 약체화되고 말았을 것이다. 이렇게 외출하는 것도 두 사람은 전혀 바라던 바가 아니었을 텐데, 묘하게 의욕에 넘쳐흐르고 있다.

　"하아, 소이치가 밖에 나간다고 해서 따라왔는데, 그러고 보니 이 지긋지긋한 목걸이가 있었지. 그래도 이렇게 소이치가 데려가 주는 건 편하네. 자기 발로 움직이지 않는 것보다 더 좋을 순 없으니까."

　"맞아, 굳이 약해진 나를 데리고 다니다니, 소이치의 취미도 정말이지 변태스럽네. 하지만 그런 걸 상대해 주는 것도 유능한 마왕이 할 일이겠지. 그러니까 자, 얼른 데리고 가."

　"…………그러니까, 무겁다니까요."

　"여자애한테 무겁다는 소리를 하면 안 돼. 뭐, 오늘은 특별히 귀를 살짝 깨무는 걸로 용서해 줄 거지만."

　"그래, 그쪽 용사는 어쨌든 나는 안 무거우니까. 나도 깨물어 주겠어."

　"아야야야야야."

　그런 끝에 양쪽 귀를 깨물리고 있는 건 무슨 상황인 겁니까. 무슨 고문에 가깝네요, 이거.

　"하아, 아무튼 가지요."

　결국 두 사람이 달라붙는 것은 막지 못했다.

일단은 엔죠 선생님에게 넌지시 부탁해 보았지만, 아무래도 엔죠 선생님이 마감을 뛰어넘어 진정하지 않는 한 능력을 해제할 수는 없는 듯하다.

"그런데 소이치, 어디 가는 거였지?"

"뭐야, 그런 것도 모르면서 따라왔어? 다시 던전에 들어가는 거지?"

"얼마나 던전을 좋아하는 겁니까. 엔죠 선생님에게 부탁받은 물건을 사러 가는 거예요."

"엥─. 츠즈리만 치사하게. 나한테도 뭐 사 줘─!"

"뭐 갖고 싶은 거 있어요?"

"업소용 마요네즈! 캔에 든 거!"

"무슨 식생활을 하면 그렇게 마요네즈만 먹는 거죠?"

"우─웅, 사실은 아파트 수도꼭지에서 마요네즈가 나오는 게 제일 좋은데."

"……일단은 사양해 둘게요."

"소이치! 난 업소용 프리미엄 중성 세제가 갖고 싶어!"

"저기, 두 분 다 왜 업소용을 가지고 싶어 하는 거죠."

"그것만 있으면 아파트 청소를 더 완벽하게 할 수 있는걸!"

"……그렇게 청소의 달인 같은 캐릭터였던가요."

"두고 보라구, 그 은둔형 외톨이네 방도 번쩍번쩍하게 해 줄 테니까!"

엔죠 선생님 방 청소까지 지원하다니 대체 무슨 바람이 불었는지는 모르겠지만, 성실하게 청소하는 건 불만 없습니다.

"그럼 간다, 소이치! 업소용 마요네즈를 위해!"

"가자, 소이치! 업소용 프리미엄 중성 세제를 위해!"

"저기, 당기지 말아 주실래요?"

두 사람에게 이끌려 모토히로쵸를 걷는다. 이 둘을 제어하라니 또 말도 안 되는 소리네요. 뭐라 해야 할까, 절대 마음대로 움직여 주지 않는 사람들이니.

실제로 지금도 거리를 걷는 사람들의 시선을 한데 모으고 있다.

전에 에리카 씨와 함께 거리에 나왔을 때도 이런 호기심 어린 눈빛을 받았다. 그때와 마찬가지로 우리를 보고 소곤소곤 이야기를 하고 있다. 또 여러 가지로 이상한 소리를 하고 있는 걸까……. 그리 생각하니 무심결에 귀를 기울이게 된다.

"죽어 버리라지."

"죽어 버리라지."

"죽어 버리라지."

"죽어 버리라지."

"여러 가지가 아니네! 엄청나게 통일돼 있네요 의견이!!"

심지어 왜 죽으라는 소리를 들어야 하는 거죠. 제가 대체 뭘 했다고요. 아 진짜.

"그건 말이야, 소이치."

귓가에서 에리카 씨의 목소리가 난다. 뜨거운 숨결이 귀에 닿아서 엄청나게 간지럽다.

"목걸이를 찬 여자애 둘을 데리고 다니는 남자를 어떻게 생각할까?"

"그건 뭐……. 죽어 버리라고 생각하겠네요."

죽어 버려야 할까요, 저.

소중한 사명이 있으니 죽을 수 없지만요.

결국 두 사람을 설득해서 내게서 떨어지게 했다. 그 대신 두 사람과 손을 잡게 되었다. 어쩐지 부끄럽다는 점은 달라지지 않았다. 이렇게 셋이서 가로로 늘어서면 꽤나 자리를 차지하게 될 것 같은데요.

"소이치, 그거 하자 그거! '부채꼴'!!"

"왜 여기서 스크럼 짜기를!?"

"한번 해 보고 싶었는데, 멤버가 좀처럼 안 모여서."

"그거야 뭐, 갑자기 '부채꼴 만들기 하자!!'라는 소리를 할 일도, 같이 해 주는 사람도 별로 없을 테니까요……."

"그렇다니까. 이게 옛날부터 꿈이었는데."

"좀 더 평범한 꿈은 없었던 건가요……?"

"부채꼴만 완성할 수 있으면 난 만족해. 자, 그쪽에 있는 마왕도 있는 힘껏 기울어지게 서 봐!!"

"너 무슨 소릴 하는 거야!? 대체 갑자기 무슨 짓을 할 생각인건데! 먼저 그것부터 설명하라구!!"

"이 세계의 전통 예능이야."

"왜 갑자기 전통 예능을 해야 하는 건데."

그런 식으로 마왕의 정론을 받아넘기고, 스크럼을 짜면서 모토히로쵸를 걸어간다.

거리는 엄청나게 카오스한 상태였다. 사람들은 하나같이 당황하면서도 어쨌든 평소대로 생활하고 있다. 하지만 그것은 너무나도 황당무계한 비상사태를 눈앞에 두니 현실로 느껴지지 않는 것뿐이겠지. 한번 이 카오스를 인정해 버리면 그다음은 그냥 집어삼켜질 뿐이다.

조그마한 일로도 이 균형이 무너져 버릴 것 같다. 영문을 알 수 없는 것이 바로 일상이라는 것을 알아 버리면 분명 원래대로 돌아갈 수는 없을 것이다.

그러니 어서 멈추게 해야 한다.

주위를 둘러보니 온갖 곳에서 이상이 발생하고 있다. 아까 텔레비전에서 봤을 때보다 이상은 더욱 진행되어 있다. 지금까지와 같은 것은 하나도 남지 않은 것처럼.

강에서는 새가 헤엄치고, 길에서 물고기가 달리고 있다. 택시는 캐터필러로 이동하고, 버스는 드릴을 작동시켜 땅을 파고 들어가려 한다.

거리의 텔레비전에는 이곳이 아닌 해외의 광경이 비치고 있다. 거기에는 자유의 여신상이 에어즈 록 위에 서 있거나, 피라미드가 뒤집혀 에펠탑 꼭대기에 꽂혀 있다. 엔죠 선생님의 능력이 세계 규모로까지 확산된 것이다.

"……엄청난 광경이다."

이걸 보니 엔죠 선생님이 재앙이라 불리는 이유를 알겠다. 전설의 영웅을 재앙이라고 부르는 건 마음 아프지만, 그래도 이정도나 되는 혼돈이 세계에 퍼져 있는 것을 보면 정말로 무시무시한 힘이라는 걸 좋든 싫든 이해하게 되고 만다.

전설의 작가. 커플링으로 세계를 덧칠하는 혼돈의 여왕.

그녀가, 그리고 그녀의 능력이 세계를 멸망시키기 전에 어떻게든 해야 한다. 그것이 나의 사명이니까.

【재앙이 닥치기까지 앞으로 5일 01시간 42분 16초】

"……의외로 쉽게 모았네요."

거리의 이상한 모습과는 딴판으로 살 물건은 순조롭게 갖추어져 갔다. 뭘까요, 이 묘하게 납득이 안 가는 기분은. 너무 쉽게 손에 들어오는 것 같은 기분이.

그런 내 모습을 의아하게 여겼는지 에리카 씨가 고개를 갸웃하고 있다.

"왜 그렇게 바라던 바가 아니었다는 표정을 하고 있는 거지? 소이치는."

"아니, 엄청 쉽게 갖춰져 가는구나 싶어서요."

"츠즈리가 딱히 이상한 걸 부탁한 것도 아니잖아. 그러니까 뭐 그런 거 아니겠어."

"아니, 저기, 이 정도로 잘 풀리는 게 좀 믿어지지 않는다고나 할까요……. 좀 더 트러블이 생기지 않을까 생각했어요. 지난번에 에리카 씨하고 동네를 돌았을 때도 여러 일들이 있었고요."

"그러게, 여러 일들이 있었지."

"주로 에리카 씨의 뒤틀린 원한이 폭주했었던 것 같은 기분이 드는데요."

"아하하."

"웃을 일이 아닌데……."

"하지만 쉽게 풀릴 때가 제일 위험하다는 말도 있지. 나도 경험이 있어. 무난하게 마왕을 쓰러뜨렸는데, 너무 쉬우니까 오히려 의심스러워서 임금님이 마왕으로 둔갑한 거라고 믿어 버리는 바람에. 좀 날려 버리고 그랬지."

"조금이라도 날려 버리면 끝장이잖아요."

"그치만 마왕이라면 마왕다운 모습을 하고 있어야지. 뿔이나, 딱 봐서 마왕이라고 알 수 있는 녀석이 아니면 이쪽도 사기가 안 오른다구. 뭐 그 탓에 뿔이 나 있는 종류의 일족 사람들을 전부 다 날려 버리는 꼴이 된 적도 있지만."

"그 일족 사람들이 너무 불쌍해요."

에리카 씨의 험악한 과거는 그렇다 치고. 물건 사기는 무탈하게 진행되고 있다.

"문제는 이 애매한 것들인데요……."

잘은 모르지만 멋진 것, 그리고 높은 것.

다른 물건들과는 달리 참으로 애매한 표현.

해당하는 물건을 정확히 알 수 없어서 근처의 물건 종류가 많은 슈퍼마켓에서 찾아보기로 했다. 여기라면 엔죠 선생님이 부탁한 식품류도 갖춰져 있고, 그 밖에도 다양한 물건들이 있으니까 정답을 발견할 수 있을지도 모른다.

"……손에 잡히는 대로 사 볼까요. 예를 들면 고기 같은 거."

고급스러워 보이는 고기를 손에 든다. 음, 이건 좋은 고기다. 멋진 고기임에 틀림없다.

"멋진 것으로 *스테이크라니……. 소이치……."

"아, 아니라구요!? 딱히 개그를 치는 게 아니라, 엔죠 선생님이 이거라고 생각할지도 몰라서 어쩔 수 없이 그런 거라구요!?"

"그래 가지고 마계 만담 그랑프리, 통칭「M-1」의 정점에 설 수 있다고 생각하는 거야?"

"생각 안 하는데요!? 아니 그보다 그런 것도 다 있어요!?"

나를 뭐라고 생각하는 거야.

그런데 그렇게 말하는 미리암도 손에 뭔가를 들고 있다. 과자인 것 같다. 내가 그것을 쳐다보고 있다는 걸 눈치채자 미리암은 갑자기 당황하기 시작했다.

"이, 이건 아니야! CM에서 하고 있길래 어쩔 수 없이! 당첨이 나오면 하나 더 준대서, 게다가 엄청 맛있다고 그래서!!"

"또 뻔히 보이게 미디어에 조종당하고 있군요……. 마왕으로서 부끄럽지 않습니까."

"마왕이라도 먹고 싶은 것쯤은 있다구!!"

"정색하기는. 딱히 우리가 먹을 걸 사러 온 게 아니거든요? 뭐, 하는 김에 조금 사는 정도라면 괜찮지만요."

"그래? 역시 소이치야. 그럼 상으로 내가 특별히 맛있는 걸 먹게 해 줄게. 자, 소이치, 아— 해."

"그게 가게 안에서 할 짓이에요!? 그것도 스테이크 고기를!!"

---

* 일본어로 멋지다(素敵, 스테키)와 스테이크의 발음이 비슷함.

점원이 무서운 눈으로 쳐다볼걸요!?

"엥—. 하지만 드라마에서 연인끼리 이렇게 하는 걸 보고 엄청나게 동경했는걸. 나도 한번 해 보고 싶단 말이야."

"저기, 드라마에서 생고기는 절대 안 쓰잖아요?"

"뭐어, 바로 해 볼래. 자, 이 스테이크가 정말로 멋진지 확인해 보자구. 아— 해."

"그러니까 생고기잖아요?"

"그럼 소스도 같이 마시면 되잖아. 단숨에."

"그러니까 생고기래도요!?"

영문도 모른 채 아직 돈도 지불하지 않은 스테이크 고기를, 더구나 소스까지 병째로 억지로 입에 쑤셔 넣어지는 나. 턱이 빠질 뻔했어요. 진짜 어디가 좀 이상하다고요 이 마왕.

어떻게든 미리암을 제지하고 고기를 입에서 빼내고 있는데, 이번에는 에리카 씨가 불만스러운 얼굴로 다가온다.

"치사해! 나도 소이치한테 아— 해 보고 싶단 말이야!!"

"……저기, 에리카 씨? 그 손에 든 거대한 바게트는 대체."

"아— 해."

"그, 그만둬요오오오오오!!!"

그러저러해서 부탁받은 물건을 무사히 다 사는 데 성공했다.

기요틴은 마을 외곽에 있는 종합용품점에서 팔고 있었다. 에리카 씨의 업소용 마요네즈 캔도, 미리암의 프리미엄 중성 세제도 종합용품점에서 구입. 만능이네요, 종합용품점. 제일 중요한 '멋진 것'은 심사숙고한 끝에 스테이크 고기를 선택했다. 두 사람의 차가운 시선은 무시하고.

그리고 마지막 하나는.

"뭔가, 높은 것……."

점점 더 의미를 모르겠네요.

높은……. 그 말을 평범하게 해석하면 가격이 높다든가 순도가 높은 게 되겠지만, 아무래도 그것이 가리키는 아이템은 떠오르지 않는다. 어쨌거나 가격이 높은 건 뭘까. 땅 같은 것?

순도가 높은 것이라면 더더욱 모르겠다. 순도 높은 약이라도 사 가면 될지도 모르겠지만 아마 근처에서 팔지는 않겠죠. 그리고 국제법에 걸리겠죠.

"으음……."

고민하는 시간도 아깝지만 생각이 정리가 되지 않는다.

"높은 걸 못 찾겠으면, 높은 곳에 올라가 보는 건 어떨까."

"그건 또 무슨 의식의 흐름입니까."

"아니아니, 반드시 그럴 거라니까. 나, 츠즈리랑 오래 알고 지냈으니까 알 수 있는걸. 이심전심이라구."

"그런 것치고는 미움받고 있던데요?"

에리카 씨의 말은 근거가 전혀 없는 것처럼 보이지만, 지금은 아무런 단서가 없는 이상 그 말을 들어 보는 것도 괜찮을지도 모른다.

"역 쪽으로 가면 이 동네에서 제일 높은 빌딩이 있어."

"그럼, 거기로 가 볼까요……. 그런데 에리카 씨는 어떻게 그런 걸 알고 있어요?"

"언젠가 이 동네를 멸망시킬 때, 거기에 진을 치면 좋겠다 싶어서."

"부탁이니 그만두세요."

"역시 높은 곳에 가면 여러 가지로 멸망시키고 싶어진다구. 소이치도 가 보면 알걸. 임금님이나 마왕이 높은 곳에 성을 짓는 것도 분명히 그런 이유일 거야. 틀림없어. 연기와 바보는 높은 곳을 좋아한다잖아."

"왜 나를 보면서 말하는 거야! 높은 곳은 별로 안 좋아하거든!"

"하지만 지난번에 때려 부순 성은 쓸데없이 높던데."

"마왕이라는 것은 높은 곳에서 떡하니 앉아 적을 기다리는 법이야! 그렇게 하는 거라고 마왕의 역사에 분명하게 정해져 있다구! 거기서 어리석은 아랫것들을 내려다보는 법이니까!!"

"바보네."

"바, 바보라고 하는 사람이 바보다!"

"……아, 진짜."

말다툼을 시작한 두 사람을 내버려 두고 디바이스로 지도를 확인한다. 하여간 그 빌딩에 가보기로 했다. 그런데.

"……뭐지."

목적한 빌딩으로 향하는 도중에, 나뿐만이 아니라 뒤에 있는 두 사람도 숨을 삼키는 것을 느낀다. 역전의 두 사람을 당황케 하는 심각한 사태가 일어났다는 것이다.

힘이 없는 내게도 그것이 찌릿찌릿하게 느껴진다.

빌딩에 다가감에 따라 지나다니는 사람이 적어진다. 마치 이

앞에 기다리고 있는 무언가의 존재를 느낀 것처럼.

그리고 사람들의 왕래가 끊어짐에 따라 거리의 모습도 변해간다.

지금까지 보아 온 거리의 모습도, 텔레비전에서 본 세계의 모습도 상당히 이상했지만, 이 일대의 혼돈스러움은 그보다 한 수위일 만큼 지독했다.

섞여 있다, 같은 말로는 부족하다.

질서 있게 섞인 것은 하나도 없다. 무작위로 늘어놓고 적당히 섞은 것을 다시 모아서 믹서기에 던져 넣은 다음 적당히 포개놓은 것 같은, 질서라곤 전혀 없는 순수한 혼돈. 무슨 전위예술 같은 일그러진 거리.

그 중심에 있는 것은 틀림없이 눈앞에 우뚝 솟은 빌딩이었다.

"에리카 씨. 저 빌딩인가요."

"응, 그렇긴 한데……."

"……뭔가 이상하잖아."

삼인삼색의 감상.

그 빌딩이 이상의 중심이 되어 있다는 것을 한눈에 알 수 있다. 주위 공간은 확연히 일그러져 있어, 마치 주변의 시간과 공간에까지 영향을 미치고 있는 것 같다. 배경인 하늘은 반은 푸르고 반은 노을 진 투톤 컬러가 되어 있다.

그리고 그 이상의 중심에 존재하는 건물이 바로 우리가 목표하고 있는 빌딩.

하지만 그것은 지금 단순한 빌딩이 아니다.

주위를 둘러싼 도로가 빌딩 외벽을 덩굴처럼 기어오르고 있다. 여러 개의 도로가 꺾이고 휘어지며 빌딩이라는 한 점으로 빨려 들어가는 모습은 마치 콘크리트로 만들어진 거대한 나무 같았다.

갑작스럽게 거리의 중심에 출현한 이형의 거목.

빌딩으로 향하는 길 끝에는 주변의 가로수와 지면의 콘크리트가 합쳐져 솟아오른 콘크리트 나무들이 늘어서 있다. 그 가지 끝에 꽂힌 자동차가 마치 산제물처럼 보인다.

예전의 평화로운 모습은 분명 어디에도 없을 것이다.

"왜 이렇게 된 거지…… 아직 재앙까지는 시간이 있을 텐데."

그렇다. 재앙이 닥치기까지 앞으로 5일은 있다. 하지만 이 공간만큼은 이미 재앙과도 같은 사태가 발생하여 이미 세계가 멸망해 버린 것 같은 광경이 되어 있다.

사람들이 여기서 떠난 것은 이 빌딩의 이상함을 모두가 다 무의식중에 깨달았기 때문이겠지.

설령 눈에 보이지 않는다 해도. 피부로 느껴지는 이상.

마치 재앙과도 같은 최악의 건축물이 우리 앞에 나타난 것이었다.

하지만 그런 이상을 눈앞에 두고.

"그래그래, 이런 게 라스트 던전이지! 뭐가 뭔지 알 수 없는 구조에, 뭐가 뭔지 알 수 없는 건물! 건축 기준법 같은 건 화려하게 무시한 데다, 실제로 거주할 건 하나도 생각하지 않은 느낌이 최고야! 역시 이런 걸 보면 라스트라는 느낌이 온다니까!!"

"하아, 미의식이 좀 부족하네. 나라면 좀 더 이렇게, 검정색을 기조로 한 색채로 오싹오싹한 분위기를 중시했을 텐데. 기이함을 뽐내기보다는 찾아온 용사들에게 겁을 줘서 기죽게 만드는 그런 오라가 있었으면 좋겠네. 진짜, 처음부터 새로 만들어 주고 싶잖아!!"

어쩐지 이상하게 기운이 넘치는 두 사람. 분명히 심상치 않은 장소 같은데 왜 그렇게 느긋한 겁니까. 어마어마한 각오와 결의를 품고 가야 할 장소잖아요.

"저기, 두 분 다, 좀 더 얌전하게 있을 수는 없는 겁니까."

"엥, 왜?"

"그래, 이렇게 건드리는 보람이 있는 장소인데."

"그야 명백하게 이상하니까 그렇죠!!"

봤잖아요. 거대한 나무처럼 된 빌딩을 봤잖아요.

그런데도 그런 태도로 있을 수 있다니 꽤나 거물이라고 생각합니다. 뭐 용사랑 마왕이니까요! 확실히 거물이기는 하네요!!

"어쨌든! 이런 이상한 장소에 섣불리 들어가는 건 위험해요!! 가까이 가지 않도록 하지요!"

"엥―. 그치만 나는 항상 대충 던전에 들어가서 대충 보스를 쓰러뜨리고 대충 던전을 때려 부수고 끝내는데."

"마지막에 부술 필요가 뭐가 있어! 던전도 공짜로 만든 게 아니니까 부수지 마! 귀중한 자원이라구. 언젠가 재활용할 거란 말이야!!"

"그치만 편한걸."

"던전을 만들거나 살고 있는 무리에 대해서도 생각을 하라는 거야! 던전 제작자나, 던전 관리인이나, 던전 리폼 장인들한테 배려를 해 줘야지!!"

"그럼 얼른 해치울까."

"내 말 좀 들어!! 뭐하면 너부터 해치워 버린다!?"

에리카 씨와 미리암은 기운 좋게 소란을 떠는 것 같은데.

"저기, 두 분 다 지금은 보타락장 부지 밖이라서 목걸이 효과가 발동했으니까 그렇게 무리한 짓은 못 할 것 같은데요."

"엑!?"

"엑!?"

거기서 서로 크로스 카운터를 먹이고 있는 두 사람. 뭐, 어디까지나 강력한 힘만 억누른 거니까 맞으면 평범하게 아프겠죠.

"하지만 소이치. 이런 위험해 보이는 곳이니까 오히려 츠즈리가 원하는 게 있는 거 아닐까."

"네?"

"이 상황은 아무리 생각해도 츠즈리의 능력 때문이잖아. 즉, 이 안이라면 보통은 손에 넣을 수 없는 '높은 것'이나 '멋진 것'을 손에 넣을 수 있을지도 몰라."

에리카 씨는 빌딩을 올려다보며 말한다.

"어쩌면 츠즈리의 창작 욕구를 더욱 솟아오르게 만드는 물건이 있을지도."

"그건 분명히 그럴지도 모르겠네요."

"그치—그치—. 안에 들어가 보자!"

"소이치, 나도 안이 궁금해. 빨리 들어가자구."

"미리암은 조용히 하세요."

"태도가 너무 다르지 않아!?"

하지만 에리카 씨가 하는 말도 일리가 있다. '높은 것' 이나 '멋진 것' 이라는 애매한 표현도 평소의 세계에는 존재하지 않는 것이라고 생각하면 납득이 간다. 호랑이굴에 들어가야 호랑이를 잡는다는 속담도 있으니.

"알겠습니다. 안에 들어가 보죠."

"응, 가자!"

"어떻게 되어 있는지 기대되네."

용사와 마왕을 데리고 주위를 살피며 빌딩 입구로 향한다.

이 정체를 알 수 없는 건물.

지하 도서관처럼 몬스터 같은 게 나올지도 모른다. 더구나 이번에는 장소가 보타락장 외부라서 에리카 씨와 미리암의 조력도 바랄 수 없다. 신중하게 가야 한다.

【재앙이 닥치기까지 앞으로 4일 23시간 14분 51초】

"⋯⋯이건 또 굉장하네요."

빌딩 내부 또한 외관과 마찬가지로 카오스였다.

어찌어찌 움직이는 엘리베이터에 올라타 보니 위층과 아래층이 장절하게 커플링되어 있는지 위로 갔다가 아래로 갔다가를 반복하는 터라 큰일이었지만 어떻게든 제일 위층까지 도착했다.

열린 창문으로 밖을 내다보니.

"……지독하군."

바깥은 여전히 심각한 상황이었다.

우리가 여기까지 오는 동안에도 카오스의 상태가 심해진 듯하다. 빌딩 창문으로 보이는 지상에서는 인접한 빌딩과 빌딩끼리 달라붙어 마치 식물처럼 하늘을 향해 줄기차게 뻗어 있다. 하늘도 푸른 하늘과 노을이 뒤섞여 보라색이 되어 있다. 이것이야말로 종말의 풍경이라 해도 아무도 의심하지 않을 것이다.

"……서두르지요."

거기서 옥상으로 향하는 계단을 찾아서 신중하게 올라간다.

단지 높은 곳을 찾고 있었을 뿐인데 왜 이런 라스트 던전 같은 느낌이 된 걸까요.

그렇게 해서 도착한 곳은 옥상으로 통할 것처럼 보이는 문이었다.

마지막으로 한번 심호흡을 하고 문을 연다.

그곳에는.

혼돈이, 있었다.

"……뭐야, 저건."

혼돈이라고 부르지 않는다면 뭐라 불러야 할까.

여기 오기까지 여러 가지 것들을 봐 왔다. 엔죠 선생님의 능력이 폭주해 발생한, 다양한 것들이 커플링된 상태를. 본 적도 없는 물체, 들은 적도 없는 상황. 모든 것이 다 영문을 알 수 없게 변화되어 있었다.

하지만 그것도 눈앞에 있는 혼돈에 비하면 훨씬 이해하기 쉬웠다.

왜냐하면 여기에 있는 혼돈은 분명하게 생명을 지니고 있으니까.

그렇다. 살아 있는 것이다.

물건과 물건을 이어붙인 것이 아니라, 살아 있는 것을 마구잡이로 이어 붙여 탄생한 혼돈. 엉망진창으로 혼합되고서도 아직 살아서 숨을 쉬고 있다는 것이 이 정도까지 이상하리라곤 생각지 못했다. 말로 설명할 수 없는 모독적인 무언가. 구토를 일으킬 만큼 추악한 무언가가 눈앞에 존재하고 있다.

"……우와, 저런 건 처음 봐."

"뭐야, 저거. 마치 마왕 같잖아."

내 다음으로 옥상에 들어온 두 사람도 마찬가지로 멍하니 있었다.

전설의 영웅조차 얼어붙게 하는 이 혼돈이 그 추악한 몸을 꿈틀거리며 옥상에 당당히 자리 잡고 있다.

말로 표현할 수 있는 모습이 아니다. 그래도 비유하자면……모든 생물을 냄비에 던져 넣고 끓인 뒤 그 냄비를 힘껏 뒤집은 것 같은 존재. 정상적인 과정으로 태어나는 것이 아니라는 것을 알 수 있다.

이쪽은 전혀 눈에 들어오지 않는지 옥상에 나타난 우리에게 특별히 반응을 보이지는 않는다. 그러나 그저 가만히 있기만 한 건 아니었다.

"읏!?"

순간, 혼돈에게서 무언가가 뻗어왔다.

뻗어 나온 것은 촉수다. 징그럽고 추악한 촉수가 터무니없는 속도로 빌딩 옥상에 설치된 식물과 건축물을 파괴하는가 했더니.

"먹고 있는. 건가."

파괴한 것을 촉수를 사용해 제 몸 안으로 집어넣는다. 그때마다 일그러진 거체가 부피를 늘려가는 것을 알 수 있다. 마치 식사를 하는 것 같은 일련의 움직임.

한 번으로 그치지 않는다. 그 촉수가 움직일 때마다 주위에 파괴가 찾아온다. 그 파괴는 옥상뿐만이 아니라 빌딩의 다른 층, 어쩌면 지상 가까이까지 뻗어 있을지도 모른다.

그렇게 여러 가지 물체가 혼돈 내부로 집어삼켜져 간다.

그것은 마치 주위에 있는 모든 것, 어쩌면 이 모토히로쵸 자체를 그 몸에 집어삼켜 거대화하려는 것 같은 움직임이었다.

"대체 뭐야…… 이놈은."

이대로 이곳에 있다간 언젠가 촉수가 우리를 노리게 될지도 모른다.

이런 위험한 존재를 내버려 둘 수는 없다. 엔죠 선생님의 능력에 의해 태어난 것이라면 재앙으로 이어지는 것이니까.

그러니 어떻게든 대처를 해야만 하는데.

"……불가능해."

온몸이 떨린다. 절대 이길 수 없다는 것을 깨닫고 만다.

마왕을 처음 상대했을 때도 비슷한 공포를 맛보았지만, 이번

것은 완전히 격이 다르다. 가까이 있는 것만으로 구토감과 한기가 엄습할 정도로.

이런 것은 나 따위가 맞설만한 것이 아니다.

맞설 수 있는 것은 영웅 같은 존재밖에 없다.

하지만 그 정도의 힘을 가진 용사와 마왕은 지금.

"…………."

"…………."

가만히 서서 혼돈 쪽을 응시하고 있다. 지하 도서관에서는 곧장 적 몬스터에게 달려들었던 두 사람이 지금은 발을 멈추고 그저 상대가 어떻게 나올지 기다리고 있다.

"안 돼요. 두 분 다 물러서세요!"

저런 어떻게 생겨먹었는지 알 수 없는 괴물과 싸울 수 있을 리가 없다.

원래의 힘을 되찾은 두 사람이라면 또 모른다. 영웅은 그만한 힘을 가지고 있다는 것을 나는 안다. 하지만 지금 두 사람은 목걸이의 봉인 때문에 힘을 제한당하고 있다. 그런 상황에서 싸우게 할 수는 없다.

"……에리카 씨, 미리암, 지금은 일단 도망치죠."

그래. 지금은 물러날 수밖에 없다.

내버려 둘 수 없는 존재라는 건 잘 안다. 알기 때문에 더욱 지금은 물러나야 한다고 생각한다. 일단 보타락장에 돌아가 목걸이를 어떻게 하든지, 아니면 다른 영웅들을 모아 다시 한 번 맞서든지 해야 한다. 지금처럼 아무런 준비도 하지 않은 상태로 도전하기에는 부족하다.

"두 분 다, 도망쳐요. 어서."

"안 돼, 소이치."

"그러게. 여기서 물러서라니 들어줄 수 없는 이야기잖아."

하지만 두 사람은 앞으로 한 발을 내딛고는 무시무시한 혼돈과 두려워하지 않고 마주한다. 쓰러뜨려야 할 상대라는 걸 안다는 듯이. 용사와 마왕이 여기 나란히 선다.

"이건 내버려 두면 세계를 멸망시킬 존재야. 나 말고 다른 것이 세계에 멸망을 내리다니, 그런 건 용서할 수 없다구."

"그래, 이놈은 마왕과 비슷한 것 같은, 어딘가 그리운 듯한 기분이 드는걸. 정말 성가시다는 건 나도 알아."

"평소라면 뭐든지 쓰러뜨릴 수 있을 텐데. 하지만 이놈은 뭔가 달라. 여러 가지 것들이 츠즈리의 힘으로 섞여 있어서 완전히 쓰러뜨릴 수 없을 것 같은 느낌이 들어. 일부를 쓰러뜨려도 어떻게 할 수 없고, 전부 한꺼번에 으깨 버릴 수단이 없으면 쓰러뜨릴 수 없을 듯한."

"그래, 이놈은 원래 형태를 알 수 없을 정도로 섞여 버렸어. 거기 용사보다는 분명히 나한테 맞는 상대 같은데. 하지만 이 정도까지 규모가 큰 놈이면 아무래도 힘이 모자라."

"그래도."

"그래서."

"여기서 도망치는 건."

"절대로, 용납할 수 없다는 거지!!"

비록, 목걸이 때문에 힘이 억제되어 있어도.

두 사람이 지금까지 새겨 온 발자취가, 그녀들이 도주하는 것을 용서치 않는다.

지금은 일단 물러선다는 것은 생각지도 않는 듯이, 두 사람은 승기가 보이지 않을 상대와의 전투를 시작하려 한다.

용사와 마왕과 혼돈의 싸움.

그것은 아마 이 세상의 것이 아닌 싸움이 되겠지.

그저 신의 사자일 뿐인 나는 멍하니 바라볼 수밖에 없고.

"……안 됩니다. 절대로 안 돼요. 이길 수 있을 리가 없어."

힘을 가지지 못한 나조차도 알 수 있는 자명한 이치. 절대로 그런 사지에 이대로 두 사람을 보낼 수는 없다. 두 사람의 목에 밧줄을 걸어서라도 막아야 한다.

필사적으로 손을 뻗으려던 그때.

"……뭐지?"

문득 나를 멈추게 하는 감각이 느껴졌다. 주머니가 진동하고 있다.

"저, 저기, 뭔가 연락이 왔어요. 잠깐만, 잠깐만 기다려 주세요!"

그렇게 외치자 두 사람은 그 자리에 멈춰 섰다. 서둘러 주머니에서 디바이스를 꺼내자, 평소에 카운트다운이 표시되던 화면이 바뀌어 있었다.

그 표시는 본 기억이 있다. 분명, 지하 도서관에 들어가 최하층의 방에 다다랐을 때. 그때와 똑같이 연속해서 문자의 나열을 토해낸다.

【주인님, 다시 해킹을 당했습니다. 하지만 시쨩을 얕보지 말지어다. 이번에는 절대 굴하지 않습니다! 최신식 방화벽을 착착 전개…… 초속으로 깨지고 있네요! 문에 바른 창호지처럼 모조리 파괴되고 있습니다! 에잇, 이리 된 이상 자폭할 각오로 반격할 테니, 주인님, 저의 훌륭한 최후를 봐 주세──】

뭔가 불길한 메시지를 내보내던 디바이스가 마치 단말마 같은 소리를 내더니 단절된다. 그 대신인 것처럼 화면에 새로운 문자열이 뜬다.

「기계의 마왕이라 자처하며 나를 속인 것은, 이 세상에서 가장 두려운 자의 첨병. 그러나 나는 용기 있는 마음을 가슴에 품고, 마왕에게 선고하노라.」

디바이스를 해킹하기까지 해서 잘 이해할 수 없는 메시지를 보내 온 것은.

"설마, 엔죠 선생님이세요!?"

엉겁결에 디바이스 아래쪽에 있는 마이크를 향해 외치자.

「ㅁwㄴㄷdrfgtyㄱㅕjㅑㅐㅣ」

"……어?"

한순간 디바이스가 고장 난 건가 싶었지만, 아니다. 지금 화면에 표시되는 것은 실제로 누군가가 키보드 같은 것으로 친 문자열. 아마도 키보드에 엎어진다거나 해서 엉망진창이 된 거겠지.

"저기, 엔죠 선생님이시죠!?"

「zxcvb┬-m,./   ㅁt」

다시 마이크를 향해 말을 걸자 의미를 알 수 없는 문자열이 돌아온다.

"설마, 전화 너머로도 사람이랑 이야기하는 건 불편하다, 뭐 그런 겁니까? 그래서 이렇게 메시지를 써서 전달한 겁니까?"

「ㅁsdfghjkl;」

안 되겠다. 이대로는 대화가 안 된다. 아까는 제대로 이야기를 했었는데 지금 악화됐잖아요.

"저기, 엔죠 선생님?"

「이 세상에서 가장 두려운 자의 첨병이여, 그대, 어떠한 마음을 품고 있는가.」

"그 영문을 알 수 없는 문장은 대체 뭡니까."

「그대는 나를 속였다. 자신의 몸이 기계라고 거짓을 말했으나, 그것도 이미 내게는 통하지 않는다. 인간이란 어리석은 생물, 숨 쉬듯 거짓을 뱉으며 달콤한 말로 나를 속이려 꾸민다. 한번 경계를 풀면 물어뜯기고 말 것이나, 명심하라. 이 세상에서 가장 두려운 자의 첨병이여. 그대의 획책은 이미 바닥이 드러났다.」

"그러니까 좀!"

참지 못하고 외치자, 또다시 디바이스가 떨리더니.

「gfyㅗㅋ ㅓ ㅑ ㅏ ㅐlp!j┬ ㅑmㅏ ㅐ」

"화난 거 아니에요! 별로 화난 거 아니거든요!"

「문장이 자주 길어지곤 하는데 신경 쓰지 마세요.」

"너무 길다고요……."

그리고 알아차리기 힘들어요. 이야기하는 건 불편한데, 문장을 쓰면 반대로 말이 많아지고 복잡해진다는 건가요. 거참 귀찮네.

디바이스 화면은 계속해서 엔죠 선생님의 긴 문장을 표시한다.

「그런고로, 그대의 말은 나에게 닿지 않는다. 이미 느긋이 이야기를 할 단계는 지난 것이다. 나도 그대와 같은 어리석은 자와 상관하지 않고, 자신의 영역에서 피와 살의 축제를 거행해야겠다고 생각하고 있다.」

"아, BBQ를 포기하지 않으셨구나……."

하지만 이대로는 이야기가 끊기고 만다. 그러니까 3초 만에 떠올린 적당한 거짓말을 하기로 했다. 거짓말을 하고 싶지는 않지만 비상사태고 말이죠.

"실은 저는 미래에서 온 로봇이고, 인간이 아니에요."

「과연, 이해했다. 그대의 말은 믿을 만하다.」

"…………네, 감사합니다."

시원스레 속아 주는 엔죠 선생님이었다. 이 정도 거짓말로 얼버무릴 수 있는 거라면 뭐 어떻게든 되지 않을까요.

"그래서, 무슨 용건이세요? 지금 바쁜데요."

이쪽은 무시무시한 상대를 앞에 둔 어려운 상황이다. 지금은 두 사람과 함께 옥상 구석에 숨어 멀리서 혼돈의 존재를 관찰하고 있지만, 어떤 계기로 화살이 이쪽을 향할지 모른다.

그런데 인간을 싫어하는 엔죠 선생님이 왜 내게 연락을 한 것일까. 나를 편집자라고 의심하고 있다면 연락을 할 까닭이 없는데.

"설마, 무슨 일이 생긴 건가요!? 제게 연락할 수밖에 없는 커다란 사태가 보타락장 쪽에서 일어나기라도 한 겁니까!?"

「그러하다. 바로 그 말대로다.」

"그럴 수가, 대체 무슨 일이!!"

「부탁한 물건은 아직인가요? 아이스크림 먹고 싶은데요.」

"엄청나게 개인적인 이유네요!?"

그런 이유로 일부러 연락 안 하셨으면 좋겠는데요!!

너무나 한심해서 절망적인 마음이 안개처럼 흩어진 건 좋지만 어려운 사태라는 점은 전혀 달라지지 않았다. 결국 눈앞의 혼돈을 어떻게 할 방법이 없으니 여기서 후퇴하는 수밖에 없다.

"지금 좀 바쁘니까 나중에 말씀하세요. 그럼, 수고하세요."

「그것이 나의 의뢰보다도 중요한 일이라고 그대는 말하는 것인가.」

"중요해요!!"

「어리석은 짓을. 나의 의뢰보다도 중요한 일 같은 것은 이 세상에 존재하지 않는 개념이다. 그렇다면 그대가 조우한 사태란 세계 존망이 걸린 사태라고밖에 생각할 수 없다.」

"세계 존망이 걸린 사태라고요!!"

「세계가 그렇게 쉽게 멸망하지는 않을 것 같은데요.」

"그렇게 잠깐잠깐 원래 말투로 돌아가지 말아 주실래요?"

분위기가 바뀌는 걸 못 따라가겠다고요.

"세계가 멸망한다니, 저도 믿고 싶지 않다구요! 하지만 그렇게 되었으니 어쩔 수 없잖아요? 그것도 누구 씨의 능력 때문에!

아아 진짜, 직접 보시면 분명 아실 걸요!!"

디바이스를 혼돈 쪽으로 돌린다.

디바이스 윗부분에는 카메라가 있어서 영상통화처럼 이쪽의 영상을 전달할 수도 있다. 이걸로 엔죠 선생님도 내가 놓인 상황을 알겠지.

그렇게 렌즈 너머로 혼돈의 모습을 전한다.

"이런 느낌으로 제 쪽은 엄청난 대위기예요! 아셨어요!?"

「…………」

디바이스 저편에서는 침묵. 아무리 구제불능 인간이라도 이 사태의 어려움을 이해한 것인가……. 그렇게 생각했을 때, 엔죠 선생님이 중얼대는 것이 화면에 표시된다.

「과연, 이해가 되었다.」

"예?"

「조금 전부터 대기가 떨며 두려워하고 있었던 것은, 이 불길한 혼돈의 짓인가.」

"저기, 엔죠 선생님은 종이 박스 집 안에 계시죠? 대기의 떨림 같은 게 느껴질 리가 없을 텐데요."

「나의 집필이 정체되고 있는 것도 이 혼돈이 날뛰는 탓이란 말인가.」

"그건 아마 아닐 것 같은데요……."

완전 엉뚱한 소리예요. 본인의 문제겠죠.

그런데 엔죠 선생님의 반응이 묘하게 냉정한 느낌이다. 인간이 싫다면 이 혼돈을 두려워해도 이상하지 않을 것 같은데. 적어도 혼돈 그 자체에 공포나 두려움 같은 것은 보이지 않는다.

그래서 물어 본다.

"저기, 엔죠 선생님. 이 혼돈에 대해 어떻게 생각하십니까."

「그렇군요, 좀 너무 복잡한 커플링이 아닐까요. 저도 13각 관계나 27각 관계 같은 걸 다룬 작품을 써 왔지만 이 정도로 복잡하고 난잡한 건 처음이에요. 촉수 같은 게 돋아 있는 부분은 참으로 멋지고 망상이 부풀어 오르지만, 거기서 촉수에 붙들리고 칭칭 감겨서 옷이 녹아 살이 드러난다, 같은 안이한 전개로 가는 건 좀 그렇지 않을까요. 아무튼 이건 저라도 충분히 묘사할 수 없을지도 몰라요.」

"⋯⋯저기, 또 분위기가 바뀌셨는데요."

그리고 문장이 표시되는 게 엄청 빨라졌는데.

「이런 복잡함에, 혹은 경험한 적 없는 촉수 능욕물에 도전해 보고 싶은 마음은 있지만, 그보다도 이 혼돈스러운 커플링을 감추고 있는 몬스터를 방치해 두면 큰일이 날 것 같아요. 이 정도까지 다양한 개념을 한 점에 모아 버리면 밸런스가 이상해져요. 분명히 존재감 있는, 더구나 쓸 만한 촉수를 완비한, 그야말로 공(攻)에 안성맞춤인 존재이긴 하지만 다른 커플링이 탄생할 여지를 없애버릴지도 모르니까요.」

"⋯⋯저기, 엔죠 선생님?"

디바이스에 잇따라 표시되어 가는 장문.

조금 전까지의 엔죠 선생님의 말과는 확연하게 분위기가 다른데요. 뭔가 엔죠 선생님을 움직이는 것이 있었던 것처럼.

그건 분명 저 혼돈이겠지.

어찌 된 영문인지는 모르겠지만, 저 두려운 혼돈의 존재가 엔죠 선생님의 감정에 뭔가를 불러일으킨 것 같다.

계속해서 디바이스에 표시되어 가는 활발한 분위기의 문장.

「자유로운 커플링이야말로 세계에 허락된 권리지만, 잘 생각해 보면 저것은 좀 참아 주었으면 싶은, 좋지 않은 것이지요. 원치 않는 커플링을 낳고, 가능성을 파괴하는 나쁜 것입니다. 그래요, 무엇보다 미관상 좋지 않아요. 제가 손을 댄다면 좀 더 아름답게, 또는 그로테스크하더라도 일정한 미가 남는 것으로 만들 텐데, 저 혼돈에는 모든 것이 결여되어 있어요. 미학이 없어요.」

"저기, 원치 않는 커플링 어쩌고 하실 거면 우선 저와 에리카 씨와 미리암의 관계를 어떻게 좀 해 주지 않으실래요?"

「그런고로.」

"안 듣고 계시네요……."

「그대, 기계 마왕의 의지를 마침내 이해했다. 그대의 의지가 천 마디 말을 거듭하는 것보다도 웅변적으로 나에게 통하였다. 저 혼돈을, 커플링의 파괴자인 나쁜 것을 면해야 한다고 그대는 말하는구나.」

"엥?"

무심결에, 몹시도 믿음직스러운 말이 나온 것에 당황한다.

"어어, 무슨……."

「그렇다면, 나의 가공할 힘을 보도록 하라!!」

그렇게 표시됨과 동시에 디바이스가 빛을 발하기 시작했다.

아무래도 엔죠 선생님이 저편에서 뭔가를 하고 있는 듯하다. 그 여파가 디바이스를 통해 이쪽에 오고 있는 것이다.

그리고 디바이스가 한층 더 강하게 발광하는가 싶더니.

「이것이 바로, 내가 자아내는 이야기!!」

엔죠 선생님의 목소리가 옥상에 울려 퍼졌다.

문자가 아니라.

엔죠 선생님 자신이 외치는 목소리가 들린다.

「이야기란 가능성을 추구하는 것! 미지의 커플링 저편에서 아직 탄생하지 않은 새로운 무언가를 발견하는 것! 그렇기에, 가능성을 없애고 미래의 이야기를 빼앗는 짓을 용서할 수는 없어요!!」

그녀에게는 어울리지 않는 힘 있는 목소리로.

「원치 않는 커플링을 분쇄해라! '현상×실리', 풀 액티브!!」

순간, 디바이스 화면이 부서질 정도로 격하게 점멸한다. 내가 아는 한 그런 기능은 디바이스에 들어 있지 않을 텐데.

눈이 부셔 눈을 가리고 있을 때.

신탁과도 같이 울리는 목소리.

「커플링 성립……. '혼돈×운석'!!」

디바이스 너머로 그렇게 외친 순간.

허공에 거대한 운석이 출현했다.

"……엇!?"

운석.

그렇게밖에 부를 수 없는 것이 갑자기 하늘에 나타났다.

아무런 전조도 없이, 마치 중간 부분이 잘린 영상을 보는 것처럼. 아무것도 없었던 하늘에 떠오른 거대한 바위.

"에에에에에에엑!!!???"

그리고 운석은 중력 때문에 거꾸로 떨어진다.

바로 아래에 있는 혼돈을 향해.

맞기 직전에 깨달았는지, 거기서 혼돈이 하늘을 올려다보는 듯한 동작을 보인다. 요격이라도 하려고 한 건가. 아니면 운석조차도 집어삼키려고 생각한 건가. 그러나 혼돈의 그런 행동은 너무나도 느렸다.

당연한 결과로.

한 치의 틀림도 없이.

떨어지는 운석은 중력에 따라 혼돈을 있는 힘껏 짓눌러 뭉갰다.

"으, 윽……!"

운석이 적중한 충격에 필사적으로 버티며 앞을 본다.

어마어마한 흔들림이 옥상을 덮쳐 서 있을 수 없을 정도였다. 그래도 애를 써서 연기 너머를 쳐다본다. 바로 조금 전까지 혼돈이 자리하고 있던 그곳을.

도저히 이길 수 있는 상대가 아니라고 생각했다. 용사와 마왕조차도 이길 수 없는 상대라며 두려워했다. 하지만 그보다도 더 터무니없는 공격이 바로 지금 가해졌다.

"우, 운석이라니……!!"

자욱하게 피어오른 연기도 시간이 지남에 따라 점점 옅어진다. 그리고 비로소 옥상의 모습이 눈에 들어왔다.

그곳에는.

"…………우와아."

아무것도 없었다.

옥상이었던 곳은 엄청나게 깊게 파여 있다. 거대한 운석이 떨어졌으니까.

낙하 흔적인 크레이터 외에는 아무것도 없다.

즉, 조금 전까지 거기 있던 존재. 여러 가지 것들을 흡수해 맹위를 떨치던 혼돈의 몬스터는 어디에도 없었다. 운석에 직격하며 송두리째 날아가 버린 것이다. 흔적 하나도 남지 않을 정도로.

힘이 빠져 그 자리에 털썩 주저앉는다.

"이, 이……."

그것은 혼돈을 쓰러뜨린 것에 의한 안도감과.

"이런 법이, 어딨어요!!"

그리고, 자신들이 터무니없는 위험에 노출되어 있었다는 것에 대한 분노였다.

디바이스를 노려보며 거세게 덤벼든다.

이런 말도 안 되는 짓을 벌인 원흉……. 엔죠 선생님을 향해.

"무, 무슨 짓을 하시는 겁니까!! 운석이라니, 뭔가 좀 다른 방법이 있었을 것 아니에요!? 심지어 이렇게 가까운 곳에 운석을 떨어뜨리다니! 그걸 쓰러뜨렸으니 좋은 것 같지만, 우리도 말려들 뻔했잖아요!!"

「안심하도록 하라. 천벌로 내리는 운석에는 나의 능력을 담아 두었다.」

"……무슨 소린지, 알기 쉽게 설명해 주세요."

「그 혼돈은 복수의 커플링으로 성립된 모양이라서. 그 모든 커플링을 저의 능력으로 운석이라는 한 점에 다시 연결했어요. 즉, 운석과 충돌하는 것은 그 혼돈을 구성하고 있는 존재뿐. 다른 것에는 영향을 주지 않아요.」

"쉽게 설명해 주서서 감사합니다……. 저기, 그런데 그 운석이 떨어진 여파에 대해서는 어떻게 하실 생각이신가요."

「그쪽 커플링은 제 관할 밖이에요.」

"그럼 역시 위험했던 거잖아요!?"

우리는 전혀 생각하지 않았던 거죠!?

하지만 디바이스는 무자비한 문장을 흘려보낸다.

「걱정 말라, 기계 마왕이여. 팔 한둘쯤 부서진다 해도, 나의 능력으로 곧바로 돌려주도록 하마.」

"진짜 안심 안 되는 정보를 주서서 참 고맙습니다……!"

「아직 시험한 적은 없으나, 목이 떨어진 경우라도 나의 능력은 문제없이 발휘될 것이다. 만일 그대의 머리가 없어졌을 경우는 내게 그렇다고 알리도록 하라.」

"목이 떨어진 상태에서 어떻게 알리라는 거죠."

제일 중요한 파트잖아요, 머리.

떼어낼 수 있는 마왕의 뿔하고는 다르다고요. 저 손쓸 방법이 없었던 혼돈을 쓰러뜨린 것은 정말로 감사하고 있지만, 하는 짓이 너무 터무니없어요. 그리고 여전히 알아듣기 힘든 말을 쓰는 데 그것도 좀 어떻게 해 주시면 좋겠네요.

「어느 쪽이건, 그대를 고민케 하던 장해물은 사라졌다고 봐도 되겠지? 그렇다면 한시라도 빨리 나의 의뢰품을 헌상하도록 하라. 이 세상에서 가장 두려운 자가 획책한 카운트다운을 넘기 위한 아티팩트를 속히 나의 영역으로 가지고 오는 것이다. 기계마왕이여.」

"……아니, 그렇군요. 알겠습니다."

진짜, 결국은 자기밖에 생각하지 않는 엔죠 선생님이었습니다.

통신을 끊자 익숙한 카운트다운이 다시 화면에 표시된다.

【재앙이 닥치기까지 앞으로 —일 —시간 —분 —초】

"……어라?"

하지만 카운트다운은 왜인지 정지해 있었다. 숫자도 표시되지 않는다.

아직 5일 가까이 시간이 남아있을 텐데, 어떻게 된 걸까.

이대로는 정확한 잔여 시간을 파악할 수 없다. 이것저것 디바이스를 건드려 보았지만 정지한 채다. 카운트다운이 끝나는 시각은 기억하고 있으니 당장은 문제없지만.

설마 엔죠 선생님이 몇 번이나 디바이스를 해킹한 결과 망가지고 말았다거나 그런 것일까. 어디로 가져가면 수리를 받을 수 있을까요.

뭐, 이 건은 나중에 신께 보고드리기로 하고.

"……정말, 대단하게 됐네요."

디바이스를 집어넣고, 다시 옥상……이었던 장소를 본다.

운석이 떨어져서 옥상은 완전히 가루가 되어 있었다.

그만한 혼돈을 일격에 매장하는 힘. 그것이 전설의 작가, 엔죠 츠즈리의 진가. 단언하건대 용사나 마왕에 필적할 만큼 터무니없는 힘이라고 생각한다. 애초에 한 개인이 운석을 마음대로 부를 수 있다고 생각하는 것만으로도 이미 이상하잖아.

그렇다. 그녀가 바로 재앙이라는 문제에 대해서는 아무것도 해결되지 않은 것이다.

혼돈을 가볍게 타파하는 그녀에게 맞서야 할 때 어떻게 하면 좋은가. 엔죠 선생님이 진심으로 세계를 멸망시키려고 하면, 분명 손쓸 도리가 없겠지.

"……아니."

고민하면서도 생각을 바꾸기로 했다.

"아무튼, 서둘러 보타락장으로 돌아가죠……. 엇."

말을 걸려고 하는데, 에리카 씨와 미리암은 왜인지 운석 낙하지에서 어슬렁대고 있다. 발밑이 울퉁불퉁해서 위험할 것 같은데요.

에리카 씨는 푹 파인 옥상에 무릎을 꿇고 빤히 바라보고 있다.

"뭐, 뭘 하고 계세요."

"응, 츠즈리는 역시 대단하구나 싶어서."

"네, 확실히 대단하네요……. 이렇게 되다니."

"이만한 힘을 감추고 있었다니 정말 대단해. 내가 언젠가 세계를 멸망시킬 때 막아서는 건 츠즈리일지도 모르겠네."

"그쪽입니까!?"

"뭣보다, 일격으로 이 정도나 파괴할 수 있는 점이 대단하네. 여기선 나도 츠즈리를 본받아서 단 일격에 세계를 멸망시킬 수 있도록 노력해야지. 그래, 우선은 첫 번째로 일본부터 가자! 일격필살, 일본 침몰!!"

"안 된다구요!?"

"……그렇지, 갑자기 일본이라니 좀 난이도가 높았지. 응응, 알았어."

"아, 안 게 아닌 패턴인데 이거."

"시읍면부터 착착 해 나가자."

"역시나!!"

"어쩌면 시읍면 합병이 활발했던 것도 내가 그 근처 시읍면을 파괴하고 돌아다녀서일 수도."

"그런 소릴 농담 삼아 하지 말아 주세요!!"

진짜 웃어넘길 수 없는 얘기라고요.

"아아, 진짜……."

좀 더 효율적으로 파괴하는 방법을 배워 볼게, 하며 낙하지를 조사하기 시작한 에리카 씨는 내버려 두고 다른 방향을 보니, 그쪽에서는 미리암이 뭔가를 손에 들고 이쪽으로 다가온다. 이쪽도 귀찮은 일이겠죠, 분명히.

"이것 봐, 소이치. 이런 게 떨어져 있던데."

미리암이 가지고 온 것은 검은 알 같은 것이었다. 맨들맨들한 껍질에 싸인 구형의 물체. 관광지에서 파는 삶은 달걀이 분명히 이런 느낌이었던 것 같은데.

"어떻게 된 겁니까, 그거."

"운석이 떨어진 곳에서 찾았어. 내버려 둘 수 없어서 그만 주워 버렸어."

"버려진 개라도 주운 것처럼 말하지 마요……. 아니 그보다 그런 정체를 알 수 없는 걸 쉽사리 주워 오지 마세요."

"이 애는 내가 잘 기를 테니까, 부탁이야, 엄마!!"

"누가 엄마예요."

"엥―. 하지만 이런 거 애니메이션에서 봤는걸? 주워 온 알을 키우면 거기서 공룡이 태어나는 거."

"아, 있었죠. 그런 거."

"그래그래, 태어난 공룡이 반역을 일으켜서 섬에 있는 테마파크가 아비규환의 도가니로 바뀌는 이야기. 고압 전류 같은 게 나오는 거. 피랑 뇌척수액이랑 림프액으로 화면이 물드는 스플래터하고 바이올런스한 이야기였지."

"그거 아니잖아……."

좀 더 마음이 따스해지는 이야기였던 것 같은데요.

"응? 엄마. 제대로 내가 책임지고 기를 테니까, 키워도 되지?"

"그러니까 왜 버려진 개를 주운 것처럼 말하는 거예요!?"

개의 요소가 하나도 없잖아요!?

개는 알에서 태어나지도 않고, 애초에 알이란 게 확실하지도 않잖아요!?

"뭐, 여기서 아무것도 안 태어나면 그때는 그때라 생각하고 요리해서 먹으면 되잖아."

"너무해!!"

"맛있다니까, 달걀 프라이. 스테이크에 올려 먹으면 최고야."

"피도 눈물도 없어요!?"

네 이놈 마왕! 그다지 마왕이랑 상관은 없지만!!

그러고 보니 해결되지 않은 일이 하나 남았다는 것을 떠올렸다.

"저기, 그 알은 옥상에 떨어져 있었던 거죠?"

"응, 그런데?"

"그럼 혹시, 엔죠 선생님이 말했던 '높은 것'이 그거일지도 모르겠네요……?"

이 동네에서 가장 높은 곳에 떨어져 있던 수수께끼의 물체.

스스로도 억지스러운 결론이라고 생각하지만, 그만한 몬스터가 있던 곳에 떨어져 있었던 것이 평범한 물건일 리가 없다.

"그거, 엔죠 선생님에게 드려 봐도 될까요?"

"그럴 수가!? 나한테서 이 애를 빼앗으려는 거구나, 엄마!!"

"엄마 아니라고……."

그리고 그 연극적인 행동은 뭐예요. 해외 드라마도 아니고.

"이 애는 내가 책임지고 기르기로 했어! 엄마 싫어! 이런 집, 나가 버릴 거야."

"그럼 나가면 되잖니."

"거짓말이야 엄마! 사랑해!!"

거기서 매달려 간원하는 미리암이었다. 분위기에 휩쓸려 내 말투가 약간 엄마 같아졌던 건 잊어 줬으면 합니다.

◆　◆　◆

에리카 씨와 미리암을 데리고 보타락장에 돌아온다.

거실에 올라가니 엔죠 선생님이 사는 종이 박스 집은 사라져 있었다. 뭐 아파트 안에 종이 박스 집이 있었던 것 자체가 이상하지만, 과연 안에 있던 사람은 어디로 간 걸까요.

그때 에리카 씨가 크게 손을 들었다.

"여기는 나한테 맡겨 줬으면 해!"

"엔죠 선생님이 어디 갔는지 아시겠어요?"

"모르겠지만, 모르겠으면 *울려 보이마 두견새야, 라고 하잖아."

"갑자기 무슨 소리를 하시는 거예요, 에리카 씨."

"나 같으면, 울지 않으면/세계가 멸망한다/두견새야, 라고 하겠지만."

"울어라 두견새야!!"

"아, 나라면 울지 않으면/내가 울어 버린다/두견새야, 라고 할 거야!"

---

* 두견새가 울지 않을 때 오다 노부나가, 도요토미 히데요시, 도쿠가와 이에야스의 반응을 통해 세 명의 성격을 비유한 일화. 노부나가는 죽여 버리고, 히데요시는 울려 보이며, 이에야스는 울 때까지 기다린다고 하였음.

"너무 슬프잖아……."

이런 이야기는 아무래도 좋다고요. 어쨌거나 부탁하자 에리카 씨는 심호흡을 한 번 하고는, 온 아파트에 울릴 만큼 큰 목소리로.

"안 나오면 멸망시킨다— ♪"

그런 험악한 말을 외치는 것이었다.

트라우마가 되살아났는지 옆에 있던 미리암이 부르르 떨고, 한 방의 문이 덜컹 흔들렸다. 그건 분명히 아무도 사용하지 않는 창고인데.

"아, 저기 창고에 있나 봐."

"창고……. 종이 박스 집 다음은 창고라니……."

그래도 영웅인데 왜 그런 곳에만 틀어박히는 건가요.

아무튼 엔죠 선생님이 다시 성가신 곳에 틀어박히기 전에 얼른 부탁받은 물건을 건네주고 이야기를 하기로 하지요.

그때 또 이상한 소리가 주머니 안에서 들렸다. 전에도 들었던 소리. 또냐 하고 생각하면서 꺼내 보니.

【주인ㄴ 또 해킹——】

「다가오지 마라.」

"에에엑………."

엔죠 선생님이 숨어 있는 창고에 다가가기만 했는데 디바이스 화면이 흐트러지더니 이렇게 메시지가 표시된다. 신께 받은 중요한 디바이스인데 실컷 침입을 당하네요. 결국 카운트다운도 아직까지 움직임을 멈추고 있고요.

"하, 하지만, 다가가지 않으면 아무것도 못 하는데요?"

「이제 그대는 이 창고에 들어올 수 없다. 문은 이미 나의 능력에 의해 이곳과는 다른 차원과 연결되었다. 그 어떤 자도 문을 열 수 없다.」

"그러면 엔죠 선생님도 밖에 못 나오시잖아요."

「나의 죽을 자리는 여기다. 이미 각오는 되어 있다.」

"저기, 제가 각오가 안 됐거든요. 게다가 방에서 죽으면 여러 가지로 뒤처리가 힘들 것 같은데요. 다음에 방에 들어올 영웅도 생각해 주셔야죠."

과연 다음에 들어올 영웅이 있기는 할까요.

뭐, 엔죠 선생님의 그런 필사적인 저항도.

"에잇, 콰—앙!"

에리카 씨가 단숨에 벽을 부쉈기 때문에 완전히 소용없게 되었습니다.

역시 에리카 씨, 이제는 익숙해진 야만적 해결 방법이에요. 이제는 거의 안심감마저 드네요. 뭐, 에리카 씨가 저지른 짓의 뒤처리를 혼자 도맡는 건 바로 저지만요.

"……저기, 에리카 씨. 얘기가 빨라진 건 좋은데, 너무 보타락장을 부수지 말아 주세요. 잘못 부수면 시말서를 써야하거든요."

"잘 부수라는 거네."

"그런 게 아니고요. 보타락장을 부수지 말아 달라는 겁니다."

"헤에ㅡ. 그렇구나ㅡ. 헤에ㅡ."

"……저기, 지금 엄청나게 나쁜 예감이 들었는데, 설마 어디 다른 데도 부숴 버린 건가요? 그런 거죠?"

"딱히 부수지 않았는걸."

"아, 그렇습니까. 그거 실례했……."

"흔적도 없이 사라진 건 부쉈다는 증거도 사라졌다는 거니까. 즉, 안 부순 거야 나는!!"

"자백했잖아요!?"

대체 뭘 부순 겁니까!!

뭐, 우선 내 시말서는 아무래도 좋아요.

그런데, 엔죠 선생님이 창고에 다가오면 안 된다고 했는데 어떡하면 좋을까요. 또 억지로 밀고 들어가야 할까요. 그렇게 할 수는 있지만, 그 방법은 분명히 사망자가 나오겠지요.

그때 디바이스에 다시 엔죠 선생님의 메시지가 도착했다. 에리카 씨가 억지로 벽을 뚫어 버려서 드디어 위기감을 느낀 거겠지.

「시뻘건 야만인…… 하이자키 씨를 여기서 멀리 떨어뜨려 주세요.」

"그건 뭐, 타당한 요구네요. 게다가 말투가 원래대로 돌아왔는데요."

「그대는 다시금 깨달아야 한다. 나를 이 영역에서 나오게 하려 하면 그 순간 나는 멸한다. 이 세상에 저주를 흩뿌리며 멸해 사라진다. 그대가 할 수 있는 일은 내가 의뢰한 아티팩트를 얌전히 내놓는 것뿐. 지금 즉시 나의 영역 앞에 내놓고 곧바로 바람처럼 사라지도록 하라.」

"하아……."

요컨대, 가져온 물건을 내놓지 않으면 죽는다는 거군요.

여기서 나의 뇌리에 '어차피 죽어도 원래대로 돌아오니까 별 상관없잖아' 같은 생각이 떠오르고 만 건 용서해 주시기 바랍니다. 보통은 한 번 죽으면 끝이거든요.

"저기, 죽으면 곤란하니 죽지 마세요."

「그것은 그대의 행동에 달려 있다. 나라고 하여, 결코 소멸을 받아들이고 싶은 것은 아니니. 그러나 만일 그대가 나의 영역에 억지로 들어오려 한다면, 그 순간 내가 가장 사랑하는 검…… 창…… 브류나크…… 만년필이 나의 목을 단숨에 베어 버릴 것이다.」

"만년필 가지고 목은 못 벨 것 같은데요……."

게다가 뭘로 표현할지 고민했죠, 지금.

「죽음을 불러오는 방법은 그것뿐만이 아니다. 나의 손안에 있는 이 원고용지를 갈기갈기 찢어, 그 종잇조각을 꼬아 밧줄을 만들어 목을 매게 될 것이다.」

"굳이 할 거면 좀 더 쉬운 방법이 있을 것 같은데요……. 아니, 그러니까, 죽으면 곤란하다고요! 살아 주세요!!"

「그러길 바란다면, 결코 다가오지 말지어다.」

"아, 예……."

「나의 죽음을 눈앞에서 보고 싶지 않다면, 얌전히 내게 따르라.」

"……알겠다고요."

거창한 말투지만 그저 한심한 소리를 하고 있을 뿐이잖아요, 그거.

여기서 무리한 수단을 취하려고 하면 또 엔죠 선생님과의 관계가 꼬일 수도 있으니, 살짝 창고에 다가가 부탁받았던 물건을 놓는다. 만에 하나라도 죽으면 곤란하니까.

그러자 창고 안쪽에서 묘한 것이 뻗어 나왔다. 다용도 지팡이와 효자손이 섞인 것 같은 기다란 손이 앞에 놓인 짐을 낚아채더니 그대로 다시 스륵스륵 창고로 돌아간다. 아무래도 제대로 받아간 듯하다.

긴장하면서 질문을 던진다.

"이걸로 된 거지요."

「음, 확실히 내가 원했던 아티팩트이다. 담요와 쿠션, 식료품과 식료품과 식료품……. 어, 이건 뭘까요……. 아무튼 수고했다. 이걸로 나의 현안은 모두 해결되었다.」

"그럼 이제 써 주실 거죠?"

「걱정 말고 나만 믿거라. 이제 이야기를 써내려 가는 데 전심전력으로 임할 뿐이다.」

"정말이시죠? 믿어도 되는 거죠!"

「내게 두려울 것은 없다. 그 증오스러운, 이 세상에서 가장 두려운 자를 제외하고는.」

"다행이다……."

어찌 됐건 이걸로 내가 할 수 있는 일은 했다.

엔죠 선생님이 집필을 끝내고, 마감에 대한 공포가 해소되면.

분명 세계를 혼란에 빠뜨리고 있는 엔죠 선생님의 능력 폭주도 멈출 터. 그렇게 하면 재앙의 도래를 막는 것으로 이어지겠지.

이다음은 엔죠 선생님에게 모든 것을 맡길 뿐이다.

"다시 한 번 묻겠습니다. 엔죠 선생님. 부탁받은 물건은 확실하게 준비했습니다. 이걸로 엔죠 선생님이 만족할 만한 집필을 하실 수 있는 거죠? 마감을 뛰어넘을 수 있는 거지요?"

「내 작가로서의 긍지에 걸고 여기서 단언하지. 반드시 나는 이 시련을 뛰어넘어 하나의 이야기를 완결시키겠다. 지금의 내게는 진정으로 힘이 넘쳐흐르고 있으니 손쉬운 일이다. 이제 내게 적은 없다고 할 수 있지.」

"믿어도, 되는 거죠."

「맡겨 주세요.」

그 한마디는 엔죠 선생님 자신의 진짜 목소리였다.

상대가 전설의 작가라는 것을, 영웅이라는 것을 믿을 수 있을 만큼 위엄에 넘치는 목소리였다.

"소이치, 괜찮아. 츠즈리라면 해 줄 거야."

"에리카 씨."

"그러네. 모처럼 여기까지 따라왔으니 영웅의 저력을 지켜봐 주도록 하겠어."

"미리암."

등 뒤에서 들려온 두 사람의 목소리에 나는 그저 끄덕인다.

"엔죠 선생님, 부탁합니다."

그러니까, 맡길 수 있다.

이 사람이라면 분명 해 줄 거라고.

"이 세계를 구해 주세요."

그것만을 믿고 이 세계의 운명마저도 맡긴다.

다음에 만날 때는 분명 세계의 추세가 결정되어 있겠지요.

이 멸망을 둘러싼 재앙의 이야기에 결판이 나게 된다.

나도 자신의 싸움에 임한 영웅에게 등을 돌리고 그 자리를 떠난다.

주사위는 던져졌다. 이제는 그저 기다릴 뿐.

세계를 구할 작품이 완성되는 것을.

【재앙이 닥치기까지 앞으로 ―일 ―시간 ―분 ―초】

그 후 시간은 눈 깜빡할 사이에 지나갔다.

밤이 오고, 아침이 오고, 또다시 밤이 오고.

그저 날짜가 지나간다.

아니, 밤과 낮의 경계가 제대로 존재했던 것은 처음뿐이었다. 어느새 그 경계마저 애매해지고 그저 시간만이 흘러간다.

그사이 세계를 뒤덮은 혼란은 기세를 더해 갔다. 이미 제대로 된 것은 세계에 남아 있지 않은 것 아닌가 싶을 정도로 혼돈이 흩뿌려져 간다.

텔레비전에서 세계의 모습을 볼 때마다 화면에 비치는 이상한 광경에 머리가 아파진다.

대륙끼리 커플링되어 유라시아 대륙과 아메리카 대륙이 이어지기도 하고.

별들끼리 커플링되어 밤하늘에 달과 화성이 나란히 떠 있기도 하고.

바다와 하늘이 커플링되어 머리 위에 바다가 떠오르고 땅 위에 하늘이 펼쳐지기도 하고.

세계의 사람들은 그저 멍하니 지내고 있는 것처럼 보이지만 실제로는 어떤지 알 수 없다.

공포와 쾌락. 지식과 체력. 시각과 미각. 촉각과 후각. 식욕과 수면욕. 그런 인간을 인간답게 하는 것조차도 커플링되어 뇌가 허용할 수 있는 한계를 넘은 것이겠지. 모든 사람이 세계의 종말이 왔다고 절망하며 가라앉아 있다.

나도 그건 마찬가지다.

지금 할 수 있는 일은 믿는 것뿐이다.

답답하다. 가만히 보고만 있는 것이 분하다.

하지만 모든 것이 끝나고 엔죠 선생님이 마감에서 해방되면 원래대로 돌아간다. 그렇게 믿고 기다릴 수밖에 없다.

디바이스의 카운트다운은 아직도 정지된 채이다. 신께 연락을 취해 보려 해도 아직 엔죠 선생님의 해킹에 의한 영향이 남아 있는지 「문제없음」이라는 대답뿐이다. 완전히 망가지고 말았는지도 모른다.

그래도 카운트다운이 끝나는 시각은 알고 있다.

재앙이 닥치고 세계가 끝나는 그 시각은 마음에 새겨져 있으니까.

그렇게 착착 지나가는 시간.

그것을 불안하게 여기기는 해도 절망만큼은 하지 않았다.

왜냐하면 나는 엔죠 선생님을 믿으니까.

반드시 원고를 완성해 보이겠다고 맹세하던 목소리를 믿으니까.

인간을 싫어하고, 은둔형 외톨이이고, 사사건건 죽으려 할 뿐만 아니라 진짜로 죽는, 어마어마한 구제불능 인간이긴 하지만. 그 공적과 말에 거짓은 없었다는 걸 안다.

그러니 그 앞길을 지켜볼 수 있다.

전설의 작가가 살아가는 모습을.

그리고 태어날 전설의 작품을 믿고 있다.

그리고.

지옥 같은 며칠이 지나고.

재앙이 도래하는 시각까지 1시간도 채 남지 않았을 때.

"……왔습니다."

손안의 디바이스에서 진동을 느낀다. 요 몇 시간 동안 꽉 붙들고 있던 그 화면에는 지금, 단 한 마디 메시지가 간결하게 쓰여 있다.

「끝났다.」

심호흡을 한번 하고 천천히 일어선다. 고요한 아파트 안의 복도를 한 발 한 발 단단히 내디디며 걸어간다.

"마침내 왔구나, 소이치."

"정말이지, 이렇게 시간이 걸리다니."

뒤에서 따라오는 에리카 씨와 미리암. 두 사람도 결국 마지막까지 함께해 주었다.

평소에는 금세 세계를 멸망시키고 싶어 하는 에리카 씨인데, 이번에는 묘하게 조용하다. 눈앞에 찾아온 확실한 끝을 눈앞에 두고 차분한 표정을 짓고 있다.

미리암도 똑같이 차분한 얼굴이다. 이 세계에서 지내는 동안 세계에 애착이 싹텄는지도 모른다.

우리가 향할 곳은 정해져 있다.

에리카 씨가 파괴한 벽은 이미 복구되어 있다.

다가가도 디바이스는 반응하지 않는다. 그것은 그녀 자신이 만족을 얻었다는 것을 가리킨다.

우리가 앞에 도착함과 동시에, 내부에 전설의 작가를 간직하고 있던 창고의 문이 *아마노이와토처럼 천천히 열렸다.

"…………."

그 문에서 모습을 드러낸 것은 수많은 전설을 남긴 위대한 작가, 엔죠 츠즈리.

그녀는 완전히 기진맥진한 모습이다. 눈 밑에는 다크서클이 생겼고 옷도 구깃구깃해져 금방이라도 쓰러질 것 같다.

하지만 눈동자에 떠오른 것은 상쾌한 빛이었다.

인간 혐오를 표방하던 그녀였지만 지금은 내 눈앞에 당당히

---

* 일본의 최고신이며 태양신인 아마테라스가 난폭한 스사노오를 피해 숨은 동굴. 태양이 사라져 곤란해진 신들이 작전을 세워 아마테라스를 밖으로 끌어냈다는 전설이 있음.

모습을 드러냈다. 물론 죽는다거나 할 기색도 없다.

"……엔죠 선생님."

내 목소리에 엔죠 선생님은 천천히 미소 지었다.

그리고 손에 든 종이 다발을 살며시 내보였다.

그것이 바로 이 닷새 동안 그녀가 소중히 써 왔던 것. 작가가 심혈을 기울여 완성한 것. 아마도 한 시대를 쌓아 올릴 정도의, 혹은 무수한 독자를 감동시킬 정도의 힘을 가진 소설.

그것이 지금 여기 완성되었다.

엔죠 선생님은 그 많은 원고용지 다발을 바닥에 털썩 떨어뜨리고.

내 쪽을 젖은 눈동자로 바라보더니.

아무것에도 사로잡히지 않은 것처럼 상쾌한 미소를 띠고.

"미안해요. 못 썼어요!"

말도 안 되는 소리를 지껄였습니다.

5 장

「역시 세계를
멸망시킵니다」

"……………………네?"

아플 정도의 침묵을 깨뜨린 것은 내 입에서 자연스럽게 흘러
나온 의문의 목소리였다.

스스로의 목소리에 약간 이성을 되찾아 겨우 머리가 돌아가기
시작한다. 머릿속에서 바로 지금 들은 말이 빙글빙글 소용돌이
치고 있다.

──못 썼어요.

그 말이 나타내는 의미……. 아니, 그런 건 이미 알아요. 그 말
을 못 알아듣는다면 바보 아닌가 싶을 만큼 명확하게 안다고요.
정말 유감스럽게도 알고 말았다.

그래서 묻는다.

물을 수밖에 없었다.

묻고 싶지는 않지만.

"무, 무슨 말씀이세요!?"

내 입에서 나왔다고는 전혀 믿을 수 없을 만큼 내 목소리는 메
말라 있다.

반면, 그 말을 들은 쪽…… 엔죠 선생님은 여전히 상쾌한 미소

를 띠고 있고 심지어 당당한 태도였다. 인간을 싫어하는 모습 같은 건 어디에도 보이지 않는다. 모든 것을 떨쳐내 버린 듯이 주눅 들지 않은 표정으로.

"네. 그러니까, 못 썼어요!"

"못 썼다고?"

"그러게요, 전혀 쓰지 못했어요!"

"5일 동안, 계속 방에 틀어박혀 있었는데도?"

"거참 쓰지 못했네요. 멋지게 훌륭하게 완벽하게 못 썼어요!!"

"그만큼 공들여서 준비했는데도?"

"네."

"부탁받은 물건을 전부 사 왔는데도?"

"네!"

"틀림없이 할 수 있다 같은 소리를, 그만큼이나 자신 있게 해 놓고서?"

"네!!"

엔죠 선생님은 이렇게 나와 실제로 마주하고 있는데도 불구하고 이상하게 기운이 넘쳤다. 분명 인간을 싫어하는 걸 극복했다거나 하는 플러스적인 의미가 아니라 그저 뻔뻔하게 나오고 있을 뿐이겠지. 자신이 아무것도 못 했다는 사실이 오히려 우습고 아무래도 좋다고 느껴진다든지 뭐 그런 거겠죠.

"어, 어째서 이렇게 돼 버린 겁니까."

"어쩔 수 없잖아요."

"어쩔 수 없는 건 없어요! 진짜로 왜 그런 겁니까!?"

"하지만 어쩔 수가 없잖아요!!"

엔죠 선생님이 폭발했다.

아니, 화를 내고 있는 건 내 쪽이고 나쁜 건 당연히 그쪽이니 이건 말하자면 적반하장인 거죠. 왜 저한테 화를 내는 겁니까. 그런 당연한 이야기도 들을 마음이 없는지 엔죠 선생님은 펄펄 화를 내기 시작한다.

"도저히 쓸 수가 없어서 깜빡 죽어 버렸으니까, 어쩔 수가 없었다구요! 며칠 동안 죽어 있었으니까!!"

"이거 완전 그냥 대사건이잖아!!"

"부활이 조금만 늦었으면 고약한 냄새가 났을 거예요."

"무서운 소리 마세요. 도대체 왜 죽는 거예요! 딱히 제가 얼굴을 내민 것도 아닌데!!"

"쓸 수 없다는 것에 쇼크를 받아서 현실 도피사를 당했다고요."

"무슨 단어예요 그게."

"그리고서 부활했더니 뭣 때문인지 원고용지는 새하얀 그대로이고. 이상하다고 생각하지 않아요!? 죽은 사이에 수수께끼의 요정이 어떻게든 해 주는 안건이었을 텐데! 아니면 고양이가 굴러 들어와서 키보드 위에서 춤을 췄을 텐데! 그런 걸 다 짜놓고 나서 죽은 거였다고요!!"

"아니, 이야기랑 현실이 뒤죽박죽이잖아요······!!"

잘 보니 엔죠 선생님이 바닥에 떨어뜨린 원고용지는 훌륭할 정도로 새하얬다. 불에 쬐면 나오고 그러지는 않는 건가요. 이

만큼 되는 원고에 과즙으로 글씨를 쓰려면 귤이 아무리 있어도 모자라겠지만요! 난 또 무슨 소릴 하는 거야!!

"즉 제 탓이 아니라 요정이나 고양이 탓이라는 거죠!!"

"제정신이 아냐!!"

"요정 네 이놈!!"

"네 이놈이라고 불려야 할 건 그쪽이거든요!?"

그렇게 뻔뻔하게 나오는 상대에게는 나 또한 아예 뻔뻔하게 생각한 걸 전부 쏟아낼 수밖에 없다.

자신의 마음을 전부 담아 외친다.

"이, 구제불능 인간!!"

한 번 가지고는 전혀 마음이 풀리지 않아서 몇 번이고 외친다.

"구제불능! 구제불능 인간!!"

"저도 설마 이 정도까지 못 쓸 거라고는 생각지도 못했어요. 허 참, 진짜로 감이 무뎌졌네요!"

"머릿속까지 둔해졌네요! 왜 못 쓰는 거예요!!"

"작가에게 왜 못 쓰냐고 묻는 것만큼 어리석은 일은 없어요. 작가가 못 쓰는 것에 이유 같은 건 없으니까."

"뭔 소리야!?"

그만 난폭한 말투가 된다. 경어 따위는 어딘가에 놓고 온 듯한 기세로.

"그렇게 자신 있게, 완성해 보이겠어요 하고 말해 놓고선! 자기가 한 말을 못 지켰으니까, 하나도 못 썼으니까, 좀 더 고분고분하게 구는 게 어때요!!"

"못 썼다는 것은 변함없고 어차피 화낼 테니까, 뭐 차라리 뻔 뻔하게 나가는 게 상쾌하잖아요."

"최악이네!!"

아 진짜 어떻게 하지, 이 여자.

이 여자…… 엔죠 츠즈리라는 전설의 작가. 아니, 이제는 구 제불능 인간이라는 걸 싫어질 만큼 잘 알았으니 이 여자라고 불 러도 별로 상관없겠죠. 전설에 대해서도 실체는 그거였으니까 뭐 그냥 단순한 구제불능 인간이고.

이 여자가 쓰겠다고 선언했으니 나로서는 그것을 믿을 수밖에 없었다. 내게는 아무래도 미지의 분야라서 그렇게 할 수밖에 없 었다고요.

하지만 결과는 이거다. 보기에도 무참한 구제불능 인간이었 습니다.

역시 보타락장의 주민은 구제불능 인간이었다는 걸 재확인했 을 뿐이다.

"아 진짜, 정말로 어쩔 작정이에요!!"

엔죠 선생님에게 다가가 어깨를 붙잡는다. 그러자 엔죠 선생 님의 얼굴이 조금 일그러졌다. 아차, 너무 세게 잡았나 하고 일 순 생각했는데.

"……아."

"……뭐죠."

"이, 인간, 인간이 있어……!"

"이제 와서 제정신으로 돌아가는 겁니까!?"

조금 전까지 완전히 태연했는데, 내가 이렇게 필사적으로 화내고 있는데, 여기서 인간 싫어 모드로 돌아가다니 이 여자 좀 비겁하지 않냐고!?

　그러나 엔죠 선생님은 참으로 편리하게도 원래의 인간 싫어 모드로 돌아가 버린 듯하다. 내 눈앞에서 무릎을 꿇고 주저앉았다.

　"이, 인간이에요……. 인간에게 붙잡혔어요……. 마감한테도 붙잡힌 적 없는데."

　"아니, 마감한테는 현재진행형으로 붙잡혀 있잖아요."

　"히이익."

　그녀는 부들부들 떨면서 필사적으로 뒷걸음질 쳐 방 안으로 돌아가려고 한다. 하지만 지금은 하고 싶은 말이 아주 많으니 놓칠 수는 없어요. 몇 번쯤 죽는다 해도 절대로 몰아세울 겁니다.

　"놓치지 않을 겁니다!!"

　"사, 살해당할 거야."

　"안 죽여요!"

　터무니없는 소리를 하네, 이 여자.

　"이, 인간에게 붙잡히면 살해당한다고, 돌아가신 어머니가 말했어요."

　"돌아가신 어머니도 인간이겠죠, 아마도."

　"그, 그럼 나는, 이미 죽었다는 말……? 그렇다면 여기서 인간에게 습격당한 나의 존재는, 대체."

　"엔죠 츠즈리 씨는 지금 여기 살아서 저를 화나게 하고 있다고요!!"

"그럼 죽을 수밖에……!!"

"죽게 놔두지 않을 거라고요!!"

손에 든 원고용지로 자기 머리를 퍽퍽 때리기 시작한 것을 필사적으로 말린다. 그런 일로 죽으면 곤란하다고요! 안 죽었어도 지금 곤란하지만!!

그럴 수밖에. 엔죠 선생님의 집필이 무사히 끝나지 않았다는 것은.

엔죠 선생님이 마감을 뛰어넘지 못했다는 것은.

떨리는 목소리로 묻는다.

"……능력의 폭주는 어떻게 되는 겁니까. 지금도 세계를 뒤덮고 있고, 마감을 뛰어넘음으로써 해제될 예정이던 엔죠 선생님의 능력 폭주는 앞으로 어떻게 되는 겁니까."

"어떻게 되지 않아요."

"지금 바로 써 주세요! 마감까지 뭔가를 쓰면 그걸로 끝나는 거죠!? 자, 써요! 쓰라니까! 쓰라고!!"

"쓰, 쓸 수 없는 건 아무리 지나도 못 써요! 그래, 처음부터 쓸 수 없는 거였다고 하면, 어차피 불가능한 일이었으니까 다시 말해 제 탓이 아니라는 거네요!!"

"완전히 네 탓이잖아 이 구제불능 인간!!"

"히이이이익."

엔죠 선생님은 완전히 기가 죽은 모습으로 머리를 감싸 안고는.

"인간 무서워 인간 무서워 인간 무서워 인간 무서워 인간 무서워 인간 무서워 인간 무서워 인간 무서워 인간 무서워 인간 무서

워 인간 무서워 인간 무서워 인간 무서워 인간 무서워 인간 무서
워 인간 무서워 인간 무서워 인간 무서워 인간 무서워 인간 무서
워 인간 무서워 인간 무서워 인간 무서워 인간 무서워……."

자기만의 세계에 틀어박히고 말았다. 떨어져 있던 원고용지
를 필사적으로 자기 주변에 끌어 모으더니 마치 도롱이벌레처
럼 어떻게든 종이 속에 숨으려 한다. 그 너무나도 가련한 모습
을 보고 있자니 나는 오히려 냉정을 되찾아 간다.

그래, 진정하자.

여기서 화를 내도 어쩔 도리가 없다. 일어나 버린 일은 이제 와
서 어떻게 되지 않는다. 엔죠 선생님을 이대로 계속 추궁해서
해결될 일이 아니다.

이미 남은 시간은 얼마 없다. 그래도 쓰도록 할 수밖에 없다.

남은 시간은 한 시간도 안 되는데, 과연 소설 집필이 그런 시간
에 어떻게 할 수 있는 것인지 나는 모른다. 모르지만 해 볼 수밖
에 없다. 엔죠 선생님을 억지로라도 의자에 묶어서, 그리고 만
년필을 손에 용접해서라도 쓰도록 할 수밖에 없다고요.

이렇게 되면 아예 내가 뭔가 써 버릴까. 하지만 나는 보고서와
시말서밖에 쓴 적이 없으니. 아마도 소설과 시말서는 다른 거겠
죠. 소설을 쓸 수 있을 것 같은 다른 사람……을 생각해 보지만,
해당자 없음. 아, 이거 이제 끝장인 거 아닐까요.

"나한테 좋은 생각이 있어!!"

거기서 크게 손을 든 것은 에리카 씨였다. 지금까지 침묵을 지
키고 있었는데, 어딘가 일그러진 미소를 띠며 앞으로 나온다.

"뭐, 뭐죠. 좋은 생각이라니."

"츠즈리의 마감을 어떻게든 하는 방법이야."

"예?"

너무나 예상치 못한 말에 일순 멍해진다.

"그, 그런 방법이 있어요!?"

"응, 나한테는 용사로서의 경험이 있으니까 그쯤은 간단히 생각해낼 수 있지."

"용사한테 마감 같은 건 없었을 것 같은데……."

"마왕을 쓰러뜨리지 않으면 세계에 큰일이 나니까, 그게 마감이라고 하면 마감이었을까. 마감을 깨뜨리면 전 인류가 어떻게든 되는 거고, 그걸 어떻게든 한 나는 그야말로 마감의 프로라는 느낌이잖아. 그러니까 뭐, 나한테 맡겨."

에리카 씨는 엔죠 선생님에게 다가간다. 묘하게 즐거운 듯한 웃음을 띠고.

"있잖아, 츠즈리."

"히익!? 또 새로운 인간이 튀어나왔어요. 심지어 시뻘건 야만인 하이자키 씨잖아요. 한시라도 빨리 도망쳐야 해."

"괜찮아, 난 인간이기 이전에 용사라는 존재. 즉 인간을 초월했으니까 무서워할 필요는 없어. 오히려 그냥 인간과 똑같이 취급하지 말아 줬으면 좋겠네."

"그, 그렇구나."

"납득해 버리네……."

곧바로 침착해지는 엔죠 선생님. 에리카 씨도 참 그런 바보 같은 논리로 잘도 극복하려고 했군요.

아니, 에리카 씨는 아무래도 좋다. 신경이 쓰이는 것은 그녀가 했던 말이다. 마감을 어떻게든 한다는 그 방법에 대해서다.

"저기 말이야, 츠즈리."

에리카 씨가 다정한 목소리로 말한다.

"마감이라는 건 츠즈리에게 힘들고 어려운 걸지도 몰라. 나한테는 마왕 같은 존재일까. 뭐 나는 마왕에게 고생한 적은 한 번도 없지만."

"뭐야 그 말투! 마왕을 얕보지 말라구!"

당사자인 마왕이 바로 뒤에서 아우성치고 있는데, 지금은 좀 조용히 있어 줬으면 좋겠네요.

"하지만 그런 마감이 영원히 닥쳐오지 않게 할 방법이 있어. 원고를 완성하지 않아도, 마감만 어떻게 할 수 있는 방법이."

"그, 그런 꿈같은 방법이 있어요?"

"응, 쉬운 일이야. 츠즈리라면 분명 할 수 있는 일."

"그게 뭐예요!? 가르쳐 줘요!!"

필사적인 모습으로 달려드는 엔죠 선생님에게 에리카 씨는 상쾌하게 웃어준다.

"······아."

그걸 보자 등줄기에 오한이 스쳤다.

그 웃는 얼굴은 아까 자포자기한 엔죠 선생님이 짓고 있던 표정과 닮아 있고, 그보다도 기억 속에서 비슷한 것을 본 기억이 있기 때문이었다.

언젠가 보았던 일그러진 웃는 얼굴. 변변치 못한 추억과 함께 다시 떠오르는 그 표정으로.

한 치의 망설임도 없이 에리카 씨가 선언한 것. 그것은.

"그래, 차라리 세계를 멸망시켜 버리면, 마감이고 뭐고 다 없어지는 거잖아!!"

"아니 무슨 소리를 하시는 거예요!?"

"과연…… 확실히!!"

"아니, 과연이 아니라고요!!"

엔죠 선생님의 수긍에 전력을 다해 태클을 건다. 이거야말로 납득해 버리면 곤란하다!!

"엥—. 하지만 엄청 합리적이잖아."

"합리적인 게 아니라 지나치잖아요!? 왜 마감 때문에 세계를 멸망시켜야 하는 거예요!?"

"어차피 할 거면 화려하게 하는 게 좋잖아."

"화려하고 어쩌고 할 문제가 아니라고!!"

세계를 가지고 불꽃놀이라도 할 셈인가요!?

하지만 정말 유감스럽게도 에리카 씨가 진심으로 하는 말이라는 걸 알고 있다. 진심으로 세계와 마감을 한꺼번에 멸망시켜 버리려 생각해서 엔죠 선생님에게 제안하는 것이다.

다행히 목에 채운 목걸이 「데몬즈 씰」의 효과로 에리카 씨의 힘은 억제되어 있다. 보타락장에서 밖으로 나가도 세계를 멸망시킬 정도의 힘은 발휘할 수 없다. 그러니까 에리카 씨가 곧장 세계를 멸망시켜 버릴 리는 없지만 지금은 타이밍이 나쁘다.

엔죠 츠즈리라는 작가가 불러일으킨 세계의 대혼란.

재앙의 원흉인 그녀를 설득해 그 능력을 멈추는 것이 지금 가장 중요한 일. 그러니 솔직히 말해서 에리카 씨에게 상관하고 있을 여유가 없는 것이다.

"마, 맞다, 에리카 씨가 전에 말했었죠!?"

"어, 뭘?"

"세계를 멸망시키는 건 자기 자신이라고 말했잖아요! 이대로 엔죠 선생님을 내버려 두면 엔죠 선생님의 손에 세계가 멸망해 버린다구요!? 그건 에리카 씨에게도 좋지 않잖아요?"

남이 세계를 멸망시키는 게 싫으면 협력하라니 너무나도 억지스러운 소리를 하고 있는 것 같지만 지금은 여기 걸 수밖에 없다. 에리카 씨의 세계를 멸망시키려 하는 마음에 걸 수밖에.

"그러니까, 부디 엔죠 선생님을 막는 일에 협력을."

"아니. 소이치는 착각하고 있어."

"……예?"

"물론 소이치 말은 옳아. 세계는 내 손으로 멸망시키자고 결심했으니까. 그러니까 츠즈리가 멸망시키게 할 수는 없어."

"정해져 있지도 않고, 멸망시키면 안 된다고요. 결코 해서는 안 될 일이거든요?"

"하지만 말이야."

에리카 씨는 천천히 돌아본다.

그 시선 끝에는 엔죠 선생님이 있었다. 에리카 씨와 나를 불안한 표정으로 번갈아 보는 그녀 쪽을 에리카 씨가 쳐다본다.

그리고 외쳤다.

"츠즈리! 내가 마감을, 세계와 한꺼번에 멸망시켜 줄 테니까! 내게 세계를 멸망시키기 위한 힘을 줘!!"

"그쪽입니까!?"

이런, 완전히 방심하고 있었다. 세계를 멸망시키고 싶어 하는 에리카 씨와 마감이 사라지길 바라는 엔죠 선생님. 이 두 사람의 소원은 양립하는 것. 완전히 WIN-WIN이다.

지금부터 에리카 씨를 막기는 어렵다……. 그렇다면 아직은 엔죠 선생님을 막는 것이 빠를 것이다. 그렇게 생각해 황급히 튀어 나가지만.

"……알겠어요. 제 방의 평온만 지켜 준다면 상관없어요!!"

"응, 괜찮아. 맡겨둬."

"그렇다면 전혀 문제없겠군요!! 「현상×실리」, 액티브!!"

엔죠 선생님이 능력을 사용하는 것이 한발 빨랐다.

"커플링 「하이자키 에리카×보타락장」, 성립하라!!"

그 선언이 울려 퍼진 직후.

보타락장이 통째로 흔들렸다.

"……에, 에에에에에에에엑!?"

신께서 특별히 마련하신 거처인 보타락장은 평범하지 않다.

내진성은 물론이고 내화성과 내수성도 겸비한 만부부당의 슈퍼 건축물일 터. 그런 보타락장과 에리카 씨가 커플링되어 어떤 사태가 일어나는 것일까. 인간…… 아니 용사와 아파트의 관계성을 심화하면 무슨 일이 일어난다는 건가. 틀림없이 말도 안 되는 사태가 되겠죠.

 그 생각을 뒷받침하는 것처럼 웃음소리가 들렸다.

 상쾌하고 불길한 웃음.

 "아하, 아하하하하하하하!!!!"

 에리카 씨가 소리 높여 웃고 있었다.

 그 몸에 가득 찬 것은 무시무시할 정도의 오라.

 이 보타락장 안에 있을 때 에리카 씨는 목걸이의 효과가 발동하지 않기 때문에 용사로서의 강대한 힘을 마음껏 발휘하고 있었다.

 하지만 지금의 에리카 씨는 그 상태보다도 훨씬 강하다. 예를 들자면, 언젠가 마왕 앞에 가로막고 섰을 때 같은 감각. 이 사람이라면 절대로 어떻게든 해 줄 거라고 확신을 가지고 말할 수 있을 만큼 압도적인 힘.

 문제는 그것이 아무래도 지금은 적의 편에 서 있는 것 같다는 것.

 즉, 나쁜 쪽으로 어떻게든 당하고 말 거라는 거죠.

 닥쳐오는 참극의 예감에 마음이 꺾일 것 같다. 그래도 에리카 씨에게 무슨 말을 해야 한다고 생각해 떨리는 몸을 억지로 움직이려 하는데.

 그런 내 어깨에 누가 손을 올렸다.

"이봐, 고민하지 않아도 돼. 소이치."

"……미리암?"

"그런 얼굴 안 해도 되잖아. 저 용사를 보타락장에 빼앗겼다 해도 소이치에겐 이 내가 있는걸. 그러니까 아무것도 걱정할 필요 없어."

"저기, 무슨 말을 하는 거죠."

미리암은 아무래도 감동적인 이야기를 하고 있다는 얼굴이지만 이야기의 내용을 전혀 모르겠는데요. 에리카 씨한테 실컷 깨진 탓에 뇌를 당해 버린 걸까요.

"불안해하지 않아도 금방 해결될 거야. 소이치는 분명히 옛날처럼 멋진 미소를 되찾게 될 거니까."

"왜 제가 과거의 순수한 미소를 잃은 소년 같은 소리를 듣고 있는지 모르겠는데요. 어째서 해결될 거라고 말하는 겁니까."

"그건 말이야."

거기서 미리암은 씨익 웃더니.

"이 내가! 지금부터! 거기 용사의 꿍꿍이를 깨부수고 모든 걸 끝내 보일 거니까!!"

에리카 씨 앞을 가로막고 섰다.

정체를 알 수 없는 능력을 손에 넣은 에리카 씨를 상대로 전혀 움츠러들지 않고 도전하는 전직 마왕 미리암 바리에타스. 그 얼굴에 용사를 두려워하는 빛은 보이지 않는다.

"내 긍지를 위해, 그리고 소이치의 미소를 위해! 제멋대로 굴기만 하는 용사 따위에게 질 수는 없다구!"

"흐─응. 소이치의 미소가 어쩌고는 잘 모르겠지만, 이길 수 있다고 생각하는 걸까. 지난번에도 그냥 당해 버린 허당 마왕 주제에."

"그때는…… 맞아, 컨디션이 안 좋았다구! 배도 아팠고, 거기에다 두통도 있었고, 전혀 원래 상태가 아니었단 말이야! 전날에 영웅 전멸 기념으로 좀 과음해 버렸으니까!!"

"뭐 하는 거야, 마왕."

그거, 내가 지하 감옥에 갇혀 있을 때 일이죠. 사람을 차가운 바닥에 재워 놓고 자기는 술잔치를 하고 있었다니 참으로 나쁜 놈이네요. 쿠로 씨가 마왕성에서 술을 가지고 온 건 그런 이유였나 보다.

"아무래도 또 질리지도 않고 세계를 멸망시킨다는 헛소리를 하나 본데, 그렇게 쉽게 될 거라곤 생각하지 않는 게 좋을걸!"

"헤에, 왜지?"

"내가 여기 있으니까! 최신이자 최악의 마왕인 내가 여기서 너를 막을 테니까! 네가 세계를 멸망시키게 하지 않아!!"

"그럼 나는 최강이자 최대의 용사네. 언제든지 세계를 멸망시키고 싶다고 생각하고 있으니까. 잠잘 때도 깨 있을 때도 멋지게 멸망시키는 방법을 생각하고 있거든. 일어나면 무심결에 침대를 부숴 버릴 만큼. 그러니까 마왕 따위에게 지지 않아!"

"그, 그런 건 나도 똑같거든! 부하에게 어떤 지시를 내리고 어디부터 공략할지 하는 시뮬레이션은 늘 거르지 않는다구! 대하

드라마를 보면서 이것저것 시험해 봤단 말이야!!"

"내가 더 멋지게 멸망시킨다구!!"

"내가 더 잘 멸망시킬 수 있어!!"

"……으─음."

여전히 어느 쪽이 용사고 어느 쪽이 마왕인지 잘 알 수 없는 대화네요. 둘 다 안 되겠다는 결론에 도달했지만요.

"하는 김에 소이치도 멸할 거야!!"

"그것도 내가 할 일이란 말이야!!"

"아니 둘 다 틀렸거든요!?"

갑자기 빗나간 총알이 날아왔네요!!

아니, 미소 운운하던 건 어디로 간 겁니까, 미리암!!

하지만 미리암은 확실히 무리한 짓을 하고 있다. 상대는 에리카 씨. 즉 전설의 용사 에리카 애쉬로즈 님이다.

지난번에는 계략을 짜서 자신이 유리한 장소에 꾀어 들이고서도 마왕은 이기지 못했다. 어중간한 방법으로 당해낼 수 있을리가 없다. 마치 마왕이 이겼으면 하는 것처럼 말하고 있는데 그렇지는 않거든요.

그리고 지금.

에리카 씨는 엔죠 선생님의 능력으로 백업을 받는다. 그 본질은 아직 알 수 없지만 세계를 멸망시키겠다고 선언한 이상 나름의 힘이 있다는 것은 분명하다.

그에 대적하는 마왕 미리암은.

"아무튼, 질 수 없어! 그러니까「고군만마」, 전력으로 가겠어!!"

"그 능력은……!"

처음부터 진심이었다.

마왕 자신의 신체에서 흘러나온 검은 에너지가 온몸을 휘감아 간다.

마왕의 모습은 언제나 보타락장에서 청소를 하던 때와 같은 조리복 차림. 하지만 지금 검은 오라를 몸에 감싼 모습은 분명히 마왕의 것이었다. 내가 두려움을 느꼈던 마왕의 그 힘이 넘쳐흐르고 있다.

"요 며칠간 내가 그저 얌전히 청소나 하고 텔레비전이나 보고 있었다고 생각했다면 큰 착각이야! 나는 몰래 용사의 동작을 관찰하고 그 버릇을 훔치는 데 전력을 기울이고 있었어! 덤으로 시대극을 보고 난투 장면을 공부하기도 했다구! 지난번처럼은 안 될걸!!"

그리고 미리암은 달려 나갔다.

두 사람의 거리는 겨우 수 미터.

그 거리를 미리암은 한 번에 좁혀 에리카 씨에게 공격을 가하려고 한다. 아무리 에리카 씨라 해도 맞으면 그냥 끝나지는 않을 거라 여겨질 만큼의 힘을 담아서.

"…………웃!!"

두 사람이 격돌하려던 그 직전에.

갑자기 복도의 마루판이 튀어 올랐다.

"어?"

갑작스러운 사태에 당연하게도 미리암의 반응이 늦어지고.

"으규."

눈앞에 나타난 마루판에 얼굴을 강타당해 복도에 데굴데굴 구른다.

"……뭐."

지금 무슨 일이 일어난 겁니까.

에리카 씨가 특별히 뭔가를 한 낌새는 없다. 그저 여유 있는 표정으로 날아오는 마왕의 공격을 바라보고 있었을 뿐이었다. 처음부터 이렇게 될 줄 알고 있었던 것처럼.

"이, 이건, 대체."

"그건 말이지, 간단한 일이야."

내 의문에 대답한 것은 에리카 씨였다.

복도에서 신음하면서 굴러다니고 있는 마왕에게는 전혀 눈길도 주지 않고.

"소이치도 츠즈리의 능력을 받았으면 어쩐지 알 것 같지 않아? 그래. 지금의 나는 이 보타락장과의 사이에 커플링이 성립되어 있어. 표현을 바꾸자면, 보타락장에게 사랑받고 있다는 거지."

"……엥?"

사랑받고 있다.

그런 엉뚱한 단어를 듣고 떠올린 것은 바로 나 자신에게 일어났던 일.

처음에 엔죠 선생님이 있는 곳에 갔을 때, 엔죠 선생님에게 뭔가를 당하고 나서 몹시도 에리카 씨와 미리암과의 거리가 가까워졌다. 커플링당했던 것이다. 그것과 같은 일이 지금 에리카 씨와 보타락장 사이에 일어났다면.

"설마, 보타락장이 에리카 씨를 사랑하고 있어서. 에리카 씨를 상처 입히려 하는 상대에게서 지키고 있다는 거예요!?"

"인기 많은 여자는 괴롭다니까."

"아니, 상대는 건물이잖아요……?"

"건물한테도 내 매력은 통한다는 거지. 응."

에리카 씨는 전혀 영문을 알 수 없는 소리를 하지만.

하지만 실제로 지금 보타락장은 멋대로 움직여서 미리암의 공격을 막았다. 아마도 사랑하는 에리카 씨를 지키기 위해서.

"우, 웃기지 마앗!!"

쓰러졌던 미리암이 일어나 다시 에리카 씨를 향해 돌진한다.

하지만 다시 보타락장이 반응하여 움직였다. 복도 마루판이 갑자기 안뜰을 향해 기울어진 탓에 위에 있던 미리암의 자세가 무너진다.

"……어?"

미리암이 넘어지는 쪽에 있는 것은 안뜰에 있는 연못.

"꺄아아아아아아!!!"

물보라가 성대하게 튀었다.

"……우와아."

나는 이 눈으로 똑똑히 확인했다.

보타락장이 미리암에게 이빨을 들이대고 있다.

미리암이 연못에서 어찌어찌 올라온 뒤에도 공격은 계속되었다. 섣불리 에리카 씨에게 다가가려 하면 지붕에서 목재가 떨어져 머리에 직격하고, 복도를 크게 우회하려 하면 갑자기 움직이는 보도로 변해 앞으로 나아갈 수 없게 된다.

에리카 씨가 아무것도 하지 않아도 보타락장이 멋대로 지키고 있다.

그리고 몇 번인가 공격을 맞은 미리암이 더 이상 견딜 수 없는지 소리친다.

"이, 이런 건, 반칙이잖아!!"

"이제 알겠지? 츠즈리의 능력으로 이 보타락장은 나를 사랑하고 지켜 주고 있다는 걸. 갇혀 있을 때는 정말 성가시다고 생각했지만, 이렇게 한편이 되어 주니 정말 도움이 되네. 과연 그 수염이 만든 아파트야."

"자, 자기 힘으로 정정당당하게 싸우면 되잖아! 그렇게 아파트의 그늘에 숨다니 비겁한 짓 하지 마!!"

"내가 나가면 아마 일격으로 끝날 텐데, 그래도 괜찮은 건가?"

"…………."

미리암은 침묵했다.

아마도 예전에 일격에 당했을 때의 일이 뇌리를 스친 거겠지.

미리암이 아무리 필사적으로 도전해도 일격으로 당해 버렸으니까 말이죠. 현재 미리암이 이렇게 무사히 있을 수 있는 것도 에리카 씨가 아무것도 하지 않기 때문이다. 에리카 씨가 움직이는 순간 다 끝나겠지.

"아, 아무튼! 비겁한 용사 따위에게 지지 않는다구!!"

"그럼 내가."

"지지 않는다고 말했잖아!! 이길 수 있다고는 딱히 말 안 했잖아!! 나오지 마!!"

에리카 씨가 나오려고 하자 갑자기 엉거주춤하는 것이었다. 뭐라고 할까, 기본적으로 겁쟁이네요, 이 마왕. 기본은 성실하고 다른 구제불능 인간들보다 훨씬 견실한데, 유감스럽게도 마왕이다.

"대체 뭐야, 너도!!"

거기서 갑자기 미리암의 화살이 바뀌었다.

가리키는 쪽은…… 보타락장의 복도…… 복도?

설마 보타락장 자체에 불평할 셈인가.

"애초에 이 계획을 먼저 생각한 건 나잖아! 영웅들을 조사했을 때 알게 된 작가의 커플링 능력. 그걸 사용해서 나랑 보타락장 사이에 커플링을 성립시켜 버리면 아파트의 봉인 능력을 자유롭게 사용해서 용사를 마음대로 할 수 있다고 계획했었는데!!"

"……엑?"

"그런데 계획을 옆에서 끼어든 용사에게 빼앗겨 버렸다구! 정말이지, 어디서 훔쳐 들은 게 틀림없어! 용사가 어떻게 이렇게 비겁할 수가. 그러면서 용사라고 자처할 수 있어!?"

"그런 건 빠른 사람이 임자지. 애초에 복도에서 계획을 그냥 줄줄 늘어놓으면서 웃는 쪽이 나쁘잖아. 그보다 이제 와서 나와 보타락장의 커플링에 불평하는 건 엄청 한심해. 패배자야."

"뭐어라구우!?"

"인기 없는 마왕의 비뚤어진 마음은 보기 괴롭네."

"인기 없는 거랑 마왕은 상관없잖아! 취소해!!"

"망왕."

"지독한 소리 했지 지금!? 다 들렸어!!"

미리암은 마음속 깊이 분한 듯 발을 동동 구르고 있다.

"그 멋진 계획을 떠올리고부터 난 필사적으로 청소를 했다구! 언젠가 이 아파트와 커플링이 맺어졌을 때 조금이라도 사랑받을 수 있게!! 새 업소용 프리미엄 중성 세제도 사려고 했고!"

"……설마, 열심히 청소를 했던 건 그런 이유였나요."

"그게 아니면 이 마왕이 성실하게 청소 같은 걸 할 리가 없잖아!? 난 마왕이라구!?"

"……그렇습니까."

나중에 벌을 주기로 결정했습니다. 조금은 성실하게 하고 있구나 하고 감탄했던 내가 바보 같잖아요. 역시 마왕은 마왕이었다는 거군요.

그렇게, 미래에 벌이 기다리고 있다는 것을 깨닫지 못하고 미리암은 계속 소리친다. 본인의 주관으로 보기에는 자신을 배신했다는 보타락장을 향해.

"분명히 계산적이긴 했지만, 그래도 청소를 했던 건 나잖아! 죽어라고 걸레질이랑 대걸레질이랑 해 줬잖아! 원래는 소이치한테 명령받아서 했지만, 나 열심히 했는데! 그런데 깨끗하게 청소를 해 준 나를 잊어버리고 그렇게 갑자기 튀어나온 용사를 감싸다니 용서 못 해! 이젠 예전처럼 청소 안 해 줄 거야!!"

필사적으로 복도를 향해 외치는 미리암. 본인은 열심인 것 같

지만, 사람이 복도를 향해 진심으로 말하기 시작하니 진짜 돌이킬 수가 없네요.

"정말 실망이야! 이제 너 같은 건 몰라! 계속 더러운 채로 있으면 되잖아! 왁스 칠도 오늘부터 안 할 거야!! 업소용 프리미엄 중성 세제도 안 써 줄 거야!"

미리암의 그런 필사적인 말에 기분 탓인지 복도가 시무룩해지기 시작했다. 스스로도 무슨 소릴 하는 건지 모르겠지만 진짜로 그런 느낌이라니까요. 분명히 복도가 시무룩해졌다고요, 믿어 줘요.

보타락장의 복도는 미리암을 달래려는 듯이 출렁였다.

"……나를 거스르면 복도를 뽑아 버릴 거야. 뽑아내서 잘게 쪼개서 젠가로 만들어 버릴 거야."

하지만 에리카 씨가 낮은 목소리로 속삭이자 갑자기 원래대로 돌아갔다. 이것이 에리카 씨와 미리암과 복도의 삼각관계라는 겁니까. 진짜 무슨 소릴 하는 거지 나는.

그런 이상한 삼각관계는.

"에잇."

"……뀨우."

화가 치민 에리카 씨가 샥 하고 미리암에게 다가가 일격으로 쓰러뜨림으로써 끝났습니다. 삼각관계다 뭐다 해도 결국은 이렇게 될 거였겠죠. 에리카 씨와 복도가 오래도록 행복할 듯한 느낌이네요.

"아, 아직이야……!!"

"어라, 아직 살아 있네, 이 마왕."

"죽을까 보냐! 용사를 쳐부술 때까지는 절대로 포기하지 않을 거야!!"

"헤에. 부숴 봐. 부서지기 전에."

"아야아야아야아야아프다고!!"

"이것 봐라, 내가 조금만 더 힘을 주면 뽀각 하겠지."

"절대 뽀각 하지 마!? 절대로!!"

"아니면, 와지끈."

"와지끈 하지 말라고 하잖아!!"

으음, 이미 결판은 난 거나 다름없네요.

미리암이 특별하게 끈질긴 것뿐이고. 몇 번을 당해도 다시 도전하는 그 끈기는 훌륭하다고 생각해요. 상대가 마왕이 아니었다면 솔직하게 칭찬했을 겁니다.

하여튼 마왕의 힘으로도 보타락장의 힘을 손에 넣은 에리카 씨를 막을 수는 없었다. 뭐, 평소 힘으로도 충분하고도 남을 정도로 마왕을 압도하고 있으니 일부러 보타락장의 힘을 사용할 필요도 없었겠죠.

"하아, 괜히 체력을 쓰고 말았네. 1밀리 정도."

"1밀리나 깎았다니 훌륭하네요."

미리암의 노력에 아주 약간 감동하고 있자니.

"잠깐, 왜 그렇게 침착한 얼굴을 하고 있어 소이치!!"

"예?"

미리암에게 질책을 당했다. 복도에 굴러다니며 신음하고 있던 주제에 아직도 팔팔하다. 하지만 미리암의 얼굴에 떠오른 것은 묘하게 초조한 표정이다.

"큰일 났다는 걸 깨닫지 못한 거야!?"

"아니, 갑자기 그런 소릴 해도. 큰일이라니, 나중에 벌 받기로 정해진 거 말인가요?"

"벌!? 대체 무슨 소리야!?"

미리암이 이번에는 겁을 먹기 시작했다.

"그야 미리암의 계획이란 보타락장과 커플링을 만들어서 에리카 씨를 쓰러뜨린다는 거죠? 저한테는 숨기고 그런 계획을 진행하고 있었다니, 벌을 줄 수밖에 없잖아요."

"아, 아니야. 벌을 주지 않겠다면 가르쳐 주겠지만."

"알겠으니까 가르쳐 주세요."

거짓말입니다.

"그래, 다행이다……. 엄청 사악한 얼굴이라 믿을 수 없지만……. 저기 있잖아 소이치. 내가 작가의 능력을 이용해서 이 아파트와 커플링을 성립시키려 한 건 용사를 쓰러뜨리기 위해서만은 아니야. 그것도 목표 중 하나지만 원래 이유는 따로 있어."

"이유라니, 그건 대체."

"알겠어? 커플링의 결과로 인해 이 아파트를 마음대로 할 수 있다는 건, 이 보타락장에 있는 장치도 마음대로 할 수 있다는 거잖아. 평소의 나는 어떻게 할 수 없는 거라도 커플링만 성립되면 아무렇게나 다 할 수 있다는 거야."

"어떻게 할 수 없는 것, 이요……?"

마왕과 보타락장의 관계성. 마왕이 여기 있다는 것의 의미. 혹은 에리카 씨가 처한 상황. 세계를 멸망시키겠다고 늘 하는 헛소리.

머릿속에서 여러 생각이 돌아가고, 거기서 도출되는 한 가지 결론.

"……설마."

황급히 돌아본다. 거기 있는 것은 보타락장의 현관.

나와 처음 만났을 때부터 에리카 씨가 계속 불만을 쏟아내던 장소. 하지만 결코 통과할 수 없었던 부동의 장소.

자신이 도출하고 만 생각을 떨리는 목소리로 미리암에게 확인한다.

"설마, 보타락장의 결계도. 보타락장과 커플링된 지금의 에리카 씨라면 돌파할 수 있다는 겁니까!?"

"……그 말대로야. 그것이 내 원래 목적이었어."

미리암이 나의 예상에 고개를 끄덕인다. 맞지 않기를 바랐는데.

"작가의 힘을 빌리면 이 보타락장의 결계를 빠져나갈 수 있다고 생각했어. 온갖 것들 사이에 커플링을 성립시킨다는 저 작가의 능력만 사용하면."

"뭣!?"

"하지만 내 계획은 용사에게 탈취당해서 보타락장과의 커플링을 빼앗기고 말았어. 그렇게 되면 보타락장의 결계도 없는 거나 마찬가지가 되잖아. 그럴 수밖에. 보타락장 자체가 저 녀석

편이니까."

"그, 그거, 큰일이잖아요!!"

"그러니까 말했잖아!!"

결계가 효과를 발휘하지 못한다는 것은.

즉, 에리카 씨가 밖으로 나가고 만다는 것.

저 파괴 충동이 흘러넘치는 에리카 씨. 틈만 나면 멋대로 뒤틀린 원한을 품고 아무튼 세계를 부숴 버리려 하는 에리카 씨가 결계를 넘어, 자유의 몸이 되어 바깥에 풀려난다.

그것은 맹견의 목줄을 푸는 것과 같은 일…… 아니, 그런 수준이 아니다. 예를 들면 도화선에 불이 붙은 폭탄을 아무렇게나 던져 버리는 것 같은, 그 정도로 위험한 일.

"마, 막아야 해……. 아, 하지만 에리카 씨는 목걸이를 하고 있잖아요? 목걸이만 하고 있으면 밖에 나가도 그 기능이 발동할 텐데."

"무슨 소리야. 용사가 아파트와 커플링되었다는 건 아파트가 가지고 있는 힘, 말하자면 신의 힘 일부와도 커플링되었다는 거 잖아? 그 힘을 사용하면 이런 목걸이의 봉인쯤 무효화하는 건 쉬운 일 아니야? 이 목걸이도 원래는 신의 힘으로 작동하는 거 니까."

"우와아아아아아아!!!"

이제 어찌할 방도가 없잖아요!!

모든 것이 에리카 씨의 생각대로 움직이고 있다는 거다. 뭐, 애초에 계획을 처음 생각한 건 이 마왕이죠. 진짜, 나름대로 성실하게 하고 있다고 생각했는데 이 꼴이라니!

"역시 벌을 줘야겠어……!"

"나, 나에 대해선 좀 뒤로 미뤄도 되잖아!? 가능하면 그대로 잊어 주면 더 좋겠지만! 저, 저기 봐, 용사 녀석이 나간다!"

"……어?"

황급히 돌아본 내 눈앞에서.

"……자, 그럼."

에리카 씨가 이미 움직이고 있었다. 목표는 다름 아닌…… 보타락장의 현관이다.

그대로 훌쩍 현관문 앞에 당도하더니 손을 댄다.

"거기 있는 마왕이 다 말해 줬으니, 나는 아무 할 말도 없겠어."

"에, 에리카 씨!?"

"그럼, 다녀올게!!"

"자, 잠깐 기다려 주세요!!"

황급히 달려가 에리카 씨의 앞길을 막는다. 트럭 앞에 뛰어드는 듯한 기분으로 크게 팔을 벌리고 제동을 걸었다.

"제발, 제발 잠시만 기다리세요!!"

"어라, 소이치. 설마 나를 막으려고 하는 걸까."

"하지만 막지 않으면 세계를 멸망시키러 갈 셈이잖아요!? 이대로 보타락장의 결계를 빠져나가서!!"

"응."

"전혀 부정하지 않는 점이 이젠 오히려 안심되네요!!"

하지만 이렇게 새삼 마주한 에리카 씨의 위압감은 무시무시하다.

마치 처음 만났을 때를 재현한 것 같다. 터무니없는 힘을 감추고 있다는 것을 몸으로 깨닫게 되어 마음이 꺾일 것 같다. 몇 차례나 전화(戰火)를 뛰어넘어 온 영웅의 진심을 온 몸과 마음으로 체감한다.

그래도 나는 여기서 물러날 수 없다.

이제 망설이지 않는다. 나의 온 힘을 걸고, 목숨마저 던질 각오로 에리카 씨를 반드시 막는다! 그것이야말로 내가 할 수 있는 일이다! 그러니까 뭐든 다 덤비라는 기세로 온몸을 내밀고!!

"……저기, 제발 다시 생각해 주실 수 없을까요."

있는 힘껏 저자세로 나가는 나였다.

하지만 어쩔 수가 없잖아요, 이길 수 없으니까.

보타락장 그 자체를 한편으로 삼은 거나 다름없는 지금의 에리카 씨에 비하면 나는 거의 잡초 비슷한 거다. 걷다 보면 자연스럽게 짓밟아 버리고 심지어 전혀 눈치채지도 못하는 그런 녀석입니다.

"엥—. 다시 생각하라고 해도, 세계를 멸망시키는 건 이미 결정된 사항이거든. 다시 생각한다 해도 이젠 어떻게 부술지밖에 달라지지 않을걸."

"그, 그걸 어떻게 좀! 제발, 부수지 않는 방향으로 갈 수 없을까요!!"

"아무리 깎아 줘도 9할 정도가 한계야."

"……9할이라면, 세계의 9할 말씀인가요. 그거 별로 차이가 없는 것 같은 느낌이 드는데요."

"아니, 지구의 9할을 가져가려고."

"그만큼이나 부수면 그냥 우주의 먼지로 사라지잖아요!? 안돼요! 소중한 지구를 부수면 절대로 안 됩니다!!"

"흐─음, 소이치는 지구를 부수면 안 된다고 말하는 건가."

"네, 네에!!"

"그건 즉, 나한테 노력해서 더 커다란 걸 부수라고 응원해 주는 걸까."

"딱히 응원하진 않는데요. 아무것도 부수지 말아 달라는 거예요!!"

"좋아, 의욕이 생겼어. 우선은 태양부터 가자!!"

"의욕 내지 말아 주세요. 부탁이니까!!"

"태양 다음은 커다란 순으로 돌아볼까. 그런 느낌으로, 역시, 세계를 멸망시키겠습니다."

아무리 그래도 태양을 멸망시키다니 무리겠지 하고 생각하면서도, 에리카 씨라면 해 버릴 것 같은 위기감이 느껴지는 것도 사실이었다. 그만한 파괴를 펼치는 상대라면 내가 어떻게 애를 쓰든 무리겠지요. 그런 우주적 존재, 어쩔 도리가 없습니다.

"그럼 소이치가 응원도 해 줬고, 태양을 부수러 다녀올게."

"그러니까, 가능한 거예요? 애초에 어떻게 태양까지 가시려고요."

"뭐, 어떻게 되겠지. 여차하면 미사일이라도 타고 가면 되고. 그럼 바로, 렛츠 고─!!"

"앗!!"

에리카 씨는 나를 밀어젖히고 현관문에 손을 댄다. 지금까지 에리카 씨가 지겹도록 지나가려다 고생했던 현관문이 너무도 쉽게 열려 버리고.

"그럼 소이치, 다녀올게 ♪"

에리카 씨는 누구에게도 제지당하는 일 없이 밖으로 나가고 말았다.

세계를, 멸망시키기 위해서.

그리고 남겨진 나는.

"어, 어쩌지……!"

보타락장 현관 앞에서 무릎을 꿇을 수밖에 없었다. 내 옆을 "지금이다!" 하고 외치며 튀어 나간 미리암이 결계에 가로막혀 나뒹군 것에도 반응을 할 수 없다.

에리카 씨라는 데스트로이드 몬스터는 풀려나고 말았다.

태양을 부순다고 했지만 아무리 용사라 해도 그리 쉽게 태양까지 도달할 수는 없을 터. 아니, 그보다도 태양이 파괴되면 곧장 알게 되겠죠. 그리 될 경우는 완전히 늦은 거겠지만.

하지만 이제 시간이 없다. 에리카 씨가 태양부터 차례대로 세계를 멸망시켜 버리기 전에, 아마도 마지막 기회가 될 이 시간에 내가 공략해야 할 것은.

"……엔죠 선생님!!"

모든 것의 근원. 엔죠 선생님과 담판을 지어 능력을 멈추게 할 수밖에 없다.

그래서 창고를 향해 달린다. 전설의 작가와 마주하기 위해.

복도를 필사적으로 달려, 엔죠 선생님이 있던 창고에 뛰어든다. 거기 없으면 이제 모든 것이 아웃이겠지. 창고 안을 필사적으로 둘러보니.

"……………………."

"……엔죠 선생님!?"

그녀는 창고 구석에서 죽어 있었다.

매미보다 더 쉽게 죽네요, 이 사람.

그리고 시체에 익숙해지기 시작한 제게 미래는 있는 것일까요.

정성스럽게도 흉기인 듯한 나이프가 근처에 떨어져 있고 손가락으로 다잉 메시지 같은 것도 쓰여 있다. 참고로 메시지에는 '로보' 같은 것도 쓰여 있는데, 그것만 가지고는 범인이 저라는 걸 특정할 수 없잖아요. 미래에서 터미네이터가 공격해 온 걸지도 모르고.

"저기, 엔죠 선생님. 왜 또 죽은 겁니까."

"저, 저는 죽은 사람이니까 대답할 수 없어요."

"으음."

참 촌스러운 농담을 들이대네요. 이 사람. 요즘 건 이만큼이나 촌스럽지 않다고요. 지난 세기의 농담이에요. 아무렇지 않게 질문한 저도 잘못이지만요.

"죽은 사람이라도 별로 상관없으니까, 대답해 주시겠어요?"

"눈을 뜨면 세계가 멸망해 있기를 기대하고 있어요. 온통 황야, 마감이 없는, 아예 아무것도 없는 세계가 있는 게 아닐까 기대하며 죽어 있어요."

"눈 뜰 때 너무 흉흉한 거 아닌가요……."

그러자 엔죠 선생님이 희미하게 눈을 뜬다. 주위의 모습을 슬쩍 확인하려고 한 거겠지만 당연하게도 눈앞에 있는 나를 발견하게 되었다.

"이, 이, 인간이 있어!!"

"그야 인간이 있죠, 평범하게. 거리에 나가면 엄청나게 많은 인간이 있을 거라 생각하는데요."

"내, 내 영역인 방에, 이렇게 가까이 인간이 있었다니! 여기선, 으음, 어어, 죽은 척할 수밖에!!"

"그건 이제 됐거든요."

"척으로 안 된다면…… 진짜로 죽으라고?"

"진짜로도 안 된다니까요!!"

엔죠 선생님을 일으킨다. 이제 놓칠 수는 없다.

"중요한 이야기가 있습니다."

"시, 싫어요. 안 돼요. 거부하겠어요! 저는 할 이야기 같은 거 없어요!!"

"그쪽이 없어도 이쪽에는 있다고요! 됐으니까 한시라도 빨리 에리카 씨에게 사용한 능력을 어떻게 해 주세요! 이대로는 세계가 멸망당하고 말지도 모른다고요!!"

"그, 그건, 제가 부탁한 거니까 어쩔 수 없어요."

"세계가 멸망하는 걸 어쩔 수 없다고 할 셈입니까!?"

"하지만 어쩔 수 없잖아요! 그렇게 말할 수밖에 없는 일이에요!!"

"그건 틀렸어요!!"

"이미 결정한 일이에요! 숙고하고, 고려하고, 묵고한 끝에 내린 결론이에요! 그러니까 이제 방해하지 말아 줘요!!"

"엇, 우와악!!"

엔죠 선생님이 외치자 창고 바닥이 엄청난 기세로 굽이쳐 나를 방 밖으로 튕겨냈다. 낙하 자세도 취하지 못하고 거꾸로 뒤집어진 내 눈앞에서 문이 큰 소리를 내며 닫힌다. 황급히 달려가 문을 열려 하지만 열리지 않는다.

"엔죠 선생님, 열어 주세요!!"

"아, 안 돼요. 이미 문과 벽을 커플링해서 이 문은 이제 벽이에요. 거기다 책장이랑 침대 매트랑 온갖 것들을 커플링해서 강고한 바리케이드로 바뀌었어요! 이제는 쉽게 무너지지 않고, 나갈 수도 없어요."

"평생 거기 있을 작정이세요!?"

"내가 이 영역에서 나갈 때는 곧 나의 생명이 다할 때⋯⋯! 지금의 내게는 생애 전부를 이 영역에 기거한 채 보내겠다는 각오가 있다!!"

"그 강한 각오를 왜 밖으로 돌리지 않는 겁니까!?"

"그대가 무슨 말을 하든, 나의 영역과 나의 유대는 결코 끊어지지 않는 것! 이 인연을 끊고자 한다면, 나는 수라의 검으로 화하여 그대를 치리라!!"

왜인지 문장을 쓸 때의 분위기로 돌아가 버린 엔죠 선생님.

종말을 앞에 두고 인간이 싫은 걸 잊어버릴 정도로 자포자기한 건가.

그 필사적인 말을 듣고 있으니 이쪽은 반대로 냉정해진다. 그래, 여기서 엔죠 선생님을 섣불리 몰아세우면 그저 방에 틀어박히기만 할 뿐 일이 진전되지 않는다. 그나마 내가 사용할 수 있는 말이라는 무기로 맞설 수밖에 없다.

문 너머로 살며시 말을 건다.

자극하지 않도록 천천히.

"엔죠 선생님은 어째서 그렇게까지 도망치려고 하는 거지요."

"그야, 마감이, 온다고요."

"그 마감이 얼마나 힘든지 저는 모르지만. 그래도 그 길을 선택한 건 엔죠 선생님 자신이잖아요. 그렇다면 제대로 마주 보지 않으면 안 되잖아요."

"마주 보면 죽어 버려요."

"뭐야 그 악마 같은 놈! 그런 게 아니잖아요? 그건 작가로서 당연히 있어야 할 것 아닙니까? 엔죠 선생님이 정한 작가라는 길 끝에 그것이 있다면 받아들여야 합니다! 애당초, 전설의 작가로서 지금까지 몇 번이나 그 마감을 뛰어넘어 오신 거죠?"

"넘어 왔어요. 완전히 지쳐 버릴 정도로."

"······엔죠 선생님."

메마른 목소리.

그것은 마음 깊숙한 곳부터 마모되었다고 생각될 만큼 가늘고 작은 목소리.

"그래요. 이번에도 그랬어요. 마감이 닥쳐온다는 건 저도 잘 알고 있어요. 작가니까, 몇 차례나 되는 마감을 넘어서서 저는 여기 있어요. 하지만 이번에는 정말로 어쩔 도리가 없었어요."

"그건."

"필사적으로 쓰려고 해도, 아무것도 떠오르지 않아. 전혀 펜이 움직이지 않아. 마치 늪에 빠진 것 같았어요. 괴롭고 괴로워서 정말 진짜로 죽어 버릴 것 같아요. 이렇게 싫은 생각이 들 거라면 이제 아무것도 필요 없다고 생각할 정도로."

고뇌에 넘치는 그 말.

"……그래서, 저는 결정했어요."

"도대체 무엇을요?"

"이대로는 침몰해 갈 뿐이고 아무것도 쓸 수 없다면. 마감만 다가올 거라면. 어떻게든 기분을 전환해야 해요."

"……네."

"그래서 방 청소를 했어요."

"……네?"

내 반응은 개의치 않고 엔죠 선생님은 열에 들뜬 듯이 이야기하기 시작한다.

"방 청소를 끝내자 몸이 더러워져서 샤워를 했어요. 그랬더니 졸려서 낮잠을 잤어요. 일어났더니 배가 고파서 숨겨둔 비장의 과자를 먹었어요. 덤으로 콜라랑 피자도 먹었어요. 그랬더니 다시 졸려서 저녁잠을 잤어요. 일어났더니 몸 마디마디가 아파서 운동을 해서 땀을 흘렸어요. 땀을 흘렸으니 샤워를 하고 손톱을 깎았어요. 그랬더니 졸려서 밤잠을 잤어요. 일어났더니 시계가 한 시간밖에 안 지나서 여유 있으니까 한숨 더 잤어요. 다음에 일어났을 때는 왜인지 날짜가 두 개 정도 바뀌어 있었지만, 침착하게 녹화해 둔 텔레비전을 봤어요. 하는 김에 게임을 하고 소셜 게임에 과금을 하고 인터넷 서핑을 즐겼더니 다시 졸리길래 얌전하게 잠을 자 봤더니 어머나 신기해라."

거기서 엔죠 선생님은 말을 끊더니.

자못 큰일이 났다는 듯이.

"놀랍게도, 남은 시간이 없어져 있었어요!!"

"당연한 결과잖아!!"

하나도 놀랄 부분이 없는 노 서프라이즈였잖아!!

하지만 엔죠 선생님은 자기 말에 전혀 의문을 품지 않는지.

"깨닫고 보니 시간이 모자라다, 이건 아무리 생각해도 마감 때문이에요. 비열하게도 마감 쪽에서 저에게 다가와서 제 시간을 빼앗은 거예요. 이런 건 결코 용서할 수 없어요."

"뭐라고요!?"

"시간이 없어져 버린 이상, 제가 할 수 있는 일은 이제 마감이라는 개념을 파괴하는 것밖에 없어요! 마감이란 건 상상 이상으로 강대한 적, 그리 쉽게 파괴할 수는 없지만 세계와 같이 한꺼번에 파괴해 버리면 그만한 놈이라 해도 잠시도 버티지 못하겠죠! 그래서 하이자키 씨에게 부탁했어요! 그냥 아예 전부 없애 버리라고! 모두 다 같이 날려 버리면 어떻게든 될 거라고!!"

"…………."

"마감을 이 세계에서 소멸시키겠어! 과거 현재 미래에 걸쳐 마감이라는 것이 존재했던 증거를 근원부터 지워 버리는 것. 그 것이야말로 지금까지 마감에 고통받아 온 내가 날리는 반격의 효시예요!!"

"…………아 그래요."

주눅 들지 않고 쏟아내는 그 말에 나도 각오를 했다.

영웅에게 맞설 각오를.

"그래요, 그렇습니까. 뭔가 여러 가지 사정이나 중대한 이유 가 있었던 것 같은 기분도 들지만 결국은, 방종하게 생활하고 있었더니 마감이 와 버렸다. 그걸 얼버무리기 위해 아예 세계를 멸망시키겠다, 엔죠 선생님은 그렇게 말씀하시는 거죠."

"네, 그래요!!"

"그렇다면. 그렇게, 구제할 도리가 없는 소리를 태연하게 하 시는 거라면. 저도 생각이 있습니다."

주머니에서 디바이스를 꺼낸다. 홈 화면을 클릭해 다른 화면 을 불러낸다. 긴급 시 사용이라고 쓰인 화면. 웬만한 일로는 쓸 일이 없을 거라고 생각했다.

하지만 지금, 웬만한 일이 일어났으니까요.

저도 망설임 없이 앞으로 나아가겠습니다.

비밀 패스 코드를 쳐 넣자 화면이 바뀐다.

그것은 눈이 번쩍 뜨일 것 같은 선명한 푸른색.

그것은 종국에 이르기 위한 파랑.

"대 영웅용 강제집행 앱 「영웅실각」, 기동."

【네에 주인님, 마침내 이 기능을 해방시킬 사태가 온 것이군요! 그 은근한 봉인을 풀 때가 왔다고요. 알겠습니다. 이 시쨩도 이제 각오를 하겠습니다! 본 디바이스에 봉인된 앱, 그 이름도 「영웅실각」. 만반의 준비를 갖추고 지금 기동합니다! 자아, 주인님, 이 힘을 마음껏 휘둘러 영웅을 마음대로 움직입시다! 그래요, 마치 동인지처럼! 예─이!!】

메시지가 표시됨과 동시에 특수 프로그램이 디바이스 안에서 가동된다.

그리고 수열 하나와 버튼 하나를 출력했다. 그 버튼을 누르면 표시된 수열…… 전화번호의 주인에게 곧바로 연락이 가게 되어 있는 것이다.

곧장 기동하려고 디바이스에 손가락을 댄다.

"자, 잠깐 기다려 주시겠어요!?"

어느새 창고에서 나왔는지 끼어든 엔죠 선생님이 제동을 걸었다.

그 얼굴에는 조금 전까지의 여유가 없다. 대신 심상치 않은 초조한 빛을 띄우고 있다. 그만큼이나 틀어박혀 있던 방에서 나왔다는 것만으로도 여유가 없다는 것을 알 수 있다.

그녀는 내가 가지고 있는 디바이스를 뚫어지라 쳐다보며, 떨리는 손가락으로 화면에 표시된 번호를 가리킨다.

"저, 저기, 거기 쓰여 있는 번호는, 설마⋯⋯."

"네, 지금부터 전화를 걸려고요."

"그, 그만두세요! 그 번호는 엄청나게 몹쓸 것이란 느낌이 들어요! 뭐라고 할까, 세, 세계의 파멸로 이어지는 위험한 느낌이 든다고요! 나의 몸에 치명적인 멸망을 초래하려 하는 몹시도 불길한 번호 같은! 한번 그 번호가 풀려나면 세계에서 가장 두려운 것이 만반의 준비를 하고 여기에 강림할 것 같은! 그, 그러니까!"

"그러신가요?"

"네, 네."

"하지만 세계는 거의 멸망하기 일보 직전인 것 같으니 위험하다 어쩐다 하는 것도 새삼스럽네요. 누구 씨 때문에 이미 너무 위험해져서 손쓸 도리가 없으니까 말이죠. 그런고로, 눌러 볼까요."

"히이이이이 안 돼애애애애!!!"

엔죠 선생님은 갑자기 내 손에서 디바이스를 쳐서 떨어뜨리려고 했지만, 직전에 내가 손을 움츠렸기 때문에 헛손질로 끝났다.

"갑자기 왜 그러시죠, 엔죠 선생님."

부들부들 온몸을 떨고 있는 엔죠 선생님에게 말을 건다. 스스로도 알 수 있을 만큼 차가운 목소리로.

"이 번호에 전화를 걸면 뭔가 불편한 일이라도 생깁니까."

"어, 아, 그런 건, 없지만."

"딱히 숨기지 않아도 물론 알고 있어요."

"어?"

"그래요. 그 전화번호는 엔죠 선생님도 잘 아시는 분. 과거 전설의 작가 엔죠 츠즈리를 담당하셨던 편집자님께 연결됩니다."

"흐이이이이이이이익!!!"

엔죠 선생님이 견딜 수 없다는 듯이 비명을 질렀다.

그렇다. 이것이야말로 내가 만일을 위해 준비해 두었던 것.

디바이스의 숨겨진 기능인 대 영웅용 강제집행 앱 「영웅실각」.

그것은 내가 보타락장의 주민인 영웅들에 대항해 가지고 있는 유일한 히든카드이다.

구제불능 인간으로 바뀐 영웅의 약점을 여러 기록으로부터 자동으로 판단하여 본인이 어려워하는 상대에게 전화를 거는 것뿐인 수수한 기능이다. 하지만 그것은 특정한 영웅에게는 그야말로 히든카드가 될 만한 위력을 감추고 있다.

인간에게는 누구나 타인이 건드리지 않길 바라는 것이 존재하고, 그것은 영웅이라 해도 예외가 아니다.

현재 이 「영웅실각」이 통용되는 것은 다소나마 사회·타인과 연결되어 있는 상대뿐이므로, 예를 들어 에리카 씨나 미리암 같이 초연한 분들에 대해서는 의미가 없는 기능이다. 하지만, 그렇지 않은 상대…… 사몬지 씨나, 이번의 엔죠 선생님 같은 상대에게는 그야말로 필살의 효과를 지닌다.

"냐히이이이이이이이이이!!!"

상대를 찌르기 위한 무기를 등 뒤에 숨기고 있는 거나 마찬가지인 이것은, 말하자면 영웅을 믿지 않는 행위. 영웅에 대한 배신이라고도 할 수 있는 비겁한 행위지만.

뭐, 구제불능 인간이 상대라면 딱히 망설일 필요도 없겠지요. 오히려 팍팍 쓰는 게 좋겠죠. 강제적이긴 해도 전화 한 통으로 영웅의 협력을 얻을 수 있다면 그야 쓰고말고요.

"햐우우우우우우우우우우우우!!!"

이번에 「영웅실각」이 표시한 것은 엔죠 선생님이 가장 어려워하는 편집자의 전화번호. 지금 그 인물에게 직통으로 전화가 연결되려 하고 있다.

그분을 직접 뵌 적은 없지만 엔죠 선생님의 이 리액션을 보면 꽤나 엄격하고 강한 존재겠지 싶군요. 편집자의 업무는 잘 모르지만 엔죠 선생님에게는 천적이라고 부를 수 있는 존재겠지요.

"누오오오오오오오오오!!"

한바탕 괴성을 지르던 엔죠 선생님은 필사적인 형상으로 내 발 끝에 매달린다. 얼굴이 무서워요. 인간이 싫다면서 지금까지 나한테 닿으려고도 하지 않았는데 이런 꼴이 되다니.

"부, 부탁이니까 그 사람에게만은 비밀로 해 주세요!!"

"그렇게 겁을 먹다니……. 도대체 무슨 짓을 당하는 겁니까."

"마, 마감이 무서워서 잔뜩 폐를 끼치고 있었다는 게 그 사람에게 발각되면, 절대로 여기 온다구요! 바람보다 빠르게 제가 있는 곳에 달려와요! 제가 능력을 써서 방해해도 아무렇지 않게 돌파하고 온단 말이에요! 마그마나 격류로도 막을 수 없다니 이상해요! 그, 그런 건 단순한 편집자가 할 수 있는 일이 아니에요! 그놈은 그렇게 등 뒤에 바짝 다가와서는, 나의 원고가 완성되는 때를 보기 전까지는 결코 떨어지지 않는 무시무시한 사태가!!"

"그 말씀을 들으니 꼭 만나 뵙고 싶네요!"

"그만둬요! 하지 마!!"

이젠 캐릭터가 바뀌어 버렸잖아요.

"아니 그런데 엔죠 선생님, 인간이 싫다면서 이렇게 제게 접근해도 괜찮은 겁니까. 이젠 죽거나 그러지 않으시나요."

"죽고 있을 때가 아니야! 아무래도 좋아요, 그런 건!!"

"아무래도 좋았던 거구나⋯⋯."

"이제는 이 몸이 저승에 잠겨 있을 때가 아니다! 이 위급한 사태, 나의 생이 끊기려 하는 이때에 의미 없는 일은 불필요하다!!"

"저기, 또 말투가 이상해졌거든요?"

"그, 그런 것보다, 지금은 어떻게 이 역경을 함께 헤쳐 나갈지 생각할 때예요! 그래, 예를 들면, 그 디바이스를 파괴⋯⋯."

"이거, 신이 직접 만든 거라 쉽게 부서지지 않는대요. 코끼리는커녕 드래곤이 밟아도 부서지지 않는 강도라던가? 참고로 바로 지금 보안 업데이트가 있었으니 이젠 해킹도 안 될 거라 생각합니다."

"그, 그렇다면 지금 바로 어딘가 모르는 땅으로 도망칠 수밖에 없어요! 가능한 한 극점에 가깝고, 그러면서도 통판 범위 내이고 더구나 인터넷이 연결되는 곳으로! 도망이에요, 도주예요, 도피예요!!"

"그다지 상관은 없지만, 그렇게 하면 편집자분을 떨쳐낼 수 있나요."

"무, 무리예요……. 땅 밑에 숨어도 절대로 쫓아올 거예요. 지하 100000층도 아무렇지 않게 돌파할 게 틀림없어요. 편집자가 행동 불능이 되는 전류 같은 게 흐르는 땅은 없을까요."

"없어요, 그런 곳은."

"그, 그럼, 편집자의 뇌에만 작용하는 바이러스를 지금부터 만들 수밖에!"

"그만두세요."

"우우우……."

고개를 떨구고 마는 엔죠 선생님. 정말 진심으로 그 편집자를 두려워하는 것 같다. 뭐, 기본적으로는 자업자득이니 별로 동정도 안 가지만요.

그보다, 상대가 편집자라면.

"그 사람은 작가인 엔죠 선생님에 대해서 잘 이해하고 계시는 거죠? 그렇다면 편집자를 만족시키면 그걸로 어떻게 되는 거 아닌가요."

"그것도 무리예요. 그 사람은 정말 무섭고, 엄격하고, 쉽사리 만족해 주지 않으니까."

"그럼 상대가 만족할 정도의 소설을 쓰면 되잖아요?"

내가 무심히 던진 말에.

엔죠 선생님의 움직임이 멎었다.

허공을 바라보며 우뚝 서 있는 엔죠 선생님.

"…………………."

그리고 곧장 눈동자가 격렬하게 움직이기 시작한다. 뭔가를 필사적으로 계산하고 있는 것처럼.

이윽고 진지한 얼굴로 내 쪽을 향했다.

그것은 전에 본 적 없을 만큼 진지한 표정이다.

"……세계가 멸망할 때까지, 앞으로 어느 정도 시간이 걸리나요."

"으음, 1분 정도일까요. 앗, 그러고 보니 벌써 그렇게 되어 버렸잖아요! 이런 위기는 지금까지 없었는데!? 지금부터 어떻게 할 수 있는 겁니까!?"

"……문제없어요."

엔죠 선생님은 일어서었다. 그 눈동자에는 이미 불안도 공포도 없었다.

대신 손쓸 방도가 없을 만큼 구석에 몰린 사람 특유의, 각오라고도 뻔뻔함이라고도 할 수 있는 것이 떠올라 있다.

그리고 황급히 자기 방에 뛰어 들어간다.

말없이 지켜보는 내 앞에서, 우당탕탕 하고 온 방을 뒤집는 듯한 소리가 들리고.

"……!!"

몇 초 후, 문이 거세게 열리고 엔죠 선생님이 충혈된 눈을 크게 뜨며 나타났다.

그 손안에는 아까처럼 원고용지가 쥐어져 있다.

다만 아까와 다른 점이 하나. 손에 든 원고용지, 아마도 수백 장분의 두께일 그것은 검게 물들어 있다. 작은 글자로. 엔죠 선생님이 새긴 문장에 의해, 빼곡히, 검은색으로 물들어 있다.

　그것은 곧.

　"소설, 완성했어요! 이번에야말로 진짜로!"

　"이렇게 단시간에!?"

　"능력을 써서 시간과 간식으로 사 온 떡을 억지로 커플링해서 최대한 시간을 늘렸어요! 그리고 또, 저의 뇌와 아드레날린을 강제로 커플링했어요!"

　"그, 그런 말도 안 되는 짓을……."

　"말이 안 되건 뭐건, 이렇게 할 수밖에 없었으니까! 그래요, 마감에 겁먹고, 편집자의 습격에 떠는 나날에서 빠져나오기 위해서는!!"

　"에, 엔죠 선생님……."

　그만 감동하고 말았다.

　역시 이 사람은 전설의 작가. 역사마저도 움직일 정도로 위대한 작가다!!

　뭐, 처음부터 이 사람이 질질 끄는 바람에 이렇게 큰 사태가 되었다는 걸 떠올리고 곧바로 식어 버렸지만요.

　애초에 이렇게 단시간에 완성할 수 있는 거였다면 처음부터 그렇게 해 달라고요. 만난 지 몇 초 만에 해 줬더라면 이 정도로 귀찮아지지는 않았을 거 아니에요.

　"쓰고 싶을 때 쓸 수 있다고 단정할 수 없는 게 작가니까요."

　"그렇지도 않은 것 같은데요……."

　"아무튼!"

엔죠 선생님은 원고용지를 들어 올리고 드높이 선언한다.

"이제 나를 몰아붙이는 것은 아무것도 없어요! 즉, 저 증오스러운 마감도 이제 사라졌다는 거예요!!"

엔죠 선생님의 외침과 함께.

세계가, 갑자기 가벼워진 듯한 느낌이 들었다.

마치 있어야 할 것이 있어야 할 곳으로 돌아간 듯한 느낌.

"……세계가, 원래대로 돌아갔어?"

아마도 엔죠 선생님의 능력이 해제된 것이겠지.

이미 재앙이 닥쳤을 시각을 지났는데도 세계는 이렇게 유지되고 있다.

마감이라는 위기를 뛰어넘음으로써 능력 폭주가 멈추고 세계가 정상으로 돌아간 것이다.

텔레비전을 켜 보아도 거기에는 익숙한 광경이 펼쳐져 있을 뿐.

그런데 꽤나 갑자기 원래대로 돌아갔는데, 사람들의 감정이나 기억이나 여러 가지로 괜찮을까요. 나중에 제대로 신께 확인해 두도록 하죠.

아무튼, 세계는 구원받았다.

정말로 여러 일들이 있었지만, 거의 멸망하기 직전까지 갔던 것 같은 기분도 들지만, 이번에도 어떻게든 세계를 구할 수 있었던 거다.

하지만 조금도 구한 것 같은 느낌이 안 드는 건 어째서일까요.

기본적으로 엔죠 선생님 한 사람만 결단을 내리면 어떻게든 될 문제였기 때문인지도 모르겠네요. 구제불능 인간 한 명이 이렇게까지 세계를 몰아넣다니, 그거 정말 못 쓰겠다고밖에 할 말이 없네요.

"그래도, 다행이다……."

무심결에 안도의 한숨을 내쉰다.

이걸로 끝이라고 단언할 수는 없다. 또 다음 문제가 닥쳐올지도 모른다. 그러니 긴장을 늦추지 않고 꾸준히 해 나가는 것이 나의 사명이겠지.

그래도, 지금은.

조금이라도, 세계를 구했다는 사실에 푹 잠겨 있고 싶다고 생각했습니다.

"자, 그럼……."

이제부터 해야 할 일에 대해 생각한다.

엔죠 선생님의 능력이 풀렸다는 것은 즉, 그 능력에 영향을 받고 있던 것도 원래대로 돌아갔다는 얘기인데.

그때 디바이스에 반응이 왔다. 전화가 걸려온 것이다. 옆에서 엔죠 선생님이 "또 전화!? 마감 자식은 쓰러뜨렸을 텐데!" 어쩌고 외치면서 몸부림치고 있는 건 뭐, 무시하도록 하죠.

"네, 카노야입니다."

"아, 소이치?"

전화의 주인은 에리카 씨였다.

아까, "태양을 멸망시킬 거야!"라는 황당무계한 소리를 하면서 보타락장 밖으로 뛰쳐나간 에리카 씨. 내버려 두면 분명히 태양을 파괴하고 그대로 세계를 멸망시켰을 어마어마한 구제 불능 인간.

"있잖아, 츠즈리한테 좀 물어봐 줬으면 하는데. 어쩐지 내가 조금 전까지 느끼고 있던 만능감이라고 해야 하나, '자아, 세계를 멸망시키자!' 하는 느낌이 없어졌는데, 그쪽에 무슨 일 있었어?"

"아아, 그거라면 제가 대신 대답해 드릴게요."

"엥, 소이치가? 왜?"

"엔죠 선생님은 피곤하신 것 같으니까요. 너무 피곤해서 지금은 복도에서 주무시고 계세요. 여러 일들이 있었지만, 엔죠 선생님은 무사히…… 무사한지 어떤지는 잘 모르겠지만, 마감을 넘었습니다."

"그래. 그거 힘들었겠네."

"네. 힘들었지요. 하지만 엔죠 선생님은 어찌어찌 그 어려움을 뛰어넘어 주셨어요. 따라서 이제 능력을 쓸 필요도 없어졌습니다."

"헤―. 그렇구나……. 어라? 그럼, 그건."

"그런고로, 엔죠 선생님의 능력은 이미 발동을 멈췄고 에리카 씨와 보타락장의 커플링도 원래대로 돌아갔다는 겁니다."

"저기, 소이치? 그게 무슨 소릴까. 내가 아까부터 길가의 돌멩이도 부수지 못할 만큼 약체화된 거랑 상관이 있는 걸까. 이제 움직이지 못할 정도로 몸이 힘든데. 수행이라도 하는 것처럼 중력이 무거워서."

"그건 뭐, 목걸이의 봉인이 부활했으니까요. 지금의 에리카 씨는 보타락장 밖에 나가 있으니 대단한 힘은 없을 거라 생각해요."

"그럼 내가 지금 근처 고양이한테 질 것 같은 것도 그 탓이야!?"

"보통 사람이라면 고양이한테는 안 질 것 같은데……."

"금붕어한테는 어찌어찌 이겼지만!!"

"아니 어떻게 금붕어랑 싸운 거예요."

"아, 아무튼, 츠즈리의 능력이 없어졌다니, 그럼 내 계획은 어떻게 되는 거지!? 태양을 파괴하고, 거기서 운석을 타고 지구로 귀환하면서 엄청난 펀치를 핵에 꽂아 넣어서 세계를 멸망시키는 계획은!?"

"그런 계획 좀 세우지 마세요."

"너무해, 소이치! 왜 그런 말을 하는 거야!?"

"에리카 씨가 세계를 멸망시키려고 하니까 그렇죠! 심지어 이번에는 엔죠 선생님의 능력을 이용해서, 더구나 미리암의 계획까지 빌려서 결계를 공략하려고 하다니! 그런 치사한 짓을 하니까 안 되는 거예요!!"

"하지만 어쩔 수 없잖아!? 자신이 어떻게든 하고 싶은 일이 있고 그걸 이루기 위한 힘이 있으면, 그건 써야지!? 마구 써 버려야지!?"

"쓸지도 모르겠지만, 에리카 씨의 경우는 그 목적이 정말 몹쓸 거니까 하는 말이잖아요! 세계가 멸망하기라도 하면 모두가 곤란해진다고요! 특히 이번에는 세계가 통째로 휘말렸으니까!!"

"그건 안 되지, 세계가 혼란에 빠지면 위험하잖아. 그렇다면 아예 0으로 돌리는 건 어떨까."

"……에리카 씨?"

"노, 농담이야 소이치. 그렇게 무서운 목소리는 안 내도 되잖아. 좀 진정하자."

대답하는 에리카 씨의 목소리에는 평소 같은 위세가 없다.

바깥 세계에 풀려나 바야흐로 세계를 멸망시키려 하던 차에 갑자기 능력이 해제되어 초장에 꺾이는 꼴이 되어서. 그래서 기력이 꺾여 버린 거겠죠.

그런 기력이라면 평생 꺾인 상태로 있어 줬으면 좋겠지만요.

"다녀왔어! 지금 왔어!"

"I'm back."

"후우, 이번에도 상당히 가혹한 싸움이었군."

보타락장의 현관문이 열린다.

제각각 귀환 보고를 하면서 모습을 보인 것은 꽤나 한참 전에 나간 영웅들.

"어쩐지, 깨닫고 보니 모든 만주의 앙금이 원래대로 돌아가 있던데 무슨 일이 있었어? 화과자랑 양과자의 콜라보는 어떻게 됐어?"

"How are you?"

"음, 통학로도 평소의 순서로 돌아간 것 같다. 그놈들, 갑자기

나만 남기고 사라지고 말았지만……. 나의 뜨거운 마음이 결국은 통한 것이로군."

료코 씨, 쿠로 씨, 사몬지 씨.

이놈이고 저놈이고 다 이번 소동에 도움이 안 됐던 분들입니다. 뭐라고 할까, 너무나도 등장을 안 해서 약간 존재를 잊고 있었다고요.

세계가 멸망의 위기에 처했는데 주어진 사명을 다하지 않고, 그러기는커녕 모든 것이 끝난 다음에 이렇게 어슬렁어슬렁 나타나는 모습. 이 자식들이 좀 더 애써 줬더라면 피해가 전 세계로 확산되는 것도 막을 수 있지 않았을까요. 제일 중요한 장면에 정말로 도움이 안 됐던 구제할 방도가 없는 영웅들.

그런 구제할 방도가 없는 무리에게 나는.

"아아, 여러분. 딱 좋은 타이밍에 오셨네요."

""""어!?""""

가볍게 다가오던 발이 동시에 멎는다. 모두 뭔가 무서운 거라도 본 듯한 얼굴을 하고 계시는데, 무서운 일은 아무것도 없답니다.

그저, 조금만, 설교를 할 뿐이니까요.

"그 러 면 여 기 앉 아 주 시 겠 습 니 까."

"어어, 내 앙금이 갑자기 마르기 시작했는데."

"Why?"

"공기가 소리를 내며 진동하고 있군, 대체 무슨 일이."

이 세계의 멸망을 앞에 두고, 아무것도 하려 하지 않고 그저 자신들의 욕망대로 행동했던 보타락장의 전직 영웅들에게.

"아, 엔죠 선생님. 종이 박스에 들어가 있어도 괜찮으니 거기 있어 주세요."

"히익!?"

스스로 세계를 대혼란에 빠뜨리고, 게다가 타인의 손으로 세계를 멸망시켜서 모든 것을 무마하려 했던 구제할 방도가 없는 작가에게.

"도 망 치 지 말 아 주 세 요 ?"

"히이이이이이이이익!?"

"그럼, 지금부터 마중 갈게요, 에리카 씨."

"어?"

"바로 갈게요. 그런 다음에 중요한 이야기가 있거든요."

"……도망치면, 안 될까."

"안 됩 니 다 ."

"태양에 좀 볼일이."

"태양까지라도 마중 갈 테니까요."

그리고 평소처럼 세계를 실제로 멸망시키려 했던 용사에게.

뭐라고 해야 할까. 이런 전개도 두 번째인 듯한 기분이 드는데요.

지난번에도 상당한 시간을 들여서 차분하게 이야기를 했던 것 같은데, 비슷하게 구제불능 인간 상태로 끝났네요. 결국 내 말은 전해지지 않았던 건지, 그 정도로 설교해도 별로 효과가 없었다는 건지.

그래도 포기하지 않는다.

말해서 알아 주지 않는다 해도 저는 몇 번이라도 계속 말할 생각입니다.

영웅의 힘은 없어도, 말로 호소하는 것이 내가 할 수 있는 유일한 일이니까.

에리카 씨를 데리고 돌아오면 다 같이 안뜰쯤에 앉히고 설교를 시작할까요. 지난번 설교가 통하지 않았다면, 질과 양을 대폭 올려서 전달할 거니까. 이번에는 분발해서 철야 코스로.

"도대체가, 여러분은 말이죠!!"

그날.

보타락장에 울려 퍼진 설교는, 새벽까지 이어졌다고 한다.

이렇게 해서 또 하나의 소동이 끝나고.

"…………하아."

오늘도 늘 그렇듯 시말서의 시간입니다.

특히 이번에는 여기저기서 피해가 났기 때문에 그쪽 뒤처리도 해야 한다.

세계 규모의 피해는 신의 힘으로 료코 씨의 마법과 엔죠 선생님의 능력을 증폭시켜 강제로 일하게 한 결과 무사히 어떻게 할 수 있었다. 영웅의 힘이란 역시 대단하네요. 평소부터 제대로 좀 쓰면 좋을 텐데.

그런 방대한 뒤처리 중에 알게 된 충격적인 사실이 하나 있다.

그 빌딩 옥상에서 만난 혼돈의 정체.

놀랍게도, 그것이 바로 이번 재앙이었던 것이다.

솔직히 처음에 그걸 알았을 때는 머릿속이 새하얘지는 걸 넘어 머리카락이 완전히 백발이 되는 것 아닌가 싶었다. 엔죠 선생님이 운석으로 깨끗이 없애 버린 그 혼돈이 바로 쓰러뜨려야 할 재앙, 「혼돈된 여왕」이었다는 것이다.

처음부터 엔죠 선생님의 별명, 「혼돈의 여왕」과는 완전히 다른 존재였던 거다. 그 때문에 디바이스 검색에도 걸리지 않았던 거다.

혼돈을 쓰러뜨린 시점에서 카운트다운이 정지한 것은 그런 이유였던 것 같다. 결코 디바이스가 망가져 버린 탓은 아니었다.

그리고 그런 몬스터가 탄생하고 만 근본적인 원인은.

"설마, 내가 발견한 고양이가 그런 괴물이 되어있을 줄은 생각도 못했어. 아휴, 료코 씨도 참 무심코 그만."

이 만주였습니다.

"처음에는 평범하게 먹이를 줘 봤는데. 먹을 것 말고도 족족 입에 넣으니까 재미있어서 마력을 넣은 만주라든가 여러 가지를 집어넣었거든. 그랬더니 어느새 보타락장의 결계를 구성하는 부분도 먹어 버렸는지, 어머나 글쎄."

뭐가 어머나 글쎄, 입니까.

그 혼돈의 근원이 된 것은 주위에 있는 물체를 집어삼켜 성장하는 종류의 생물. 그 생물에게 료코 씨가 보타락장의 결계 일부를 먹이고 말았다.

그 결과 엔죠 선생님의 능력 「현상×실리」이 밖으로 새어 나가 세계에 이상한 것들만 흘러넘치게 되었다. 그것을 생물이 열심히 흡수한 끝에 자신의 의지조차 잃어버리게 되어, 우리가 만난 그 거대한 「혼돈된 여왕」으로 전락하고 만 것이다.

간단히 정리하면.

처음에 내가 보타락장에서 소란을 피운 탓에 마감이 왔다고 엔죠 선생님이 착각하고.

료코 씨가 결계를 어떻게 해 버린 결과, 폭주한 엔죠 선생님의 능력이 확산되고.

그리고 그 혼돈을 시작으로 한 대혼란이 세계를 뒤덮었다는 것입니다.

요컨대.

"다 네 잘못이라는 말이지?"

"완전히 료코 씨가 원흉이잖아요!? 뭘 그렇게 자연스럽게 발뺌을 하는 거예요!?"

"나는 결계를 깨뜨렸을 뿐이야……. 그다음은 전부 사람의 잘못이 불러일으킨 참극."

"만주의 잘못이 전부거든요!!"

그게, 저도 분명히 원인의 한 축을 담당하고 있다고 생각하긴 하지만 그래도 구제불능 인간의 상승 효과 때문에 이렇게 된 거죠. 그 부분은 이미 잔뜩 설교를 했으니까 이제 와서는 아무 말도 않겠지만.

그런데 이 만주, 진짜로 말도 안 되는 짓을 하네요…….

결국 그 혼돈은 어디까지나 엔죠 선생님의 능력에 변질된 것이었다. 표현하기에 따라서는 피해자라고도 할 수 있는 그 근본은.

"잠깐 포치, 그쪽으로 가면 안 돼!!"

"어이쿠."

시말서를 쓰고 있는 내 무릎 위에 뛰어 올라온 잘 알 수 없는 형태의 생물. 뭔가 거무스름하고 찌그러진 생김새다. 잘 보면 고양이를 안 닮은 것도 아닌 듯한 그 생물이 바로 그 거대한 혼돈의 원래 모습이다.

그것은 미리암의 옛 애완동물인 포치였다.

"냐―."

마치 고양이 같은 울음소리를 내면서 내 무릎 위에서 몸을 둥글게 마는 포치.

포치는 이제는 이렇게 무해한 생물로 돌아와 있었다. 엔죠 선생님이 운석을 처박은 탓에 태어나기 전의 알 상태까지 돌아가, 거기서 탄생한 것이다.

일단, 원래는 재앙이었던 것을 고려하여 상태를 관찰하기 위해 보타락장에 보호하게 되었다. 지금은 평범한 애완동물 취급이다.

"이렇게 보니까, 확실히 귀여울지도 모르겠네요."

"그치? 내가 소중하게 길렀다구."

"하지만 옥상에서 만났을 때는 자기 애완동물인 줄 눈치 못 챘죠."

"어, 어쩔 수 없잖아. 이렇게 됐을 줄은 생각도 못 했는걸! 원형도 이미 없었고! 성장기에도 정도가 있지!!"

"이번에는 이렇게 원래대로 돌아왔지만, 그래도 그런 말도 안 되는 생물이 될 위험성이 있으니까 제대로 보살펴 주세요."

"맡겨 두라구!!"

자신감 넘치게 끄덕이는 미리암이었지만.

"하지만 애초에 포치가 이쪽 세계에 온 건 미리암이 원인이죠."

"뭐, 그렇게 되겠네. 내 뒤를 쫓아온 거니까."

포치는 원래 미리암이 마왕을 하고 있던 세계…… 그러니까 보타락장이 예전에 날려 갔던 세계에서 미리암과 함께 있었다는데, 미리암이 우리 소동에 휘말려 이쪽 세계에 와 버렸기 때문에 헤어지고 만 것 같다.

그럼에도 포치는 주인인 미리암의 흔적을 쫓아 이 보타락장까지 왔다. 거기서 미리암 대신 만난 것이 료코 씨였다는 전말인 듯하다.

"애완동물에게는 죄가 없어요. 그런고로 이번 소동의 원흉의 일부는 주인인 미리암에게 있다는 게 됩니다. 과연, 이건 설교할 안건이네요."

"엑, 나 이번에는 소이치의 설교를 면했다고 생각했는데 역시 이렇게 되는 거야? 난 이번 소동에 나 나름대로 열심히 했잖아!!"

"애초에 미리암이 「혼돈된 여왕」과 「혼돈의 여왕」을 한데 묶지 않았더라면 이런 귀찮은 상황이 되지 않았겠죠!? 그러니까 설교예요!!"

"완전 트집이잖아!? 소이치 완전히 보타락장의 상식에 젖어 있다구!? 그런 비상식적인 게 마치 어떤 용사 같잖아!!"

무슨 소리를 하는 거죠 이 마왕.

미리암에게 가볍게 설교하고 긴 전지가위로 나무 울타리를 정리할 것을 명한 후 안뜰로 나가니.

"……저기, 뭘 하시는 거죠."

"결계에 관련된 뭔가가 낚이지 않을까 해서."

"절대 무리라고 생각하는데요."

"그치만 료코가 결계의 중요 부위 중 하나를 부숴 버렸잖아? 료코가 할 수 있으면 나도 할 수 있는 거 아닐까 해서."

"결계의 중요 부위는 두 번 다시 이런 일이 일어나지 않도록 지금까지보다 더 강화했으니까, 그런 짓을 해도 소용없을 걸요?"

"쳇―."

낚시꾼이 된 소녀…… 에리카 씨는 낚싯대를 아무렇게나 내팽개치더니 내 쪽으로 몸을 기댄다.

"있지― 있지―. 소이치."

갑작스러운 일에 엉겁결에 심장 고동이 빨라진다. 이상하다, 엔죠 선생님의 능력은 이미 효과가 끊겼을 텐데, 왜 이렇게.

"자, 잠깐, 에리카 씨? 거리가 엄청 가까운데요? 왜 그러세요?"

"결계를 어떻게 할 방법은 없을까아. 가르쳐 주지 않으려나―. 소이치가 어떻게 해 주면 난 정말 너무 기쁠 텐데 말이야!"

"말하자마자 남한테 떠맡기깁니까?"

전혀 진보하지 않았다. 아니, 진보하면 곤란하지만요.

"……이번 건은, 에리카 씨가 엄청나게 노력해 주셨다고 생각했다고요. 지하 도서관에 갈 때도, 거리에 나갈 때도 저를 따라와 주셨고. 그래서 저도 에리카 씨가 이제야 용사로서의 자각을 되찾았다고 기대했어요. 능력에 영향받았다고는 해도."

"능력이라면 츠즈리 거 말이야? 별로 그것 때문만은 아니었지만."

"……예?"

무슨 말이에요?

"아, 이거, 말하면 안 된다고 료코가 그랬던 것 같은데."

"말해 주세요. 바로. 가급적 빨리."

"그게, 목걸이를 어떻게 하고 싶으면 소이치한테 미인계로 환심을 사면 되는 거 아니냐고 했거든. 그 녀석은 틀림없이 쉬울 테니까 간단히 넘어갈 거라고."

"그 만주, 두고 보자."

아직 설교가 부족했던 모양입니다.

"하지만 난 미인계라고 해도 애초에 뭘 하면 되는지 몰라서. 그래서 료코한테 물어봤더니 일단은 벗으라고. 벗으면 넘어간다고."

"저를 뭐라고 생각하시는 거예요."

"그래서 벗었는데."

"아아, 그때 그건 그런 이유였던 거군요……."

엔죠 선생님의 능력만이 아니라 에리카 씨 본인의 꿍꿍이도 있어서 그런 묘한 일이 되었던 거겠죠. 그 만주가 여러모로 나쁜 지혜를 불어넣은 것 같은데 정말 제대로 한번 대화를 해야겠네요.

"그래서, 어땠어?"

"무슨 소리세요."

"내가 벗어서, 소이치는 어떻게 생각했느냐는 건데?"

"…………어어."

또 대답하기 힘든 질문이 왔네요.

여기서 "기뻤어요!"라고 대답하면 터무니없는 밝힘증 딱지가 붙을 것 같고, 반대로 "관심 없어요!"라고 대답하면 엔죠 선생님처럼 남자한테밖에 관심이 없는 녀석이라고 생각될 수도 있다. 어떻게 하면 좋지.

그럼, 나는 어떻게 대답해야 하는가.

이것저것 필사적으로 생각해서 내가 내린 결론은.

"저, 저기, 에리카 씨도 엔죠 선생님의 능력 탓에 힘들었던 것 같으니, 질문에는 나중에 다시 대답해드리는 걸로……."

"도망쳤네."

"도망 안 쳤어요!"

"겁쟁이네."

"겁쟁이 아니에요!"

"소이치의 언동이 점점 마왕이랑 닮아가는 것 같은 느낌이 드는데."

마왕한테는 용사랑 닮아간다는 소릴 듣고, 용사한테는 마왕이랑 닮아간다는 소리를 듣는다. 저는 대체 어떤 사람입니까.

에리카 씨를 딱 잘라 뿌리치기도 좀 그래서 그대로 안뜰에 놓여 있는 벤치까지 끌고 갔다. 애초에 좀 쉬려고 안뜰에 나왔는데 왜 이렇게 피곤한 거죠.

주머니 속의 책을 꺼내 옆에 놓는다. 그러자 에리카 씨뿐만이 아니라 미리암까지 내 등 뒤에서 들여다본다. 쉬기 참 힘드네요.

"어라, 소이치가 종이책을 읽다니 별일이네."

"진짜. 평소엔 그 디바이스로 전자책만 읽는데."

나는 책 표지를 두 사람에게 보여준다.

표지에 쓰인 제목은 『혼돈과 소년』이다.

"이건 엔죠 선생님이 쓴 소설이에요. 오늘 발매라서 아까 사러 갔다 왔어요."

이 소설이 완성되지 않았기 때문에 세계가 혼란에 빠졌고.

그러나 완성과 함께 세계는 구원받았다.

이번 소동으로 태어난 한 권의 책.

이것이야말로 전설의 작가 엔죠 츠즈리의 부활의 작품이었다.

결국 엔죠 선생님이 소설을 완성한 것은, 내가 전화를 걸 것도 없이 전설의 편집자라 불리는 인물에게 간파당한 듯하다.

엔죠 선생님 왈.

"원고가 완성된 냄새를 맡은 거라고 생각해요……."

그것도 인간의 능력이 아니네요. 이 보타락장의 영웅에 필적하는 듯한 기분이 듭니다. 그런 인간을 초월한 인간이 아직도 세계 여기저기에 있다고 생각하면 가슴이 뜨거워지네요. 뜨거워지나?

"엔죠 선생님은 다시 작가 활동을 시작한다니, 잘됐어요."

"아아, 그래서 또 방에 틀어박혀 있는 거구나."

"아직 방에 있을지는 모르겠지만요……."

애초에 엔죠 선생님의 능력이 이 정도까지 대규모로 영향을 미친 것은, 오랫동안 틀어박혀 있었던 탓에 망상력이 높아져 예상 이상으로 위력을 가지게 된 것이 원인인 것 같다. 틀어박혀 있음으로써 숙성된 커플링에 대한 마음이 제어를 잃고 폭주했기 때문이라고.

이번에 그 망상력을 발산한 결과, 지금의 엔죠 선생님은 능력에 기댈 수 없게 되고 말았다. 그래서 얌전히 방에 틀어박혀 소설을 쓰고 있다고 한다. 여전히 방에서 안 나오고, 여전히 인간을 싫어하는 것 같지만요.

"……그럼, 저는 독서를 할 테니 가만히 놔둬 주세요."

"엥—. 나의 이 안타까운 마음은 어떡하면 돼?"

"그래, 이쪽은 설교를 당해서 짜증이 났단 말이야!!"

"그럼 서로 때리든가 해서 발산하면 되잖아요."

""그렇게 할게.""

등 뒤에서 들려오는 험악한 소리를 흘려들으면서 책 표지로 손을 뻗는다.

엔죠 선생님이 오랜만에 냈다는 이 소설 『혼돈과 소년』.

빠르게도 대히트를 친 것 같은데, 과연 전설의 작가라 생각합니다.

듣자니 "읽기만 했는데 병이 나았다!", "사이가 틀어진 연인과 화해했다!", "지폐로 가득 찬 욕조에 들어가게 됐다!", "활발했던 아들이 은둔형 외톨이로!" 등의 평판이라던가. 마지막

건 폐해잖아요.

심지어 이 세계뿐만이 아니라 다른 세계에서도 동시발매 됐다던가. 한 세계에만 머무르지 않다니 정말이지 무시무시한 작가로군요. 도대체 어떻게 다른 세계에 가져간 걸까요. 차원을 넘어야 하는 거 아닌가요. 설마 그것도 편집자의 힘입니까?

엔죠 츠즈리.

이번 소동에서 중요한 역할을 한 전설의 작가.

그런 작가가 마지막까지 몰려서 써낸 하나의 작품.

전설의 작가라는 존재를 알았을 때, 어째서 작가라는 직업의 사람이 영웅으로 추앙되어 다른 용사나 마법소녀 같은 분들과 같은 반열로 취급되는지 약간 의문이었다. 영웅으로서 어울리지 않는 것 아닌가 하고 생각한 적도 있었다.

하지만 실제로 그 위업을 알고.

그런 영웅도 있다는 것을 알았다.

검을 지니지 않고도, 펜을 손에 들고서 영웅의 계단을 올라온 존재가 있다는 것을 알았다.

세계를 전부 휘말리게 할 정도의 힘을 가진 작가. 그리고 태어난 한 권의 소설.

그런 거야 읽어 보고 싶은 게 당연하지요.

지금까지의 나는 지식을 얻기 위해 책을 읽었다. 세계를 구하고 영웅과 함께 걷기 위한 지식을 필사적으로 찾았다. 읽는 것은 수단이 아니라 목적이었으니까. 자신이 필요로 하지 않는 책을 굳이 읽을 이유를 발견할 수 없었다.

하지만 이 한 권의 책에서부터는 달라진다.

이 책이 어떤 내용인지 나는 모른다. 어떤 이야기가 나를 기다리고 있을지 짐작도 가지 않는다. 하지만 모르기 때문에 읽고 싶다고 생각하면서『혼돈과 소년』의 페이지를 넘긴다.

미지의 세계에 뛰어든다.

거기에 잠든 이야기와 만나기 위해.

내가 모르는 이야기.

그건 분명 멋진 것일 거라고 믿으니까.

"……그 여자, 지금 바로 찾아내서 반드시 방 밖으로 끌어내 주겠어!"

소설의 내용, 그것은 무심결에 뇌가 거부할 듯한 이야기였다.

K야 S이치라는 이름의 소년이 용사와 마왕에게 습격당하면서도 수수께끼의 혼돈생물과 서로 사랑하게 되어, 사랑이 깊어진 결과 마지막에는 혼돈 속에 삼켜진다는 순애 호러다.

아니, 거기까지는 아직 괜찮았다.

혼돈과 함께 걸어가겠다는 결의를 한 K야 소년 앞에 여러 시련이 찾아온다. 처음에는 착실하고 순진했던 K야 소년도 잇따라 닥치는 불합리함에 정신이 피폐해져 간다. 점점 주위의 용사와 마왕, 마법소녀와 히어로, 드래곤, 작가 등 마음씨 좋은 사람들이 하는 일마다 트집을 잡고, 늘 주위에 욕설을 퍼붓고, 자기만 피해자인 것처럼 행동하게 된다.

그렇게 변해 버린 K야 소년의 주위에서는 한 명, 또 한 명 사람이 없어져 간다. 그렇게나 서로 쓸쓸함을 달래 주던 히어로도 드래곤도 K야 소년의 곁을 떠나고, 마침내는 수수께끼의 혼돈 생물조차도.

모두에게 버림받고 고독으로 인해 정신의 죽음의 늪에 빠진 K 야 소년은 깨닫는다.

그때, 작가를 무리하게 밖으로 끌어내지 않았으면 좋았을 텐데……라고.

"……뭡니까, 이게."

이 주인공 K야 S이치의 모델은 아무리 생각해도 저잖아요. 그도 그럴 것이 이니셜 같은 게 그대로인걸요. 제가 이번에 경험한 사건이 수두룩하게 들어가 있는 걸요. 눈물이 멈추지 않는다고요.

"뭡니까, 이게!!"

아니 그보다 이거, 그냥 소설의 형식을 빌린 푸념이잖아요. 얼굴을 보고 불만을 말할 수 없으니까 책의 형태로 보복한다는 겁니까. 그래도 괜찮은 겁니까, 작가로서.

심지어 이렇게 영문을 알 수 없는 내용인데도 제대로 재미가 있다는 게 또 열 받는다.

"아 진짜!"

더욱 문제인 것은, 전 세계는 물론이고 다른 세계에서도 잘 팔리고 있어서 베스트셀러가 될 게 확실하다는 것. 즉, 나를 모델로 한 것 같은 주인공의 순애를 가장한 근원적 공포가 모든 세계에 전해진다는 것이다.

지금 곧장 본인을 찾아내서 대화를 해야 한다. 그리고 가능하다면 지금 곧장 출판을 중지해 줄 수 없을까요.

"그 은둔형 외톨이 작가, 어디로 갔어!!"

하지만.

순수 은둔형 외톨이는 어디에도 모습을 나타내는 일 없이.

뜬소문에 의한 나의 피해가 초 단위로 전 세계로 확대되어 갈 뿐이었다.

이렇게 해서.

내 이름을 빌린 주인공의 이야기는 최악의 형태로 결말을 맞이했지만.

실제의 내가 있는 현실이라는 이야기는 멈추기를 허락하지 않는다.

내 눈앞에서 쉽사리 멸망할 뻔한 이 세계도.

이제부터 멸망하려 하는 다른 세계도.

반드시 구해 보이겠다.

그곳에 세계가 존재하는 한, 나의 사명은 끝나지 않으니까.

명멸하는 디바이스 화면.

부지불식간에 발생하는 전조.

다시 멸망을 향해 숫자를 새기기 시작하는 카운트다운.

다음 재앙의 출현은, 세계의 위기의 도래는 바로 가까이 닥쳐왔는지도 모른다.

온 세계에서 끊임없이 태어났다 사라지는, 당연한 이야기들처럼.

계속

이러저러하여 다시 세계의 위기를 막은 소이치와
보타락장의 구제불능 인간들. 그러나 다음 재앙은 바로 코앞까지 닥쳐와 있었다
영웅 말살을 부르짖는 SNS, 소실된 보타락장. 모든 것의 열쇠는 영웅을 죽이기
위해 나타난 어린 소녀가 쥐고 있다?! 자신이 지켜야 할 것을 위해,
믿는 것을 위해, 서로 반목하고 상처 입히는 영웅들——.

엥, 나,
나는… 마왕

죽어도
밖에 나가지 않
위해……!

우리
영웅들 때문에
세계가
위험
하다고?! 신의
사자

작가

내 손으로
세계를
멸망시키기
위해!!

용사

영웅
EIYU-SHIKKAKU
실격

제3화

COMING
SOON!!!!

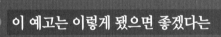

이 예고는 이렇게 됐으면 좋겠다는

이상을 전해 드린 것으로, 본편과는 일부 또는 전체가

크게 차이가 나는 경우가 있습니다.

본 예고를 그대로 받아들이시면 두근거림, 구토감,

작가에 대한 분노 등의 증상을 일으킬 우려가 있으므로

부디 주의하시기 바랍니다.

후기

안녕하세요. 사라이 슌스케의 '사라' 입니다.

지난 권에 이어 『영웅실격 2』를 손에 들어 주셔서 감사합니다.

그런데 인사는 했지만, 2권에서 이미 후기를 쓸 거리가 없어졌습니다. 어쩌지. 이럴 때는 집필 뒷이야기를 쓰면 된다고 제 안의 구제불능 인간들이 외치고 있으니, 이번에는 그것에 따라버리겠습니다. 마음의 소리에 몸을 맡기는 것도 중요하다고 생각하거든요.

본작 『영웅실격』은 원래 전작 『개와 가위는 쓰기 나름』과 병행해서 진행하려고 생각하던 시리즈였습니다. 하지만 제반 사정 끝에, 시작한 것은 결국 『개와 가위』가 끝난 직후. 별로 텀을 두지 않고 전해드릴 수 있었던 건 다행이지만, 그래도 원고를 만지작거렸던 시간은 꽤나 길었기 때문에 처음 무렵과 비교하면 설정이 크게 변해 버린 캐릭터도 있습니다.

예를 들면, 만주는 원래 카레였습니다.

다시 한번.

만주는 원래 카레였습니다.

갑자기 헛소리를 하는 것도, 뇌가 인도에 지배당한 것도 아닙니다. 전작의 닥스훈트에 이어 뭔가 마스코트 캐릭터가 필요하다고 생각한 우리는 안에 들어 있는 재료마다 다른 필살기를 쓰는 나이스 가이 '더 카레'를 생각해낸 겁니다.

물론 좌절되었습니다.

그 후, 『더 카레』는 여러 가지로 변천을 거쳐 마법소녀 액셀☆다우너이자 시라베 료코 씨가 되어 구제불능 인간으로서의 생을 보내고 있습니다. 어떻게든 실재하는 만주와 콜라보할 수 없을까 생각하고 있는데, 무리일까요? 무리겠지요.

이하, 세계를 멸망시킬 정도의 기세로 감사의 말을 드립니다.

담당 편집자 A님, 일러스트레이터 나베시마 테츠히로 님, 디자이너 O님, H님. 졸저의 제작, 출판, 유통 등에 참여해 주신 모든 분들. 사인본과 색지를 쓰게 해 주신 서점. 졸저를 놓아 주신 전국의 서점. 친구들. 가족. 그리고 무엇보다 이 책을 손에 들어 주신 독자 여러분.

여러분 덕분에 1권에 이어 구제불능 인간들의 야단법석을 쓸 수 있었습니다. 지금으로서는 조금 더 계속할 수 있을 것 같으니, 이어서 '여전히 바보네' 하고 바보 취급하면서 함께해 주시면 기쁘겠습니다.

그럼, 모든 구제불능들과 구제불능을 사랑하는 사람들에게 축복이 있으시길.

후기 2

안녕하세요, 사라이 슌스케의 '이' 입니다.

『영웅실격』 2권을 전해 드립니다. 1권에 이어 여전히 세계가 멸망하거나, 위기를 맞거나, 큰일이 나거나 하는 이야기가 되었습니다. 이렇게 쉽게 멸망하면 안 되는 거라고 생각하지요, 세계라는 건. 하지만 뭐, 본작에서는 생각보다 라이트한 느낌으로 멸망합니다. 라이트노벨이기도 하고.

이번 권에서는 소설을 쓰는 직업, 작가가 등장합니다. 작가라는 캐릭터에 관해서는 전작 『개와 가위는 쓰기 나름』에서 평생 분량쯤은 써 댔던 듯한 기분이 들지만, 이번 작품에서도 또 질리지도 않고 등장시켜 보았습니다. 『개와 가위』는 일단은 현실 세계의 연장선상에 있는 세계관의 이야기이므로(뭔가 개로 환생하고 그랬던 듯한 기분도 듭니다만), 그 속에 등장한 작가들도 엉뚱하고 이질적이면서도 그 나름대로 도를 넘지 않는 캐릭터로서 존재했습니다.

하지만 이번 『영웅실격』에서는, 용사며 마왕이며 마법소녀 같은 것이 멋대로 날뛰고 돌아다니는, 뭐든지 있을 수 있는 세계관을 채택했기 때문에, 작가 캐릭터도 도는 어딘가에 팔아먹고 꽤나 어떻게 되고 말았습니다. 그야말로 세계를 멸망시킬 수 있는 수준으로까지 진화했습니다. 그건 과연 진화인 것인가. 그리고 작가라 부를 수 있는 존재인 것인가. 그걸 판단하는 것은 독자 여러분입니다.

그렇게 해서 상식과 한계를 돌파하는 본작의 작가 엔죠 츠즈리입니다만 근본적인 부분에서는 작가라는 긍지를 잊지 않고 있어서, 『개와 가위』의 나츠노나 마키시, 모미지 등과 같은 신념을 품고 있는 캐릭터가 되지 않았나 생각합니다. 아마도. 쓰다가 스스로도 자신이 없어지는데, 그렇지 않을까요. 그럼 좋겠는데.

하지만 쓰면서 새삼 작가와 구제불능 인간의 친화성이란 굉장하구나 생각했습니다. 매일 하는 언동이 이미 구제불능인걸요. 아니, 성실한 작가도 있지만요!!

그런 느낌으로 구제불능 인간들이 제멋대로 굴고, 고생하는 사람이 끊임없이 고생하는, 느긋한 세계 구원계 코미디 『영웅실격』. 계속해서 어깨 힘을 빼고 즐겨 주시면 기쁘겠습니다.

마지막으로 다음 권 예고입니다.

계속해서 늘어나는 보타락장의 주민들을 앞에 두고, 소이치의 위벽의 남은 라이프는 이미 0에 가깝다. 그런 소이치와 보타락장의 영웅들 앞에 찾아온 일찍이 없었던 위기는!?

『영웅실격 3』은 내년 봄 무렵에 전해 드릴 예정입니다. 잠시만 기다려 주십시오.

2015년 10월 모일 사라이 슌스케

영웅실격 2권을 구입해 주셔서 감사합니다.

저도 요즘 지하 던전을 만들어서 숨어 버리고 싶은 나날인데요.

마감 직전인 작가의 책상 위에 에너지 드링크가 쌓이는 건

자연의 섭리입니다. 겨울용 핫 에너지 드링크가 있었으면 좋겠네요.

영웅실격 2

2020년 04월 20일 제1판 인쇄
2020년 05월 01일 제1판 발행

지음 사라이 슌스케 | **일러스트** 나베시마 테츠히로

옮김 박수진

발행 영상출판미디어(주)
등록번호 제 2002-000003호
주소 21311 인천광역시 부평구 평천로 132 (청천동)
전화 032-505-2973(代) | FAX 032-505-2982

ISBN 979-11-6466-043-8
ISBN 979-11-319-9360-6 (세트)

EIYU SHIKKAKU Vol.2 YAPPARI, SEKAI WO HOROBOSHI MASU
ⓒ2015 Shunsuke Sarai
First published in Japan 2015 by KADOKAWA CORPORATION ENTERBRAIN
Korean translation rights arranged with KADOKAWA CORPORATION ENTERBRAIN

구매 시 파손된 도서는 구매처에서 교환하실 수 있습니다.
기타 불편사항, 문의사항이 있으신 독자님께서는 노블엔진 홈페이지
[http://novelengine.com] 에서 Q&A 게시판을 이용해 주시기 바랍니다.

노블엔진(NOVEL ENGINE)은 영상출판미디어(주)의 라이트노벨 및 관련서적 브랜드입니다.

Re:제로부터 시작하는 이세계 생활

21

　수문도시를 무대로 한 마녀교와의 싸움은 끝났다. 그러나 상흔이 진하게 남았다.

　일상을, 이름을 빼앗긴 자들을 구하고자 스바루는 『현자의 탑』을 찾아서 세상 끝으로 떠난다. 마수의 소굴이자 독기가 진하게 감도는 아우그리아 사구. 아무도 답파한 적 없는 모래바다를 건널 단서는 사로잡힌 「마수 사역자」인데──.

　새로운 무대는 세상 끝의 모래바다와 플레아데스 감시탑. 『기억』과 『현자』를 상대하는 제6장이 막이 오른다.

**대인기 인터넷 소설, 파란과 도전의 제21막.
어리석은 도전자여, 모래의 세례를 받아라.**

나가츠키 탓페이 지음 ｜ 오츠카 신이치로 일러스트 ｜ 2020년 4월 출간
청춘의 상상, 시동을 걸어라!

공녀 전하의 가정교사

2
~최강 검희와 새로운 전설을 만듭니다~

◆

공녀 전하 티나와 그 친구 엘리의 재능을 필요 이상으로 끌어내 왕립 학교에 훌륭히 합격시킨 앨런.

왕립 학교에 입학하는 제자들과 함께 가정교사로서 왕도로 돌아온 그를 기다리는 것은…… 일찍이 앨런이 마법을 알려준 오랜 악우이자, 지금은 왕국에 그 이름을 떨치는 『검희』 리디야와의 일대일 승부?!

게다가 그 사건의 여파로 학교에서 임시 강사도 맡게 된 앨런은 거기서도 고정 관념을 깨는 수업으로 주목을 받는데…….

자각이 없는 마법 교사의 마법 혁명 판타지
──학교편 개막!

 나나노 리쿠 지음 | cura 일러스트 | 2020년 4월 출간
청춘의 상상,시동을 걸어라!

외톨이의 이세계 공략

Life.1
~치트 스킬은 매진이었다~

학교에서 '외톨이'로 보내던 하루카는 어느 날 갑자기 반 아이들과 함께 이세계로 소환된다. 이세계 소환의 정석인 '치트 스킬'을 얻을 수 있다고 생각했으나—— 스킬 선택권은 선착순, 그것도 반 아이들이 다 가져간 상태?!

아무도 안 가져간 떨거지 스킬, 그리고 『외톨이』 스킬의 효과로 인해 파티도 못 들어가 고독한 모험에 나설 수밖에 없게 된 하루카.

그러던 중에 반 친구들의 위기를 알게 되고, 치트에 의존하지 않으며 치트를 넘어서는 이단적인 최강의 길을 걷기 시작하는데——.

최강 외톨이의 이세계 공략 이야기, 개막!

고지 쇼지 지음 | 부-타 일러스트 | 2020년 4월 출간
청춘의 상상,시동을 걸어라!